천사도

천사도

초판 1쇄 발행 2025년 4월 25일

지은이 유호현
펴낸이 장현수
펴낸곳 메이킹북스
출판등록 제 2019-000010호

디자인 최선화
편집 최미영
교정 안지은
마케팅 김소형

주소 서울특별시 구로구 경인로 661, 핀포인트타워 912-914호
전화 02-2135-5086
팩스 02-2135-5087
이메일 making_books@naver.com
홈페이지 www.makingbooks.co.kr

ISBN 979-11-6791-693-8(03810)
값 17,000원

ⓒ 유호현 2025 Printed in Korea

잘못된 책은 구입하신 곳에서 바꾸어 드립니다.
이 책의 전부 또는 일부 내용을 재사용하려면 사전에 저작권자와 펴낸곳의 동의를 받아야 합니다.

홈페이지 바로가기

메이킹북스는 저자님의 소중한 투고 원고를 기다립니다.
출간에 대한 관심이 있으신 분은 making_books@naver.com으로 보내 주세요.

웹소설 동시 출간 확정!

천사도

유호현 장편소설

메이킹북스

목차

〈들어가는 문〉 Jessica Law　　　　　　　　　　　06
〈Prologue〉 2029: 천사도　　　　　　　　　　　07
〈Chapter 1〉 2019년: 악마가 사는 평범한 세상　　11
〈Chapter 2〉 2026년: 비극 뒤의 비극　　　　　　25
〈Chapter 3〉 2027년 Part 1: 광대들의 나라　　　79
〈Chapter 4〉 2027년 Part 2: 승자와 패자　　　　132
〈Chapter 5〉 2030년: 박사가 된 고아　　　　　　162
〈Chapter 6〉 2031년: 악마들의 섬　　　　　　　202
〈Epilogue〉 떠남과 남음　　　　　　　　　　　291

들어가는 문: Jessica Law

 2005년 2월 24일 미국 플로리다주, 아홉 살 소녀 제시카 런스포드가 아동 성폭행 전과자인 존 코이에게 강간살해 당하는 사건이 발생했다. 피해자 제시카의 시신은 사건 발생 후 23일 만에 발견되었으며 당시 존 코이는 이미 아동 성범죄 전과 2범으로 징역 10년형을 선고받았음에도 불과 2년 만에 모범수로 출소한 상태였다. 이 사건으로 미국 전역은 분노했으며 큰 상처를 입은 제시카의 가족은 성범죄자에 대한 엄격한 관리를 플로리다주에 건의했다. 이를 계기로 의회는,

* 12세 미만 아동 대상 성범죄자 형량 최소 25년
* 출소 후 평생 위치추적장치 및 집중 감시
* 학교, 공원 등 아동이 많은 곳으로부터 최소 2,000피트(약 600m) 이내 범죄자 거주 금지

의 내용을 담은 일명 제시카 법(성범죄자의 거제 제한 조치)을 제정했다. 한편, 한국에서도 2023년 10월 이른바 '한국형 제시카 법'이 추진되었다. 13세 미만 아동 대상 성범죄나 3차례 이상의 성범죄자 중 10년 이상 징역에 전자장치를 부착한 사람은 거주지에 제한을 두는 건데, 이 법은 지난 21대 국회에서 논의 한번 안 되고 결국 폐기됐다.

참고로, 제시카 런스포드를 살해한 미국의 존 코이는
배심원단 만장일치로 사형을 선고받았다.

이제, 당신이 모르는 그곳 이야기 '천사도'

\<Prologue\> 2029: 천사도

　성난 바다에 불어 닥치는 겨울 태풍은 춘삼월에 찾아오는 서설(瑞雪)만큼이나 이례적이다. 이례적이라는 두 자연 현상의 가장 큰 차이라면 서설이 상서롭지 않은 좋은 기운을 품은 것과 달리 겨울 태풍은 외면하고 싶은 불길함을 한 움큼 머금고 있다는 것이다. 경상북도 울릉군 먼 바다, 일명 천사도 해역은 대만과 일본을 거쳐 온 겨울 태풍이 직접적인 영향을 끼치는 곳으로 악명 높다. 학자들은 이곳의 빈번한 겨울 태풍을 해수 온도 상승과 대기순환 패턴 변화에 따른 우연의 결과물이라 주장하지만 정작 바다 사람들은 범상치 않은 섬이 지닌 잔인한 역사가 불러온 필연의 재앙일 것이라고 수군댄다. 그도 그럴 것이, 흔한 여름 태풍이 강한 비를 동반하는 것과 달리 천사도를 찾는 겨울 태풍은 모진 바람과 폭설을 동반하며 견디기 괴로운 사나움을 지녔기 때문이다. 실제로 겨울 태풍이 휩쓰는 냉혹한 바다는 몸을 3분만 담가도 저체온으로 사망할 수 있는 저리도록 시린 칼날을 갖고 있다. 그럼에도 천사도 해역은 만선의 욕심을 안고 달려드는 어선들로 북새통을 이룬다. 낡아빠진 청파호의 방 선장 역시 그들 중 하나다. 만선을 기원하는 풍어제와 초매식(初賣式)을 끝낸 지 얼마 안 된 1월 중순, 배를 가득 채우려는 욕심으로 그는 이곳 해역에 빈 배를 밀어 넣는 중이다.
　"야, 뚜엔! 거기 말고, 뱃머리 쪽에 그물 내리라니까. 머리, 헤드, 헤드 방향! 야, 누가 저 새끼 좀 알려 줘!"
　방 선장은 답답한지 외국인 선원에게 손가락으로 그물 내릴 방향을 지정해 준다. 그런데 그때 무전기에 방 선장의 심기를 건드는 통신이 도착했다.
　"청파호, 청파호! 어업지도선입니다. 빨리 이동하세요. 지금 조업금지

구역에 진입해 있습니다."

어업지도선이 파도를 헤치며 득달같이 다가오자 방 선장의 표정이 굳어졌다. 어지간하면 버틸 통뼈 방 선장이지만 어업지도선이 가까이 다가오며 사이렌을 울리자 결국 별수 없이 포기했다.

"에라~이 씨벌. 뭐 좀 잡을 만하면 귀신같이 쫓아와서 지랄이여, 지랄이. 차라리 중국 어선이나 단속하지!"

방 선장은 어업지도선을 노려보며 가래침을 바다로 카-악 내뱉었다. 그 가래침을 신호로 청파호 선원들은 방금 내린 빈 그물을 도로 걷어 올리고 어업지도선의 지시에 따라 천사도 해역에서 멀리 떨어진 조업 허용 구역으로 움직이기 시작했다. 그런 청파호를 멀리서 지켜보며 욕을 하긴 어업지도선도 마찬가지다.

"거, 방 선장도 말 더럽게 안 들어. 피곤하게시리."
"그러게요. 아무래도 여기가 잡히는 게 많으니까요."
"그렇다고, 그냥 봐줘?"
"아뇨, 아닙니다. 그런 뜻은."
"이 섬 근처엔 안 돼. 아무것도. 절대 못 들어오게 해야 해."

멀어지는 청파호가 이윽고 완전히 사라지자 어업지도선도 안심이 되는 듯 다른 곳으로 이동했다.

'면적 6.5제곱킬로미터, 해안선 길이 29킬로미터'
'경상북도 울릉군 울릉읍 천사리에 속하는 무인도'
'전입은 가능, 전출은 불가. 주민 104명 중
강력범죄 및 마약 전과자 103명.'

천사도는 조용하지만 제법 덩치 큰 무인도다. 한동안 고요했던 이 섬은 어족자원과 지하수가 풍부한 데다 민간 개발이 가능하다는 사실이 1990년대 후반 알려지면서 2001년 익명의 투자자에게 매각되었다. 이 무인도가 1970년대에 군사훈련장으로 사용되거나 부랑자들의 수용소였다는 찜찜한 소문도 돌았지만, 개발 수익을 노린 투자자에게 그런 소문은 그저 먼지내음 가득한 과거일 뿐이었다. 독도에서 뱃길로 15킬로미터, 서남쪽 해상에 위치한 천사도는 일본의 오키섬에서 직선거리로 155킬로미터밖에 안 떨어져 있다. 독도가 오키섬에서 158킬로미터 떨어진 것에 비하면 사실상 일본과 가장 가까운 섬인 것이다. 물론 천사도의 이런 특별한 지리적 위치에 관심을 갖는 사람도 거의 없었다. 그런데 2001년 매각된 후 잠든 듯 고요했던 이 섬에 25년이 지난 2027년부터 꽤 많은 인구가 유입되기 시작했다. 조용하던 천사도에는 기본적인 전기 시설과 상하수도가 갖춰졌으며 용도를 알 수 없는 건물들이 얼기설기 들어섰다. 누가 봐도 그다지 공들이지 않고 지은 건물들은 새로 지었음에도 기대감이나 포근함을 찾아보기 힘든 냉랭하고 부실한 '그저 그런 장소'의 모습이었다. 그럼에도 불구하고 섬에는 유입된 인구가 만들어 내는 어두운 활력이 돌기 시작했다. 솜씨는 없지만 인기척이 느껴지는 식당이 생겼고, 패싸움이 벌어지기 일쑤지만 탁구장과 헬스장도 만들었다. 뭐가 잡히는지 모르겠지만 고즈넉하게 앉아 시간을 보낼 수 있는 갯바위 낚시터도 생겼고(물론, 가끔 정체를 알 수 없는 시체가 떠오른다; 죽은 지 얼마 안 됨.) 농사짓기 좋은 땅에는 부지런한 누군가가 심었는지 감자, 콩, 고추, 옥수수 등 사람의 손길이 필요한 작물들이 줄을 맞춰 싹을 틔우기 시작했다.

그렇다고 해서 천사도가 갑자기 어촌이나 관광지화된 것은 아니다. 오히려 외부와는 이전보다 더 철저히 단절될 속셈인지 항구나 방파제는 섬 어디를 둘러봐도 찾아볼 수 없는 데다 차가 다닐 수 있는 도로 역시 전무했다. 통신 인프라는 행정을 책임지는 도지사 사무실에서 위성으로 연결된 유일무이한 인터넷과 위성통신이 전부다. 어업지도선과 해양경찰이 접근 단속을 강화한 것도 천사도의 고립을 거들었다. 분명 이곳은 이제 사람이 살지만 삶은 보이지 않는, 관광지도 그렇다고 평범한 마을도 아닌 곳이 되었다. 2029년 현재, 주민 104명. 의료진 1명, 공무원은 섬의 행정을 책임지는 도지사 1명으로 구성된 천사도는 대한민국 제1호 거주제한 특별 자치행정구역이다. 34명의 연쇄살인범, 45명의 성폭행 강력범, 23명의 마약사범이 원치 않은 서로의 이웃이 되어 평생 이 섬 안에서 출소 후의 자유라는 것을 누리며 살아가야 한다. 천사도는 대한민국 헌법이 적용되지만 사실상 방치되어 있으며 행정실에서 가능한 것은 사망신고와 전입신고, 그리고 쓸모없어 보이는 출생신고가 전부다. 그들은 분명히 국가로부터 배제당했다. 아니 버림받았다가 더 정확할지도 모른다. 교도소에서 형기를 마쳤지만 출소 후 다른 도시에서 전입허가를 내주지 않았고 그런 그들이 대한민국에서 살 수 있는 곳은 원래 있던 감옥 빼곤 이제 천사도뿐이다. (그렇다고 감옥으로 돌아갈 수도 없다. 천사도에는 경찰이 존재하지 않기에) 이 섬은 이들을 가뒀지만, 법의 구속을 받지 않기에 한 편으로는 더 많은 자유를 부여했다고도 볼 수 있다. 물론 오직 한 가지 자유를 박탈하는 조건으로.

그 박탈된 자유는 바로 '거주의 자유'다.

<Chapter 1> 2019년: 악마가 사는 평범한 세상

[7월 4일 목요일 오후] 서울특별시 한올동 골목길

"민선아. 너 이따 바로 미술학원 갈 거야?"

"나 오늘 할머니네 가. 아마 아빠가 학원에 전화했을걸? 나 못 간다고."

민선이가 다정이에게 생긋 웃어 보인다. 또래보다 머리 하나는 훌쩍 큰 민선이를 뒤에서 보면 고등학생처럼 보일 정도다. 일찍 찾아온 여름 뙤약볕에 블라우스가 땀으로 젖은 두 아이는 집의 방향이 나뉘는 갈림길에 다다를 무렵이 되도록 재잘재잘 떠드느라 정신이 없다. 요즘 뜨는 아이돌 이야기, 학교에 새로 온 원어민 선생님 이야기…. 쉼없이 울어 대는 매미 소리도 아이들의 수다에 묻혀 조용하게 느껴질 지경이다. 땀에 젖은 민선이의 앞머리가 이마 위에 미역처럼 철썩 달라붙어 있다. 갈림길에 선 다정이가 인사했다.

"벌써 다 왔다. 잘 가, 학원에서 봐. 아! 너 오늘 안 온다고 했지? 좋겠다. 월요일에 봐."

"아냐, 우리 토요일에 보육원에서 보니까. 그날 봐."

"아 맞다, 깜빡할 뻔했네. 민선이 너…. 그 오빠 때문에 봉사활동은 안 빠지는 거지? 너…. 엄청 티 나!"

다정이의 놀림을 들은 민선이 얼굴에는 더위와 무관한 분홍빛 부끄러움이 빨갛게 번졌다.

"그런 거 아니거든?"

"진짜? 그럼 그 오빠한테 내가 좋아한다고 해도 돼?"

민선이의 얼굴이 더 달아올라 홍당무처럼 빨개지자 다정이가 개구지게 웃으며 민선이를 놀렸다.

"거 봐~ 장난이야, 장난. 하여간, 넌 거짓말을 참 못 해. 알았어. 토요일에 보육원에서 만나. 잘 가 민선아!"

그제야 민선이는 배시시 웃어 보였다. 주책 맞게 이른 무더위 때문일까, 아니면 폭염 주의보로 단축 수업이 되는 바람에 평소보다 일찍 학교를 나섰기 때문일까? 익숙한 동네 골목길은 여름 태양을 유일하게 반기는 매미 소리만 시끄럽게 울릴 뿐 차가운 새벽녘만큼 한적하다. 이 시간 학교 밖 골목길을 걷는 것은 드문 일이라 그런지 민선이도 마치 낯선 곳에 온 기분이다. 그때 뒤에서 자동차 엔진소리가 가까워졌다. 민선이는 본능적으로 차 소리를 피해 길 옆으로 몸을 옮겼다. 그런데 뒤에서 들리던 자동차의 엔진소리가 갑자기 브레이크 소리로 바뀌었다. 그리고 낯설지만 친절한 한 남자의 목소리가 들렸다.

"한민선, 민선이 아니니?"

민선이가 돌아보자 부드러운 미소를 띤 젊은 남자가 차의 창문을 내리곤 민선이에게 손을 흔들었다.

"네? 안녕하세요…."

누구인지 모를 남자의 인사에 민선이는 자기도 모르게 허리를 숙여 인사했다.

"정말 다행이다. 너 아니었음 오빠 여기서 뱅글뱅글 돌 뻔했어."

남자가 사람 좋은 미소를 지으며 이마의 땀을 닦아낸다. 하얀 차에서 내려 말을 거는 남자는 정말 민선이가 반가운 듯 연신 웃어 보였다. 민선이는 그를 빤히 바라봤다. 낯선 그의 얼굴은 타고 온 자동차처럼 하얗고, 치아는 가지런하다. 옷은 말끔한 대학생 같은 모습이다. 남자는 호감이 갈 법한 외모를 두루 갖추고 있다.

"아버지는, 아직 안 들어오셨지?"

"아버지요?"

"아, 몰랐구나? 한 팀장님도 집으로 오실 거야. 회사에 돌아가신 분이 계셔서 옷 갈아입고 상가집에 가야 하거든. 마침 나도 댁으로 모시러 가는 길인데… 하긴 민선이는 아직 몰랐겠구나? 이제 하교 중이니까."

"아…네…"

민선이는 아빠와 같이 일하는 사람 중 교도소를 회사라고 하는 사람을 처음 만났다. 아빠에게 이렇게 어린 회사 동료가 있다니, 그저 신기할 따름이다.

"그나저나 너 정말 많이 컸다. 너무 오랜만에 봐서 그럴까? 정말 애기였는데. 여하튼 같이 가자, 태워 줄게."

남자가 뒤에 서 있는 하얀 차를 손으로 가리키며 웃었다. 하지만 민선이는 못내 망설여졌다.

'모르는 사람 차는 절대 타면 안 돼!'

아빠가 항상 했던 말이 귓가에 스쳐 지나갔기 때문이다.

"괜찮아요, 길 알려드리고 저는 걸어갈게요."

사양하는 민선이를 바라보며 남자는 어색한지 머리를 긁적이며 웃었다.

"정말? 왜? 아~ 우리 한 팀장님이 민선이를 아주 철저히 교육시키셨구나. 에이, 오빠 나쁜 사람 아니야."

교도관인 아빠를 팀장이라고 부르는 사람도 처음 봤다. 하지만 남자의 이런 말들이 민선이에게는 되려 새롭고 친근하다. 항상 처음 보는 사람들에게 아빠를 소개하며 '우리 아빠는 교도소에서 일하세요'라는 말이 불편했기 때문이다. 그런데 오늘 이 순간만큼은 이 남자가 아빠를 회사 사람, 팀장님이라고 먼저 불러 주어서 왠지 기분이 좋다. 아빠가 말해준 교정 공무원이나 교도관이라는 직업보다 친숙하고 어감이 좋게 느껴진다.

망설이는 민선이를 두고 남자는 차로 걸어가 문을 열더니 시트에 놓인 아이스크림 케이크를 보여줬다.

"민선아, 아버지 오시면 같이 먹고 출발하려고 사 온 거야. 야, 이거 이러다 차에서 다 녹겠어."

민선이는 귀엽게 투정을 부리는 남자의 말에 마지못해 차 안을 살짝 들여다봤다. 뒷좌석에 놓인 인형과 조수석의 아이스크림 케이크를 보자 민선이의 경계심도 아이스크림처럼 스르르 녹았다. 여전히 처음 보는 사람의 차를 타는 것이 낯설고 위험하게 느껴지지만 아빠를 한 팀장이라고 부르며 자신의 이름을 아는 아빠의 회사 후배를 과연 낯선 사람이라고 할 수 있을까? 라는 합리적 의문도 들었다. 한층 경계가 누그러진 민선이는 남자가 열어 준 조수석에 조심스럽게 앉았다. 시원한 에어컨에서 엔진 소음과 뒤엉켜 뿜어져 나오는 찬바람이 기분 좋은 음악과 함께 민선이를 감쌌다. 남자는 운전석에 앉아 핸들을 잡고 싱긋 웃으며 민선이를 바라봤다. 꽤 미남이다. 왠지 부끄러워진 민선이가 황급히 고개를 숙이자 남자가 슬쩍 웃어 보인다.

"자, 한 팀장님 댁이 어느 방향이지?"

남자가 안전벨트를 매며 물었다. 민선이가 타서 그런지 내비게이션은 꺼져 있다.

"이 길을 직진하다가 우회전이요. 그리고, 광장 쪽 편의점이 나오면…"

민선이의 설명이 끝나지 않았지만 남자는 벌써 차를 후진하기 시작했다. 마치 이미 길을 아는 듯. 하지만 그 길은 민선이네 집을 가는 길이 아닌 것은 분명해 보였다. 집과 반대 방향이다. 깜짝 놀란 민선이가 남자를 바라봤지만 이미 차는 방향을 돌려 빠르게 달리기 시작했다. 남자는 기어 쪽에 놓아 둔 아이스크림 케이크가 걸리적거리는지 상자를 들어 뒷좌석으로 내던졌다. 그러자 빈 아이스크림 박스는 한없이 가벼운 소리를 내며 시트에 나동그라졌다. 갑자기 불안감에 휩싸인 민선이가 남자를 바라봤다. 남자는 뭐가 급한지 가속도를 올리며 골목을 빠져나가는 중이다. 두려움에 질린 민선이가 망설이다 어렵사리 입을 열었다.

"그런데, 아저씨…. 저 어렸을 때 봤어요?"

"그럼! 지금처럼 예뻤지."

6학년인 민선이가 어렸을 때면 적어도 10년 전일 텐데, 남자는 아무리 봐도 서른이 안 된, 아니 20대 초반 정도밖에 안 돼 보이는 외모다. 그럼 이 사람은 대체 무슨 말을 하는 거지? 게다가 차는 골목을 빠져나와 민선이의 집과는 먼, 반대 방향으로 빠르게 달리는 중이다. 민선이는 중첩된 지금의 모든 상황들을 조합하자 직감적으로 눈물이 흘렀다. 그리고 걷잡을 수 없는 불안과 공포가 엄습했다. 분명 뭔가 잘못되었다. 늦었지만 성급한 후회가 밀려왔다. 민선이가 지금 할 수 있는 말은 그다지 많지 않다.

"아저씨, 저 살려주세요…."

금세 눈물범벅이 된 얼굴로 바라보는 민선이를 향해 남자가 미소를 지어 보였다. 하지만 처음 만났을 때 느껴지던 따뜻한 미소는 아니다. 오히려 오싹할 만큼 광기 어린, 불길한 기대에 가득 찬 그런 미소다.

"걱정 마. 민선아. 오빠가 너와 하고 싶은 게 아주 많아. 그리고 아저씨라고 하지 마. 씨발, 기분 나쁘니까."

남자는 민선이가 안고 있던 가방과 미술학원 숙제가 들어 있는 화통을 낚아채더니 뒷좌석으로 던져버렸다. 사인펜으로 꾹꾹 눌러쓴 '새시대미술학원 한.민.선' 이름이 적힌 화통이 깜짝 놀라 입이라도 벌린 듯 뚜껑 열린 채 내팽개쳐졌다. 차는 한적한 대로변을 거칠게 달렸다. 두 아이의 재잘거림이 가득했던 골목에는 이제 위험을 느낀 매미들의 우렁찬 울음소리와 하얀 차가 남기고 간 매연만이 남아 있다. 민선이는 아마 오늘 할머니를 뵈러 가지 못할 것 같다.

[7월 8일 월요일 아침] 서울특별시 도봉구 유수아 형사의 집

유 형사가 얼굴에 선크림을 대충 문지르며 출근을 위한 옷을 고른다. 한 듯 안 한 듯 수수한 화장에 질끈 동여 맨 머리는 그녀의 외모를 평범함으로 덮으려 애쓰지만 감출 수 없을 만큼 돋보이는 미모와 훤칠한 키는 그녀의 직업이 강력 범죄를 다루는 베테랑 형사라고 믿기지 않을 우아함과 매력을 도저히 숨겨주지 못하고 있다. 큰 키 덕에 체대를 준비하며 매일 트레이닝복 바람으로 돌아다니던 고교 시절의 그녀는 수많은 캐스팅 제안과 기획사들의 명함을 수집하곤 했다. 그래서 그녀는 강력반 안에서도 경찰대가 연예기획사에서 강탈해 온 두고두고 아까운 아이돌 인재라는 짓궂은 놀림을 듣곤 한다. 딱 달라붙는 청바지와 신축성 좋은 셔츠를 걸친 그녀의 지금 모습은 마흔을 바라보는 나이임에도 흡사 해외 패션쇼를 위해 공항을 찾은 모델의 오라를 풍긴다. 출근 준비로 바빠 보이는 그녀의 옆에는 스피커로 연결된 스마트폰에서 실시간으로 중계되는 뉴스특보가 최대 음량으로 흘러나오는 중이다. 그녀의 온 신경은 이 뉴스에 꽂혀 있다.

'어제 검거된 조강석은 현재까지 다섯 명의 초등학생을 유인,
납치, 성폭행한 것으로 드러났습니다.
특히 피해 아동들을 대상으로 성 착취 동영상을 촬영하여
인터넷에 공개하는 등 그간의 잔인하고 흉악한 행적이 밝혀지면서
국민들에게 커다란 충격을 주고 있습니다.'

유 형사는 흰자 주변이 거뭇하게 타버린 계란 프라이 세 장을 접시에 올려 흰 우유 한 잔과 허겁지겁 먹고 출근길을 서둘렀다. 바쁜 하루가 될 것이다. 집 앞에서 운 좋게 잡아탄 택시는 시원한 에어컨 바람과 쿰쿰한 곰

팡이 냄새가 가득하다. 더운데 신선한 공기를 위해 창문을 열고 달릴 것인가, 그냥 곰팡이 냄새를 참고 낡은 에어컨과 시원하게 달릴 것인가 고민이 될 만큼 막상막하의 더위와 냄새다. 택시의 라디오에서도 조강석 관련 뉴스가 속보로 여전히 다시 흘러나오고 있다. 라디오를 듣던 늙은 택시 기사가 거친 욕을 쏟아냈다.

"참 나, 저런 짐승새끼가 정신과 약 몇 알 주워 먹었다고 심신미약이라고 지랄을 하니, 애써 잡아봐야 소용이 없어! 처먹을 거면 쥐약을 주워 처먹지 뭔 정신과 약이야."

일흔은 족히 넘어 보이는 택시 기사의 넋두리에 유 형사의 귀가 커졌다.

"정신과요? 기사님, 라디오 소리 좀 높여 주세요."

"아, 아가씨 이런 걸 뭐 하러 들어요. 기분만 잡치지. 우리 같이 뽕짝이나 들으며 갑시다."

택시 기사가 라디오를 끄고 음악을 틀려 하자 유 형사가 만류했다.

"어르신, 죄송한데 뉴스 소리 좀 키워주세요. 얼른요."

그런 유 형사가 못마땅한 듯 혀를 한 번 차던 택시 기사가 마지못해 다시 뉴스 볼륨을 높였다.

'검거된 조강석은 미국 유학 시절부터 복용해 온 수면제 및
공황장애약을 근거로 심신미약을 주장하고 있습니다.
조강석의 변호를 맡은 법무법인 철인의 안일한 변호사에 따르면, 조강석은 현재도
공황과 환청, 환각에 시달리는 등 정신병을
앓고 있으며 이에 따른 치료가 우선시되어야 한다는
주장을 하고 있습니다.
한편 안일한 변호사는 청담동 연쇄살인 피의자 장두석의

무죄를 이끌어 낸 스타 변호사로 이번에 조강석의 변호를
맡을 것으로 보여 세간의 이목을….'

오늘 새벽까지는 전혀 들리지 않았던 새로운 소식이 그녀의 가슴을 짓누르고 있다. 정작 정신과 약은 자기가 먹어야 할 것 같다고 그녀는 생각했다.

"기사님, 죄송한데, 담배 한 대만 좀 태울게요."

"아, 재만 떨구지 마요. 시트 빵꾸 나니까. 그럼 나 이제 뽕짝 좀 틀겠습니다."

"예, 그러세요."

유 형사가 라이터를 켜서 물고 있던 담배에 불을 붙이고 한 모금 크게 빨아낸다. 후 불어내는 입김을 통해 하얀 연기가 창문 밖으로 영혼처럼 빠져나간다. 35도가 넘는 무더위가 찾아온 세상으로 흘러 나가는 그녀의 담배 연기가 마치 그녀의 가슴속에 산불이라도 난 것마냥 느리게 번져 나갔다. 경찰서를 향해 내달리는 택시 안에서 늙은 기사가 틀어 놓은 신나는 뽕짝이 경쾌한 박자 속에 담배 연기와 함께 흘러나온다. 누군가는 지금 기분이 저 박자에 맞춰 잔뜩 흥이 나겠지? 그녀와는 정반대로.

[7월 15일 월요일 점심] 영동대로 안일한 변호사의 차 안

"아 그래서 뭐! 대체 어떻게 된 건데?"

"주원이가 때린 애 쪽에서 강력하게 처벌을 원하나 봅니다."

"아니 사내놈들끼리 싸울 수도 있지! 뭘 그렇게 깐깐하게 굴어?"

"그쪽 입장에서는 그럴 수도 있는 게 상대방 애는 원래 장애도 있는데다 주원이가 혼자 때린 게 아니라…."

아들에게 항상 학교 폭력의 피해자가 될 바엔 가해자가 되라고 자신 있

게 말했지만 이렇게 사고를 크게 칠 줄 몰랐다. 수능 준비를 하기도 모자랄 시간에 싸움이라니. 안일한 변호사는 신경질이 난다.

"그래서 애는?"

"원래 다리가 안 좋았는데 이번에 많이 다쳐서 장애가 더 심해질 수 있다고 합니다. 하필 머리도 다쳤어요."

"아니, 걔 말고. 우리 주원이 말이야."

"아, 주원이요? 주원이는…. 안경 떨어진 거 말고는 뭐 다친 곳이 없습니다."

"주원이 안경이 떨어졌어? 걔가 그런 거야?"

"네, 피해자 학생이 넘어지다가 팔을 휘적거렸는데 그때 아마 손에 닿아 주원이 안경이 깨졌나 봅니다."

"쌍방이네 그럼. 우리 주원이도 실명할 뻔한 거 아냐?"

"실명이요? 그래도 그건 좀…."

"야, 양 사무장, 쌍방이라고."

"네…. 변호사님."

"그리고, 누가 네 맘대로 피해자야. 그럼 우리 주원이가 가해자야? 우리가 매번 무죄인 사람만 변호하냐?"

"그건 아니죠…."

"그래 알면 됐어. 꼭 이렇게 설명해야 하냐? 지금 바쁘니까 나중에 이야기해. 끊어."

사무장과의 전화를 끊고 답답한 듯 안 변호사가 욕을 내뱉었다.

"에이 젠장, 나도 빨리 성공해서 기사를 두든가 해야지. 뭐 하나 스스로 해결을 못 해."

어느새 그의 차는 교통 체증을 뚫고 목적지에 가까스로 도착했다. 그는 신사동의 조용한 중식당 앞에 차를 세우고 조수석에서 조그만 명품 서류

가방을 꺼내 들곤 성큼성큼 계단을 올랐다. 식당 문이 열리자 지배인이 나와 정중하게 허리를 숙여 인사했다.

"누구 이름으로 예약을 했나 모르겠네?"

"아, 오늘 예약은 한 팀이십니다. 대관을 하셨거든요. 이쪽으로 오시죠."

안 변호사가 예상 못한 지배인의 대답에 쓴웃음을 지으며 따라 나선다. 족히 스무 개는 넘어 보이는 방을 지나고 있는데, 이 공간을 통으로 빌렸다고 하니 점심 값으로 대체 얼마를 낸 걸까? 갑자기 궁금해졌다. VIP룸 앞에 멈추자 볼일을 마친 지배인은 고개를 까딱하더니 다시 자리로 돌아갔다. 안 변호사가 심호흡을 하고 안경을 고쳐 쓴 뒤 노크를 하려 하는데 안에서 문이 벌컥 열렸다.

"아이, 깜짝이야!"

"어, 안 변호사님 도착하셨군요. 많이 늦으시나 해서 마침 나가보려던 참인데."

머쓱한 안 변호사를 비산그룹 박창원 실장이 안으로 안내했다. 볕이 잘 드는 창가 자리에는 먼저 도착한 비산그룹의 조무상 회장이 자리를 잡고 앉아 밖을 내다보고 있다. 새로울 것도, 그렇다고 아름다울 것도 없는 꽉 막힌 서울 강남 한복판 도로 위에 수많은 차들이 걷기보다 느린 속도를 감내하며 신호를 기다리는 정체에 동참하고 있다. 재미도, 감동도 없는 창밖 풍경을 주시하는 조 회장의 머리는 지극히 당연하겠지만 아들 조강석에 대한 고민으로 혼잡할 것이다. 저 붐비는 꽉 막힌 도로처럼.

"늦어서 죄송합니다. 안일한 변호사입니다."

"그래서, 몇 년이라고?"

조 회장은 안 변호사의 인사를 무시하고 고개도 돌리지 않은 채 물었다. 기분이 나쁠 법하지만 그는 능글맞게 감정을 다스렸다. 그에게 앞으로 가장 중요한 고객이 될 늙은이라는 것을 너무도 잘 알기 때문이다.

"아시는 바와 같이 아드님 케이스는 이번 사건 자체가 처음이 아닙니다. 그리고…"

"그래서. 몇 년."

설명 따위는 필요 없으니 결론만 말하라는 조 회장의 태도는 전형적인 재벌그룹 오너의 고압적인 모습이다. 안 변호사는 슬쩍 부아가 치밀어 올랐지만 꾹 참아냈다.

"네, 회장님. 10년입니다."

그가 조 회장의 입맛에 맞는 대답을 자신 있게 내놓았다. 그제야 조 회장이 고개를 돌려 안 변호사를 바라본다. 깊게 패인 주름. 하얗게 샌 머리, 하지만 또렷하다 못해 무섭게 번쩍이는 눈이 그가 아들을 얼마나 늦은 나이에 얻었을지 짐작하게 해준다. 긴 한숨을 내쉰 조 회장이 한참 만에 입을 열었다.

"그 망나니 자식. 지금 나이가 스물다섯이야."

"네, 잘 알고 있습니다. 회장님."

박 실장이 조 회장의 빈 잔에 따뜻한 차를 따라준다. 나이가 많은 조 회장은 입이 자주 마르는지 잠시 차를 머금고 기다렸다가 안 변호사에게 말했다.

"그럼 서른 전에는 세상에 나와서 지 인생을 살아야지. 그러니까 5년으로 맞춰. 대신 비용은 두 배 더 주지."

조 회장의 말에 안 변호사가 속으로 쓴웃음 지었다. 조 회장은 듣던 대로 보통이 아니다. 안 변호사는 처음 조강석의 형량을 최대 7년으로 줄일 수 있다는 자신감을 가지고 있었지만 10년을 먼저 부르고 조율할 생각이었다. 하지만 조 회장은 이미 목표를 5년으로 못 박은 채 역으로 그를 압박하고 있다. 이번 사건은 다행히 살해당한 피해자가 없지만 연쇄 범죄다. 게다가 마약, 폭행전과가 있는 상태이다 보니 감형도 상당히 힘든 케이스다. 그리고 재벌그룹 승계가 유력한 망나니 외아들의 일탈은 미디어와 언론에게 이미 좋은 먹이를 제공했으며 마치 피냄새를 맡은 피라냐같이 기자들이 잔뜩 달라붙어 있다. 조강석의 주머니에서는 마약까지 발견되었고, 피해자들을 촬영한 사진과 영상을 인터넷에 올리기까지 했다. 상황이 이 정도면 급한 쪽은 당연히 조 회장일 것이다. 하지만 협상에서 우위를 점하고자 무리라는 걸 알면서도 안 변호사를 압박할 5년이란 불가능한 형량 조건을 던졌을 것이다. 물론 조 회장의 이런 억지에도 안 변호사에게는 카드가 준비되어 있다.

"최소 20년을 들으셨지요. 회장님?"

"아마 비산그룹 법무팀이 전부 달라붙어 준비하고 회장님께 보고 올린 형량, 그게 20년일 겁니다."

조 회장의 표정에 불편한 기색이 번진다. 하지만 안 변호사는 멈출 기미가 없다.

"그럴 수밖에 없죠. 성폭력처벌법 제4조에 따르면 무기징역 또는 최소 7년 이상의 징역형이니까요. 그런데 아드님은 연쇄라 피해자도 많고 검거 당시 주머니에서는 마약도 발견되었죠. 아동착취 영상 헤비 업로더이기도 하고요. 영상이 미국 사이트에도 올라가서 미국도 범죄인 인도 요청한 건, 아직 모르시죠?"

조 회장이 질타하는 눈빛으로 박 실장을 쏘아본다. 아마 쓸데없는 정보를 안 변호사에게 넘겼다는 무언의 질책일 것이다. 예상치 못한 안 변호사의 도발에 비산그룹 박 실장도 안절부절못하는 중이다.

"그렇게 산출된 형량 20년을 5년으로 줄여라, 그 대가로 비용은 두 배 더 내겠다, 그 말씀 맞으시죠?"

불쾌한 표정의 조 회장이 안 변호사의 말을 기다리며 날카롭게 바라본다. 안 변호사가 결론을 꺼내 놓았다.

"회장님, 비산그룹 후계를 이을 아드님의 중요한 가치를 고려해 주시죠. 하나밖에 없는 아드님이 사회에 더 빨리 나오게 된다는 건 그만큼 비산그룹의 경영에 중요한 승계 기간을 추가로 부여하는 것 아닐까요?"

"알아듣게 말하게. 내가 나이가 들어서 인내심이 별로 없으니까."

"네, 알겠습니다. 죄송합니다. 회장님. 지금 상황만 보면, 마약, 동영상 제작 싹 다 무시하고 형량을 예상해도 최소 7년입니다. 그러니 5년이 애초에 불가능한 건 충분히 아실 것 같고, 제가 최선을 다해서 불가능에 가깝지만 7년으로 줄여보겠습니다. 7년…. 출소하면 서른둘이겠군요. 그 정도면 아드님도 한창이실 나이죠."

"조건은?"

넘어왔다. 안 변호사가 속으로 미소를 지었다.

"비산그룹 대표님의 연봉 곱하기 13. 변호를 맡는 수임료 외에 추가 성과보수 조건입니다. 대신, 목표가 달성되지 않으면 성과보수는 물론 수임료도 받지 않겠습니다. 예상 형량 20년을 7년으로 줄일 테니 13년치의 수고를 인정해주십사 부탁드리는 겁니다. 어떠십니까, 회장님?"

안 변호사가 싱긋 웃으며 자기 앞에 놓인 찻잔을 비우더니 벗어 놓은 재킷을 주섬주섬 챙기며 일어선다. 아무리 상대가 재벌 회장이지만 그렇다고 자신의 기세를 꺾을 안 변호사가 아니다. 지금 제일 급한 건 조 회장이다. 그는 그 사실을 잘 알고, 철저히 이용하고 있다. 마침 방 문이 열리며 전채요리를 서빙하려는 식당 직원들과 방을 나서려던 안 변호사가 어색하게 마주쳤다. 입구가 막힌 안 변호사가 조 회장과 박 실장을 우두커니 선 채로 바라본다. 조 회장은 찰나의 순간, 잠시 고민하는 듯하더니 이내 짜증 나는 표정으로 입을 열었다.

"계약서는 박 실장에게 보내게."

"그러죠 회장님. 후회하시지 않게 철저히 준비하겠습니다."

"내가 후회하게 되면, 자네는 더 큰 후회를 마주하게 될 거야."

두 사람의 대화가 드디어 결론을 내리자 잔뜩 긴장한 채 얼어 있던 박 실장이 그제야 안도의 한숨을 내쉰다. 박 실장이 서 있는 안 변호사에게 말했다.

"변호사님, 이제 중요한 이야기는 끝난 거 같은데 식사라도 하고 가시지요."

"괜찮습니다. 지금부터 많이 바쁠 것 같습니다. 식사보다 급한 일이 방금 생겼거든요."

한껏 상기된 안 변호사가 식당을 나와 황급히 차를 빼고는 사무실을 향한다. 그는 오늘 그의 인생을 바꿀지도 모를 일생일대의 중요한 사건을 수임했다. 그는 바로 전화를 들었다.

"양 사무장, 뽀르노 유통하던 놈들 중에
제일 악질 두세 명만 추려 봐. 어, 조강석이 대신에. 그래. 물었어."

<Chapter 2> 2026년: 비극 뒤의 비극

[7년 뒤, 2026년 8월 3일 월요일 정오]
강원도 평창군 고랭지 배추밭

　유 형사가 창문을 열고 덜컹대는 산길을 내달린다. 흙먼지가 날리는 비포장도로를 따라 고랭지배추 도난사건 현장에 출동하는 그녀의 등은 이미 땀으로 젖어 시트에 밀착된 지 오래다. 에어컨을 진작 고칠걸 하는 후회가 밀려왔지만 왠지 이곳에 온 후 유난히 더 게을러진 기분이다. 구불구불한 길을 타고 산 위로 올라갈수록 낡은 세단의 라디오가 토해내는 잡음은 심해졌다. 이리저리 다이얼을 돌리던 찰나, 유난히 그녀의 귀에 모든 소리, 음절 하나하나가 또렷하게 들리는 방송을 드디어 찾았다. 아니 그 방송은 마치 그녀를 위한 생방송인 듯 유 형사의 귀에 화살처럼 날아와 꽂꽂이 박히고 있다. 수신인이 그녀로 지정된 등기우편처럼.

"광복절을 맞아 오늘 특별사면 대상자들이 출소합니다.
이번 사면에는 선거관리법 위반으로 지난 2024년 구속 수감된
애국당 이형철 전 국회의원 등 다수의 정치인이 포함된 가운데
비산그룹 승계구도에 중요한 영향을 미칠 조강석 씨도 포함되어
관심을 모으고 있습니다.
특히 조씨는 출소 후 피해자 중 한 명의 거주지 인근인
서울특별시 연산구 한올동에 거처를 마련할 것임이 알려지면서
국민청원 게시판에는 가해자와 피해자의 거주 분리를 요구하는
청원 글이 올라 75만 건의 동의를 얻는 등 이슈가 된 바 있습니다.
법무부는 이와 관련해 형기를 마친 출소자들이
사회에 복귀하는 데 도움을 주고, 거주의 자유를 침해하는

기본권의 훼손은 받아들이기 어렵다는 이유로…"

"아주 지랄을 하네."

유 형사가 깊은 한숨을 쉰다. 자욱하게 일어나는 비포장도로의 먼지 사이로 7년 전 조강석을 검거했던 그날이 떠오르자 그녀의 가슴 한 켠에서 무거운 바위가 잡초처럼 자라났다. 평범했던 고급 주택가 차고에서 여자아이의 비명이 들린다는 신고를 받고 출동한 유 형사는 수개월 간 추적 중이던 하얀 차의 아동 성범죄자를 결국 검거할 수 있었다. 무모할 정도로 용감했던 마지막 피해자의 반항과 탈출이 아니었다면 세상을 활보하던 그 악마는 7년이 지난 오늘도 어쩌면 여전히 어디선가 자신만의 추악한 왕국을 구축하며 소중한 아이들을 짐승만도 못한 노예처럼 학대했을 것이다. 세상이 경악한 그날의 검거 이후, 모든 것이 끝날 줄 알았다. 하지만 대법원에서 최종 선고가 내려지던 날, 지옥으로 버려질 것 같았던 그 악마는 징역 10년이라는 예상보다 훨씬 가벼운 형량을 선물받는 데 기어이 성공했다. 피해 아동의 보호자들은 그 악마 대신 지옥을 맛보며 세상이 외면하는 울분을 꾸역꾸역 삼켜야 했고, 뻔뻔한 악마는 10년이라는 초라한 형량 그것마저 불만족스럽다는 듯 거친 욕설을 내뱉으며 신성한 재판장을 모욕했다. 초조하게 조강석의 선고 결과를 지켜보던 유 형사와 동료들은 허탈함에 주저앉았고 그를 변호했던 법무법인 철인의 안일한 변호사는 뭐가 못 마땅한 건지 잔뜩 화 난 모습으로 판사에게 달려가 따지고 있었다. 그날 그 우스운 꼴이 가득한 블랙코미디 같은 재판장에서의 광경을 유 형사는 지금도 잊을 수 없다. 마치 지워지지 않는 문신이 그녀의 뇌에 새겨진 것처럼 말이다.

"무기징역 받고도 남을 놈이, 특별사면이라…. 돈이 좋네. 그때 미국으로 보내 버려야 했어."

비포장도로의 흙먼지를 뚫고 도착한 평창 고랭지배추밭에는 먼저 도착한 순경들이 배추밭 주인에게 진술서를 받느라 분주하다. 평창 고지대에서 내려다보는 이곳 강원도의 경치는 상상 이상으로 아름답다. 더럽고 시끄러운 세상에서 멀리 떨어진 곳이라서 그런가.

"수고~ 뭐 좀 나왔어?"

"유 형사님 오셨어요? 그게, 바퀴자국은 나왔는데, 그거 말고는 딱히 없습니다. 산속이라 목격자도 없고."

"산속이니 CCTV는 당연히 없을 거고…. 근처 다른 동네 유사 사건 확인해 봤어?"

그때 순경들 사이를 헤집고 배추밭 주인이 그녀 앞으로 달려왔다.

"아이고~ 형사님…. 이놈들 꼭 좀 잡아 주세요. 벌써 세 번째예요."

"네, 어르신 꼭 잡을게요. 조금만 기다려주세요."

유 형사가 애걸복걸하며 배추를 안고 온 밭 주인을 돌려보내고 현장을 둘러보기 시작한다. 그때 잠잠하던 그녀의 스마트폰이 요란하게 울렸다. 전화를 받으려고 보니 영 찝찝하다. 하필 발신자가 서장이다.

"아…. 씨, 오늘 기분도 이상한데 그냥 씹을까?"

같은 날 오후, 경기도 과천시 법무부 청사 장관실

"많이 시끄럽나?"

"네, 조강석은 여론에서 워낙 심하게 다루는 데다 국민청원도 생각보다 파급이 커서… 가라앉지 않습니다."

안일한 법무부 장관이 집무실 책상에 비스듬히 앉아 뉴스 속보를 보고 있다. 집이든, 일이든 뜻대로 되는 것 없이 다 꼬이는 요즘이다. TV에서는 오늘 출소한 조강석이 고급 세단에 탑승해 기자들의 플래시 세례를 받으며 이동하는 장면이 반복 재생되고 있다. 조강석이 거주할 예정인 한올동 주택 앞에는 조회수 성수기를 노린 사이버렉카 유튜버들과 혼란을 통제하려는 경찰들, 그리고 그의 거주를 반대하는 한올동 주민들이 몰려들어 북새통이다. 마치 유명 대선 후보의 유세 현장을 방불케 하는 취재 열기는 덤이다. 안 장관이 한숨을 쉬며 TV를 신경질적으로 꺼 버린다.

"저 새끼는 돈도 많으면서 왜 하필 저기서 산다고 지랄이야? 저기 아니더라도 좋은 동네 많은데."

"그러게 말입니다… 조 회장도 심하게 반대한 거 같은데."

"자식 참 끝까지 사람 난처하게 하네. 조치는 어떻게 할 거야? 괜찮겠어?"

"집 앞에 초소를 두 개 더 만들었습니다. CCTV도 확충했고요. 자기도 조용히 살고 싶다고…."

"조용히 살고 싶은 놈이 왜 하필 피해자 인근으로 가고 난리야! 그리고 참, 피해자 조사는 했어?"

"네, 마지막 피해자 한민선. 당시 초등학교 6학년 열세 살이었고, 지금은 20세. 당시 성폭행 피해를 입고 심리치료가 필요해서 1년 넘게 학교를 못 다녔다 보니 이제 고3입니다. 트라우마가 심해서 자살 시도도 했던 것 같습니다. 사건 당시에는 조강석이 마약을 복용하고 정신을 잃은 사이 탈출을 감행했다고 합니다."

"기지배 깡다구 좋네. 가족은?"

"어머니는 일찍 돌아가셨고, 아버지는 한대성. 교정 공무원입니다."

"교도관?"

"네. 그리고…. 새터민 정착 가정이네요."

"탈북?"

"부친이랑 탈북해서 1988년에 들어왔습니다. 아버지는 건강 문제로 얼마 못 가 돌아가셨고요."

"일곱 살 무렵부터 여기 살았으면 뭐 빨간 물이 들진 않았을 거고…."

"네, 형편은 어려울 수 있지만 다른 이슈는 없었을 겁니다. 그냥 삶이 좀 불우하네요. 아버지도 일찍 여의고, 와이프도 병으로 일찍 잃고. 그나마 딸 하나 남았으니 많이 애지중지하겠습니다."

"어느 집이든 자식은 다 귀해."

"그렇죠?"

학폭으로 문제를 일으키는 아들과 마약을 즐기는 딸을 둔 안 장관의 입에서 저런 말이 나오자 의외라는 듯 양 실장이 자기도 모르게 웃었지만 다행히 안 장관은 그를 못 본 듯하다.

"자세히 뜯어봐도 특별한 건 없어 보이네…. 그나저나 그 새끼 그거 얘 짝사랑하는 거 아냐? 한민선인가 걔."

안 장관이 아무렇지 않게 농담을 내뱉은 것뿐인데 잠자코 듣고 있던 양 실장의 표정은 삽시간에 어두워졌다. 그리고 안 장관은 그런 양 실장의 표정을 놓치지 않았다. 그가 모르는 무엇인가가 있다는 불안이 느껴졌다.

"양 실장."

"네?"

양광석 법무부 대국민소통실장이 안일한 법무부장관의 눈을 똑바로 보지 못하고 대답한다.

"너, 뭐 알지?"

안 장관의 추궁에 양 실장의 표정은 더욱 난처해진다. 필시 숨기는 게 있다. 안 장관이 버럭 소리를 질렀다.

"빨리 말 안 해?"

"아니, 그게…. 마음에 들었었답니다."

앞뒤 자르고 알 수 없는 말을 뱉은 양 실장에게 안 장관은 짜증이 날 대로 나고 있다.

"뭐? 뭐가! 알아듣게 말하라고."

그의 호통에 놀란 양 실장이 체념한 듯 말했다.

"마지막 피해자요. 그 여자애가, 가장 마음에 들었다고 했답니다. 조강석이…."

양 실장의 말에 안 장관의 눈이 커진다. 그럼 그렇지. 그냥 그곳에 거처를 정할 놈이 아니다. 악마 같은 놈.

"이런 개새끼가! 너 그거 어디서 들었어?"

"비산그룹 박창원 비서실장입니다."

"그럼 그렇지. 씨발. 그걸 왜 이제 말해. 너 제정신이야? 네가 비산그룹 직원이냐? 거기 초소 몇 개라고?"

양 실장의 말이 끝나자마자 안 장관이 자리를 털고 일어나 씩씩대며 집무실을 나섰다. 역시 그 미친개가 그냥 그곳에 갔을 리가 없다. 이렇게 된 이상 조 회장을 만나야 한다. 미친개에게 목줄이라도 채워야 하니까.

"아, 짜증 나. 괜히 빼 줬나 진짜."

늦은 오후, 강원도 평창경찰서장실

"거길 제가 왜 가요!"

"야, 수아야. 성질 좀 죽여. 내가 보낸다고 했냐? 위에서 발령 낸다고 하는데. 어떡하라고."

배추를 네 통이나 안고 있는 유 형사가 흙투성이로 서장실에서 짜증을 낸다. 사실 짜증보다는 애원에 가깝다.

"꼬라지는 또 왜 그래?"

"서장님이 배추도둑 잡아오라고 해서 대관령 현장 갔다 왔어요."

"그 배추는 뭐. 뇌물이라도 받은 거야?"

"아 쫌!"

서장의 농담에 유 형사가 짜증을 내자 서장이 움찔한다.

"야, 아무리 내가 친한 선배지만, 너 서장한테 너무 막 나간다?"

"선배, 나 진짜 안 가고 싶어서 그래. 좀 봐주면 안 돼? 나, 그 새끼 보면 진짜로 죽일지도 몰라."

유 형사가 배추를 바닥에 내려놓고 서장 책상 바로 앞까지 다가가 통사정을 해댄다.

"야 수아야, 넌 어머니 생각 안 하냐? 어머니도 이 기회에 이제 딸이랑 같이 살며 시간도 좀 보내시고…."

"돌아가셨잖아요."

"아, 그렇지. 미안. 언니, 너 언니 있지. 언니하고 쇼핑도 다니고 조카도 봐주고. 가족이란 건…."

"우리 언니 집 나갔잖아. 아빠가 호적에서 파버리고."

"그래. 맞아. 그렇지."

"그리고. 그런 걸 선배가 언제부터 신경 써 줬다고 이제 와서 이러는데요!"

"어허, 야 인마, 유수아. 공식 발령인데 너 공무원이 이럴 거야? 나라가 부르면 가야지!"

어색한 서장의 막무가내 호통에 유 형사의 표정이 금세 어두워진다. 7년 전 조강석의 대법원 최종 선고가 있던 그날 방청석에 있던 유 형사는 구치소로 이동하기 위해 재판장을 빠져나가는 조강석에게 날아가 주먹을 날렸다. 예상보다 훨씬 낮은 10년이란 형량을 받고도 피해자들에게 사과 대신 욕설을 내뱉는 그의 입에 주먹이라도 한 덩이 물려야 분이 풀릴 것 같았기 때문이다. 그날 벌인 그녀의 돌발행동은 다음 날 신문과 뉴스에 도배되었고 조강석의 변호를 맡고 있던 법무법인 철인은 공권력의 사적 제재라며 강력하게 반발했다. 그 사건으로 유 형사는 흉악범을 신속 검거한 유능한 경찰에서 법과 질서를 무시하는 공권력의 남용자로 하루아침에 낙인찍혔다. 그리고 징계 위원회의 논의 끝에 상당 기간 근신 조치와 원격발령 징계를 받아 들여야 했다. 덕분에 오늘 배추도둑과 두뇌 싸움을 벌이는 중이었는데, 갑자기 서울 복귀 명령과 새로운 임무가 부여된 것이다.

"선배, 우리 천천히~ 생각을 해봐요. 그놈을 내가 잡고, 그놈을 내가 패고, 그래서 내가 여기 왔는데."

"그래 정확하네. 그러니까 이제 그놈 때문에 서울 가면 되겠네. 그놈 지키러."

"아 선배, 쫌!"

"몰라, 몰라, 아 몰라! 위에서 내려온 거니까 올라가서 따져. 하여튼 다음 주 수요일까진 가야 해. 짐 챙겨."

서장이 자리를 털고 일어서자 유 형사가 망연자실한 표정으로 소파에 몸을 파묻으며 끙 신음 소리를 낸다.

"아니 근데 기분 거지 같네. 왜 하필 나래요?"

"그러게 말이다, 가서 물어보고 네가 나한테도 좀 알려줘라. 뭐 이쁘다고 이걸 널 또 시키냐? 그런데 이거 잘만 하면 좋은 기회야, 수아야. 조강석이 지금 언론에서 난리야. 잘 감시해서 인정받고, 깔끔하게 복귀하는 거야. 어때? 그럼 예쁘지. 야, 그리고 서울 가기 전에 한잔하자. 평창 한우 한번 먹고 가야지."

유 형사가 심드렁한 표정으로 주섬주섬 배추 두 통을 챙겨 들며 서장의 방을 나선다.

"야, 이거 마저 가져가야지. 배추, 배추 가져가라고!"

서장이 사무실 바닥에 덩그러니 굴러다니고 있는 배추 두 통을 손가락으로 가리킨다.

"언니 주세요."

"야, 됐어. 무거워. 아, 이거 가져가라니까. 배추!"

"뇌물이에요. 이제 선배도 공범이야."

[8월 10일 월요일 오후] 한올동 빌라골목 펜트하우스

밖은 아마 소음으로 가득할 것이다. 욕설, 비난, 두려움, 그게 무엇이든 좋은 소리는 하나도 없는 그런 악다구니 말이다. 하지만 집 안은 마치 오디오를 따로 꺼 놓기라도 한 듯 숲속처럼 고요하다. 깨끗한 최고급 가구, 잘 준비된 명품 양복. 지내기 부족함 없이 세팅된 가전제품들까지 집에만 있어도 좋을 것 같은 넓고 쾌적한 공간이 만족스러운 듯 조강석은 미소를 지으며 거처 곳곳을 둘러본다. 비산그룹 비서진은 지금도 집 안 구석구석을 돌아다니며 앞으로 수개월 그들의 오너가 될 남자가 편하게 지낼 수 있도록 세심한 배려를 곳곳에 바르느라 여념이 없다. 특별사면이 확정된 조강석이 향후 지낼 곳으로 한올동을 고르자 한올동 주민들 못지않게 비산그룹 역시 발등에 불이 떨어졌다. 조 회장은 끝까지 피해자가 거주 중인 한올동은 안 된다며 반대했지만 아들의 고집을 결국 꺾지 못하고 허락할 수밖에 없었다. 조 회장의 최종 승인이 떨어지자마자 비서실은 부랴부랴 한올동의 빌라를 여러 채 매입해서 리모델링에 들어갔다. 웃돈을 쥐여 주며 세입자들을 내보내고 건물 하나를 통으로 비운 뒤 단독주택으로 개조하는 데에는 두 달이라는 공사 시간이 필요했고, 이런 수고는 조강석을 위해 그의 아버지가 할 수 있는 아주 사소한 배려에 불과했다. 그렇게 마련된 그만을 위한 흉측한 성, 한올동 펜트하우스의 창가에 서서 밖을 바라보는 조강석의 옆에는 비산그룹 박창원 비서실장이 함께 서 있다. 그와 그의 아버지 일거수일투족을 곁에서 보좌하는 박 실장.

"조 이사님, 당분간은 시끄러울 겁니다. 필요하신 건 제가 대신 잘 준비하겠습니다."

"이사님은 무슨… 출근도 못하는데. 웃기지 않아요? 그냥 강석 씨라고 해요. 편하게 강석이라고 하던가."

조강석의 비아냥에 박 실장이 난처한 표정으로 입을 다문다. 조 회장은 아들 조강석이 회사에 복귀하기 전까지 이곳에서 지내는 것을 허락했다. 사실 치료 목적 가석방이기에 정신과 진단 등 공식적인 법적 절차가 마무리되기 전까지는 어차피 경영 복귀가 불가능하다. 대신 비서실장과 일부 직원들이 그와 지내며 그를 보호 및 관리하기로 했다. 대외적으로는 조강석의 경영 승계와 더불어 그의 심리적 안정, 주민들의 우려를 해소하기 위해 취한 조치라고 했지만 실제로는 조 회장 역시 자신의 아들이 또 어떤 사고를 치거나 돌발행동을 할지 모르겠다는 두려움이 앞서 취한 만반의 준비다. 물론 회사에 복귀하기 위한 실무 파악과 인수인계도 꼬박꼬박 보고되어야 한다. 크게 의미는 없겠지만. 조강석은 대한민국에서 손꼽히는 유복한 가정 환경임에도 중학교 시절부터 인생이 순탄치 않았다. 담임교사 폭행, 교내 공연음란 죄, 기물파손 등 크고 작은 사고가 끊일 날이 없었다. 이럴 때마다 비산그룹은 때로는 돈으로, 때로는 법으로 후계자의 치부를 철저히 숨겨왔지만 조 회장과 비서실도 시간이 지날수록 그를 숨기는 데 한계에 이르렀다. 조강석의 미국 유학은 그런 그의 상태를 개선시키기 위한 어쩔 수 없는 선택이자 도피였지만 결과적으로 이 유학은 조강석이 더 기괴한 괴물로 진화하는 최악의 레벨 업 스테이지가 되고 말았다. 유학 시절 미등록 총기 소지, 성추행 등 돈으로 막기 힘든 일탈을 일삼기 시작했고, 그가 마약에 손을 대는 순간 조강석의 상태는 유학 이전으로 돌이키기 힘든 지경까지 치닫고 말았다. 조 회장은 강제로 그를 귀국시키고 국내에서 관리하려 했지만 부유층 자제들 사이에서 조강석은 고급 마약의 가장 유명한 공급책으로 명성을 날렸고, 특이

취향의 성적 편력과 가학성은 그의 악명을 드높이는 결정적 계기가 되고 말았다. 조 회장도 하나뿐인 아들의 일탈이 두려웠고, 후회스러웠지만 후계 구도에 마땅한 대안이 없다는 것이 조강석에게는 완전한 안전망이자 커다란 무기가 되었다.

  조강석이 통유리로 된 펜트하우스 창문 앞에 서서 자신의 집 유리창을 향해 들이대고 있는 수많은 방송국 카메라들과 유튜버들의 대포 렌즈를 여유롭게 바라봤다. 그가 웃으며 밖을 향해 손을 흔들자 마치 연예인이라도 나타난 듯 여기저기서 플래시가 터지며 분주해지는 것이 보였다. 이 모든 장면이 아마 전국에 중계되고 있겠지? 누군가는 욕설을 내뱉으며, 누군가는 어그로를 끌며 나를 찍고 있겠지? 생각이 꼬리에 꼬리를 물자 조강석은 다시 한번 기이한 상상과 과감한 도전정신에 사로잡혔다. 조강석은 양손을 허리춤에 올리더니 서서히 허리에 감겨진 명품 벨트를 풀기 시작했다. 그리고 풀린 벨트를 목에 감고 손은 바지의 지퍼에 올렸다. 카메라의 플래시는 그의 눈을 멀게 할 만큼 번쩍이기 시작했다. 무대 위에 등장한 주인공이 연극의 정점을 향해 달려가는 카타르시스를 조강석은 당장 느끼고 싶다. 그가 도전의 정점을 향해 질주하려는 그 순간, 차가운 손이 그의 손목을 냉큼 잡아 끌었다. 박 실장의 왼손이 지퍼 위에 올려진 조강석의 팔을 잡더니 오른손으로는 전동 커튼 리모컨을 눌러 활짝 열려 있던 펜트하우스 통유리 창문 위로 두꺼운 암막 커튼을 신속하게 내린 것이다. 그렇게 절정을 치닫던 각본 없는 연극은 예고편만 공개한 채 시시하게 마무리되었다. 하지만 정작 박 실장의 이마에는 땀방울이 비 오듯 흐르고 있다. 원망스러운 눈빛과 함께.
  "조 이사님, 이러시면 곤란합니다."
  박 실장이 묘한 표정을 짓는다. 당혹감, 분노, 안도감이 뒤섞인. 마치 여러 가지 과일을 뒤섞어서 괴상한 맛이 나는 음료를 마신 아이의 표정 같다고 조강석은 생각했다.

"박 실장님, 제가 뭘 어쨌는데요?"

조강석은 박 실장이 잡고 있는 자신의 오른손을 빼 바지 속에 넣더니 허벅지를 긁으며 재미있다는 듯 웃었다.

"그냥 나 가려워서 그런 건데? 박 실장님은 안 그래요? 나 설마 아토피인가?"

박 실장은 얼굴이 붉어졌다. 모멸감과 분노가 일었다. 그런 박 실장을 무시하며 조강석이 말했다.

"필요한 건, 뭐든 우리 박 실장님께 이야기하라고 하셨죠?"

"네, 이사님. 혹시 불편한 게 있으신가요?"

애써 태연한 척 박 실장이 대답했다.

"그냥 앞으로 심심할 것 같아서 그러는데, 망원경 좀 사다 주세요."

"망원경이요? 어떤…"

박 실장이 본능적으로 불길함을 느낀다.

"망원경이요. 망원경 모르세요? 별자리도 좀 보고, 탁 트인 하늘이나 이런 거도 좀 보게요."

"그건…."

"그래야 내 정신이 빨리 치유될 거 아닙니까 안 그래요? 내 정신 상태가 호전돼야 나도 회사에 돌아가고 우리 유능한 박 실장님도 하루빨리 경영 현장에 복귀하시죠. 서른 살짜리 보모 짓거리 솔직히 지겹잖아요."

박 실장은 조강석이 요구한 물품이 결코 본래의 목적대로 쓰이지 않을 것이란 확신이 들었다. 하지만 그의 가장 중요한 업무는 조강석이 더 이상 일을 벌이지 못하게 감시하는 것이다. 교화는 그의 몫이 아닐 뿐더러 저 인간은 교화가 애초에 불가능하다고 그는 생각했다. 조강석이 그저 더 이상 사고를 치지 않고 남에게 피해를 주지 않도록 지키는 것. 그리고 누군가에게 다치거나 피습당하지 않게 보모처럼 보호하는 것이 지금 박 실장의 지상과제다. 그럼에도 불구하고 그의 머릿속에 이건 아니다, 라는 생각이 떠나질 않는다. 비산그룹의 비서실장이 아니라, 분별력과 도덕심이 존재하는 한 명의 인간으로서 말이다.

"마음의 안정을 위해서라면 차라리 뭔가 다른 건 어떠실까요? 예를 들어…"

다른 방향으로 조강석의 관심을 돌리려던 박 실장의 제안이 시작되기도 전에 저지당했다.

"야, 박 실장."

조강석이 박 실장의 말을 끊고 미소가 사라진 서늘한 눈빛으로 그를 바라봤다.

"여기서 나를 지키는 이유. 내가 회사 승계받는 데 문제없어질 때까지 보호하는 거 맞죠?"

"물론입니다. 이사님."

"그럼 여기서의 일이 끝난다는 건 나도 회사로 돌아가고, 우리 박 실장님도 돌아간다는 거 맞아요?"

"네, 그렇습니다."

조강석이 개구쟁이처럼 싱긋 웃는다. 박 실장은 저 미소가 소름 끼치게 싫다.

"다행이네. 난 또 나만 복귀하게 될까 봐 그랬죠. 나. 혼. 자."

박 실장의 등에 식은땀이 흐른다. 조강석은 타인의 약점을 물고 늘어지는 데에는 놀라운 재주가 있다.

"말씀하신 망원경. 곧 준비해드리겠습니다."

박 실장이 조강석의 말을 잘 알겠다는 듯 고개를 끄덕하더니 옆에 두 명의 비서를 남기고 외출 준비를 서두른다. 조강석은 그런 박 실장의 뒷모습을 조롱하듯 비웃고 있다. 박 실장은 비서실 직원 한 명을 급히 불러냈다.

"당장 인테리어 업체 불러서 반사경으로 건물 전체 유리를 교체해요."

"네?"

"못 알아들어요? 안에서는 밖이 보이고 밖에서는 안이 안 보이는 창문 말입니다! 최대한 빨리!"

[8월 12일 수요일 오전] 한올동 빌라골목 펜트하우스 2초소

"어떻게 오셨습니까."

"초소당 몇 명씩이야? 초소 세 개인 거 같은데."

"네? 무슨 소리야. 당신 이 동네 주민 맞아요?"

초소 문을 벌컥 연 유 형사를 순경들이 노려보며 경계한다. 그들도 지난 며칠간 별의별 사람을 다 겪으며 예민해진 터라 여차하면 검거할 기세다. 분위기가 험악해지자 유 형사가 신분증을 꺼내며 말했다.

"야, 나, 여기 새로 온 담당이야. 왜 인상을 쓰고 그래. 무섭게. 서에서 연락 받았지?"

"아…. 네 형사님. 안녕하십니까? 오늘부터 책임자로 오신다는 유수아 형사님. 맞으시죠?"

"그래, 앞으로 잘 부탁해. 특이사항은?"

"아직 별거 없습니다. 비산그룹 직원들이 워낙 많아서, 그 사람들만 이것저것 사서 나르고요."

"그럼 개새끼는."

"개는 안 키웁니다."

"아니 짖는 개 말고, 저기 사는 돈 많은 개새끼 말이야."

"아…. 조강석이요? 조강석은 지금까지 모습을 보인 바 없습니다."

유 형사가 담배를 꺼내 물고 조강석이 머물고 있는 단독빌라 5층을 바라본다. 고급 독채 빌라로 탄생한 조강석의 거처는 누구라도 알아볼 수 있을 만큼 이 동네에 이질적인 돈 냄새를 풍기고 있다. 그리고 그 양옆에 네 채의 빌라는 아주 깨끗하게 정비되어 있지만 한밤중의 묘지처럼 조용하다.

"저기는 뭐지. 신축이야?"

"그건 아니고요. 그냥 빈집입니다."

서울 한복판에 빌라 네 동이 빈집이라는 말에 의아한 유 형사가 순경들에게 다시 물었다.

"신축이 아니고?"

"네, 비산그룹이 매입해서 리모델링한 겁니다."

"응? 그런데 왜 비어 있어?"

"조강석이 사고를 치거나 반대로 이웃 주민들이 소란을 피울까 봐 미리 시세의 두 배를 주고 매입했다고 합니다. 기존 세입자들은 모두 내보냈고…. 그래서 지금은 싹 비었습니다."

유 형사는 어이가 없다는 듯 피식 웃는다. 역시 저놈은 일반인들과는 다른 세상에 사는 놈이다.

"아주 돈이 썩어 도는 또라이구만."

유 형사가 다시 한번 조강석이 있는 펜트하우스의 5층을 노려본다. 녀석도 그녀를 보고 있을지 모른다. 저 반사경 유리 뒤에서.

"저 새끼, 저거 개목걸이는 잘 채웠지?"

"그게, 조강석은 추적 장치를 안 차고 있습니다."

"뭔 소리야 또? 쟤 악질 성범죄자야!"

예상외의 답변에 유 형사가 깜짝 놀라 김순경을 바라본다.

"심리치료 대상자는 신분이 환자라 심리적 압박으로 치료에 도움이 되지 않을 경우 예외적으로…."

역시 이럴 줄 알았다. 첫날부터 그녀는 짜증이 난다. 세상은 하나도 안 변했다. 여전히 불공평하다.

"예외 참 좋아해…. 그럼 저 개새끼가 어디로 싸 돌아다니는지 우리는 전혀 알 수 없다는 거네. 그렇지?"

"그렇기는 한데, 조강석은 밖에 한 번도 안 나왔습니다. 법적으로 못 나옵니다. 치료 완료 전까지요."

"아니 그러니까, 얘 보기보다 답답하네. 나오면! 나오면 모르는 거 맞지?"

"그건 그렇죠."

"하…. 이런 태평한 새끼 보시게?"

유 형사가 짜증 나는지 허공에 쌍욕을 한 번 뱉는다.

"일단, 너희들은 개새끼 감시 철저히 하고. 나는 서장님한테 다녀올 테니까. 무슨 일 있으면 전화해."

유 형사가 잔뜩 화 난 채 자전거를 몰고 경찰서를 향해 출발했다. 갑자기 배추 밭을 거닐던 과거가 사무치게 그리워진다.

"내가 이럴 줄 알았어. 아주 그지 같은 일에 꼬여 버렸네. 내 팔자가 사납나?"

같은 날 정오, 서울특별시 연산구경찰서 서장실

"그래서?"

"주민들의 안전을 책임지라는 임무를 받은 이상 조강석에게 추적 장치를 채우도록 건의드립니다."

"유수아라고 했지? 추적장치…. 그게 안 되니까 자네를 부른 거야. 그걸 못 채우니까 위에서 노심초사하다가 자네를 거기 책임자로 부른 거라고. 알아듣겠나? 추적장치 채우고 편하게 관리할 상황이면 자네는 그냥 촌구석에서 처박혀 있을 건데, 그걸 못 채울 상황이라 여기 자네가 있다. 이거야. 이제 이해되나?"

"저도 그냥 있었으면 더 좋았⋯."

"뭐?"

"아닙니다."

"알았으면 나가 봐. 여기서 이럴 시간에 조강석이나 더 철저히 감시해!"

유 형사가 빨개진 얼굴로 일어서더니 꾸벅 인사를 하고 서장실을 나선다. 서장은 그런 그녀가 못마땅한 듯 창가에 서서 한숨을 쉰다. 서장의 생각도 그녀와 같다. 하지만 법무부에서 예외적으로 치료 목적 가석방 대상자에게 적용한 방침을 어쩌겠는가? 답답한 마음을 다스리던 그때 주차장에 검은 세단 하나가 미끄러지듯 들어서는 것이 보였다. 차 번호가 익숙하다. 서장은 급하게 1층으로 발걸음을 옮겼다. 그의 갑작스러운 방문이 못내 불안하기도, 반갑기도 하기 때문이다. 차에서는 법무부의 양광석 대민소통실장이 내리는 중이다.

"양 실장님, 어쩐 일로 오셨습니까? 연락도 없이."

"아, 안녕하셨습니까 서장님. 혹시 바쁘신가요? 바쁘시면 나중에 다시 오고요."

"아닙니다. 마침, 그 친구 면담 끝내고 보내는 길입니다."

양 실장은 서장의 안내를 받아 자리를 옮겼다. 서장실에 온 양 실장이 커피잔을 들며 말했다.

"어떻게, 이야기는, 잘 되셨나요?"

"네, 알아듣게 잘 이야기했습니다. 그런데 그 친구를 부르신 특별한 이유라도 있으신가요?"

"왜요?"

"아니 그게…. 꼴통 기질이 좀 있는 것 같습니다."

서장의 걱정에 양 실장이 옅은 미소를 보인다.

"서장님 사람 보시는 눈 있네. 맞아요. 꼴통이죠. 그런데 미친개 지키는데, 일반인으로 가능하겠습니까?"

"차라리 그냥 편하게 전자 추적장치 채우고, CCTV 좀 늘리면 되지 않겠습니까? 서로 편하고."

양 실장이 커피잔을 내려놓고 답답하다는 듯 서장을 바라본다.

"서장님, 일단 여러 이유로 조강석에게는 추적장치를 채우기 어렵습니다. 인도적으로도, 정치적으로도 좀 그렇죠. 그리고 CCTV가 너무 많아지면 되려 주민들 불안감 조성이나, 사생활 침해 이슈도 생기죠."

"맞습니다. 그렇죠."

서장이 이해했다는 듯 힘차게 고개를 끄덕인다.

"이렇게 이해해 주시니 다행이네요. 법무부에서는 이미 모든 여건을 검토한 상황입니다. 그래서 부득이 인력으로 컨트롤하기로 했고 적임자라고 판단한 유 형사를 파견한 겁니다. 저 친구가 누구보다 조강석에게 이를 바득바득 갈고 있으니 아마 뼈다귀 냄새 맡은 강아지마냥 철저하게 쫓아다닐 겁니다. 너무 걱정하지 마세요. 정기적으로 점검 잘 부탁드리고요. 더 자세히 말씀 안 드려도 아시죠?"

"네, 물론입니다. 실장님."

양 실장이 한 모금도 마시지 않은 커피잔을 내려놓더니 웃으며 일어섰다.

"유능하신 분이 여기 계시니 법무부 장관님께도 별일 없을 거라고 꼭 말씀드리겠습니다."

서장이 뿌듯한 듯 미소 지어 보였다.

"당연하죠. 걱정 마십시오!"

[8월 25일 화요일 밤] 서울특별시 한올동 빌라골목
"치킨 먹을까?"
"괜찮아. 나 배 안 고파."
한대성이 한 손으로 딸 민선이의 어깨를 감싸고 다른 손으론 우산을 받쳐 든 채 골목길을 걷고 있다. 쏟아지는 빗속에 아빠의 팔이 감싼 민선이 옷은 작은 물방울조차 거의 닿지 않았지만 한대성의 오른쪽 어깨와 다리는 애저녁에 다 젖어 방금 빨아 놓은 빨래처럼 질퍽하다. 오늘 내내 날씨가 맑았는데 갑자기 비가 내려 골목길에 거뭇거뭇 얼룩을 남기기 시작하더니 이제는 제법 굵은 빗방울이 두 사람의 퇴근길을 방해하고 있다. 다행히 접는 우산 하나가 민선이 가방에 있었기에 둘은 모처럼 계획에 없던 우중 데이트를 하는 중이다.
"아빠."
조용히 걷던 민선이가 무슨 말을 하려다 잠시 입안에 돌던 그 말을 꿀꺽 삼켜 버린다. 하지만 한대성의 눈에 딸의 그런 모습은 쉽사리 지나쳐지지 않는다.
"민선아, 왜?"
"아니야."
한대성이 채근하자 민선이는 멀리 보이는 골목을 응시하며 잠시 숨을 고른다. 그제야 한대성은 민선이가 어렵게 뱉으려다 삼켰을 말이 무엇인지 어렴풋이, 아니 분명하게 짐작할 수 있었다. 이 동네 골목 끝은 비가 오는 늦은 시간임에도 여전히 플래시를 터트리는 수많은 구경꾼들과 자극적인 기사의 소재를 찾아 하이에나처럼 동네를 헤매는 기자들로 불야성이다. 한대성과 민선이는 저들을 피해 집까지 15분을 빙 돌아다닌 지

벌써 보름째다. 그런 카메라들을 한대성은 경멸하는 눈빛으로 노려봤다.

"미친놈들!!"

그 순간, 한참을 참았던 질문을 민선이가 결국 한대성에게 꺼내 놓았다.

"팔렸어?"

어렵게 나온 짧은 한마디지만 두 사람 사이의 분위기를 한겨울처럼 얼리기에는 충분한 세 글자다.

"음, 다음 주에 보러 온대."

조강석이 출소한 후 거주지를 한울동으로 결정하면서 마지막 피해자였던 민선이와 한대성은 충격에 휩싸였다. 상처도 많이 아물었고 다시는 그 악마와 마주칠 일이 없다고 생각했지만 현실은 그렇지 않았다. 7년 만에 다시금 뉴스를 통해 오르내리는 그의 이름과 아무렇지 않게 웃는 괴물의 미소는 민선이의 가슴을 처참하게 후벼 팠고 한대성의 분노에 화염 같은 불을 지폈다. 조강석이 이곳에 거처를 정한 것이 민선이 때문은 아닐 수도 있지만 그가 이 넓은 서울 곳곳, 전국 구석구석을 놔두고 구태여 이곳을 선택했다는 것, 그리고 비산그룹이 그를 위해 매입한 빌라 건물이 하필 민선이네 집에서 그리 멀지 않다는 것이 우연이라 믿고 싶은 두 사람의 마음을 점점 옥죄어 오는 것은 부인할 수 없었다. 한대성은 민선이를 위해 서둘러 부동산에 이사를 알아봤지만, 악명 높은 연쇄 아동 성폭행범이 사는 동네의 전입 문의나 부동산 거래 성사는 이미 끊어졌다.

"싸게 내놨으니 금방 팔릴 거야. 조금만 기다려 봐."

"알았어. 아빠, 나…. 빨리 결혼할까?"

"응? 갑자기 무슨 그런 농담을 해. 이제 스무 살인데. 아! 혹시 민선이 좋아하는 사람 생겼어?"

생긋 웃는 민선이의 모습에 한대성은 안심이 되었지만 얼마나 많은 고민과 불안이 그녀를 사로잡고 있을까 상상하니 아버지의 가슴이 무너진다. 설령 성인이 된 민선이에게 정말 든든한 남자 친구가 생기고, 결혼하고 싶은 남자가 있다 해도 아직 너무 이르다. 결혼은 삶의 변화가 필요하고 누군가에게 의지하고 싶다고 택하는 탈출구나 선택지가 되어서는 안 되기 때문이다. 그리고 그건 한대성이 너무 잘 알고 있다. 그의 머릿속에 민선이와 똑같은 말을 했던 한 사람이 여전히 지워지지 않고 가슴속에 자리 잡고 있기 때문이다.

"농담이야. 나 남자 친구나 그런 거 없어. 그냥 장난 친 거야. 나 때문에 아빠 너무 힘들어 보여서."

"아빠 하나도 안 힘들어. 그러니까 다시는 그런 괜한 소리 하지 마."

한대성은 민선이가 먼 길을 돌아 도착한 집에 먼저 올라가자 바로 올라가지 못하고 현관에서 담배를 몰아 피웠다. 적지만 모아 둔 돈을 민선이의 심리치료와 정신과 진료를 위해 다 써버린 지금, 그가 고를 수 있는 선택지는 그다지 많지 않다. 이런 궁핍한 상황과 이러지도 저러지도 못하는 입장은 자괴감이 되어 그를 괴롭히고 있다. 결혼 이야기를 꺼낸 민선이와의 대화가 머릿속에서 다시 맴돌자 그의 기억도 정말 오랜만에 19년 전으로 돌아갔다.

"오빠, 우리 그냥 도망갈까?"

"무슨 말도 안 되는 소리야."

"계속 반대하면….'

"그런 말 하지 마. 그건 안 돼."

"내가 좋다는데 왜!"

"지아야. 난 네가 그렇게 많은 걸 포기할 만한 사람이 아니야."

"오빠는 왜 항상 내 몫까지 오빠가 결정해?"

내가 그만큼 사랑한다는데. 그걸 받아 줄 자신도 없어?"
"그렇게 무모하게 받을 자신은 없어. 아무리 사랑해도,
그러니까 그러지 마, 지아야."

그녀를 울리고 돌려보낸 날도 지금처럼 비가 억수같이 쏟아졌다. 그의 발 앞에는 어느새 꽁초가 다섯 대나 쌓였다. 그리고 비는 갑자기 더 거세어졌다. 심술궂은 태풍이라도 북상하는 듯. 아니면 슬픈 기억을 씻어주고 싶은 듯.

[8월 27일 목요일 정오] 용산구 한남동 조 회장 자택

누구에게나 식지 않는 열정과 젊음의 시간이 있다. 지금 안 장관도 그렇고 그와 마주한 조 회장 또한 그랬다. 하지만 시간이라는 악마는 인간이 지닌 그 불길을 반드시 거둬들인다. 그게 언제인지도 모를 만큼 갑작스럽게. 열정의 불길을 이미 한참 전에 시간에게 빼앗긴 조 회장이 퀭한 눈으로 안 장관을 마주 보고 있다. 안 장관은 걱정스러운지 그런 조 회장의 안색을 조심스럽게 살피며 작은 목소리로 말을 걸었다.

"영감님."

"아직 안 죽었으니까 말해."

의외로 바짝 날이 선 조 회장의 쨍한 대답에 안 장관이 그럴 줄 알았다는 듯 피식 웃어 보인다.

"아니 위독하시다고 해서 잔뜩 걱정했더니, 정정하시구만. 박 실장, 나 겁 준 거야?"

조무상 회장 옆에 서 있는 박창원 비서실장이 별 대꾸 없이 안일한 장관의 시선을 외면한다.

"그건 그렇고, 영감님, 너무하시는 거 아닙니까?"

안 장관의 말에 조 회장이 심각한 건강 악화로 수척해진 얼굴을 힘겹게 들어 그를 빤히 바라본다.

"아드님이 한올동에 칩거하는 거 눈감아 드려, 국민청원 게시판 개판 된 거 눈감아 드려, 그럼 됐지 뭘 또 추적장치까지 신경을 쓰셔. 다 큰 아들 액세서리까지 챙겨주면 버릇 나빠진다니까?"

한올동에 조강석이 머물기로 한 진짜 이유를 알게 된 이상 비산그룹과 조 회장을 통해 조강석을 철저히 묶어 두는 것이 최선임을 안 장관은 잘 알고 있다. 공교롭게도 그건 그의 바람임과 동시에 조 회장과 비산그룹의 공통된 소망이기도 하다. 공통된 고민을 위해 마주앉은 조 회장이 힘겨운 숨을 고르며 천천히 입을 열었다.

"7년으로 맞추기로 한 걸… 10년밖에 못 달성하고…."

조 회장의 뻔한 넋두리가 시작되자 안 장관이 커피잔을 쨍 소리가 나게 내려 놓으며 버럭 화를 냈다.

"에이 참, 영감님! 또 그러시네! 그건, 계산 끝난 거 아닙니까! 그래서 내가 안 받았잖아요."

"그랬지, 대신 자네 금배지 다는 선거운동 자금 대주고, 장관 자리까지 앉히느라 든 로비 비용은?"

"영감님. 그래서 저도 확실하게 AS 해드렸잖아요. 내가 손써서 귀한 아드님 3년이나 빨리 나오게 광복절 특사 만들어 드렸으면 할 일 다 한 거 아닙니까? 결국 7년 맞춰 드렸잖아!"

안 장관의 무례한 태도에도 조 회장은 흔들림이 없다.

"그래?"

안 장관이 조 회장의 눈치를 힐끔 본다. 이런 지난날의 거래가 언급될 때마다 그는 못내 불편하다. 비산그룹의 도움으로 국회의원에 이어 법무부장관까지 초고속으로 정치경력을 쌓은 그에게 비산그룹은 최대의 우군이자 최악의 리스크라는 야누스 같은 모습을 갖고 있음을 누구보다 잘 알기 때문이다.

"됐어. 우리가 알아서 할 테니 걔는 그냥 둬. 그건 그렇고, 자네도 들었겠지만 내가 얼마 안 남았어."

조 회장이 입가에 흐른 침을 슬며시 손수건으로 닦아내며 체념을 했다.

"또, 또 하여간 영감님 엄살은…. 그 소리는 내가 작년부터 얼마나 자주 들었는데."

안 장관이 덕담 치고는 날 선 농담으로 이제 자신이 예전의 안일한이 아님을 또 한 번 어필한다. 조 회장은 그런 안 장관의 거들먹거림은 지금 안중에도 없다. 정말 조 회장에게는 시간이 그다지 많지 않기 때문이다.

"여기까지 온 김에 말하지. 자네, 대권 잡을 거지? 아니 많이…. 잡고 싶겠지. 그렇지 않나?"

조 회장이 갑자기 던진 말에 안 장관이 깜짝 놀라 눈을 돌려 박 실장을 바라봤다. 박 실장이 고개를 보일 듯 말듯 끄덕이자 그는 결심한 듯 재빨리 대답했다.

"아무래도 여기까지 왔는데, 한번 도전해 봐야겠죠."

안 장관의 의중을 확인하자 조 회장이 뒤에 서 있던 박 실장을 불렀다.

"박 실장, 그 서류 좀 가져오게."

박 실장이 조 회장의 방에 들어갔다 나오더니 태블릿을 열어 몇 가지 서류를 안 장관에게 보여준다.

"자네도 영민하니 잘 알겠지. 사이즈가 좀 큰데 인수합병 마무리되면 박 실장이 내년 초에 정리할 거야. 그 문제로 언론에서는 조금 시끄러울 거고. 조세포탈이니 독과점이니 하면서…. 공정위나 국세청도 나설 거야."

"규모가 너무 큰데? 설마 이거 똥 치울 때 도와 달라고요? 이건 너무 티 나는 거 아시잖아요."

"끊지 말고 끝까지 들어."

조 회장이 노쇠한 몸과는 달리 또렷한 정신으로 안 장관을 다그친다.

"이거 마무리할 때 이것저것 시끄러우면. 그래, 그거 자네가 마무리 잘 해줘, 그리고 마지막으로…"

안 장관이 침을 꿀꺽 삼킨다.

"강석이가 그룹 제대로 잡을 때까지 잘 지키다 보내면, 저기서 나오는 자금은 자네 대선자금으로 써. 전부."

안 장관은 표정을 들키지 않기 위해 한껏 고민하는 표정을 지어 보이지만 조 회장은 그를 이제 잘 안다.

"그럴 필요 없어. 난 자네를 잘 알거든. 바쁠 텐데 가 봐. 나랏일 하는 사람 늙은이가 잡아두면 안 되지."

조 회장은 벌써 지쳤는지 비서의 부축을 받아 침실로 이동한다. 그가 나가자 이제 서재에는 비산그룹의 실세나 다름없는 박창원 비서실장과 안일한 법무부장관만이 남았다.

"박 실장, 이거 진짜야? 약 탄 거 아니지?"

어마어마한 규모의 인수합병 계획서를 안 장관이 그제야 꼼꼼히 살피며 묻는다.

"그럴 리가요. 회장님은 어차피 이제 조 이사 복귀만 이루시면 더 큰 바람이 없으십니다."

박 실장의 말에 안 장관이 만족스러운 미소를 보인다. 밖을 나서는 안 장관을 박 실장이 현관까지 배웅했다.

"여하튼, 무슨 말인지 알았어. 잘 살펴보고 연락하지. 그리고 박 실장도 그 새끼 철저히 감시해. 그놈 그거 마지막 피해자를 사랑했다는 둥 헛소리하는 거에 장단 맞추지 말고, 또 사고 터지면 더는 못 봐주니까."

안 장관은 불안한지 끝까지 박 실장에게 당부의 말을 잊지 않았다. 그가 떠나자 박 실장은 고개를 저었다.

"양아치 같은 놈."

[9월 3일 목요일 밤] 한올동 조강석의 펜트하우스

불이 꺼진 조강석의 방 한쪽 벽에는 민선이의 방을 몰래 촬영한 사진들로 가득하다. 공부하는 모습, 옷을 갈아입는 모습, 곤히 잠든 모습, 그녀의 여러 순간이 마치 살아 있는 듯 생동감 있게 담겨 있다. 그 사진 한 장, 한 장을 음미하며 조강석은 민선이의 귀가를 기다리는 중이다. 박 실장도 아직 들어와 보지 못한 조강석의 방 안은 마치 한민선이 함께 살고 있는 것 같은 착각을 불러일으킬 정도다.

'똑 똑 똑'

"이사님, 저녁 식사 준비되었습니다."
"거기 두고 가요."
"이사님, 그리고 회장님께서."
"야! 꺼지라고. 너 시계 볼 줄 몰라?"

문밖에서는 깜짝 놀란 비서실 직원이 황급히 자리를 뜨는 소리가 들렸다. 오후 여덟 시부터 열 시까지는 아무도 조강석을 방해할 수 없다. 당연히 아무도 그가 뭘 하는지 알 수 없고 알고 싶어 하지도 않는다. 괜히 알았다가 충격을 받고 싶지 않은 데다 책임을 지고 싶지도 않기 때문이다. 그렇게 방해받지 않는 두 시간을 조강석은 가장 달콤한 취미로 욕심껏 채우는 중이다. 그는 아직도 그해 7월의 여름, 자신과 함께했던 순수한 소녀를 잊을 수 없다. 조강석은 마지막 희생자로 한민선을 만났다는 것이 무척이나 아쉬웠다. 그 아이는 진짜로 좋아할 수 있을 것 같았기 때문이다. 하지만 그의 희망은 이룰 수 없었고 그가 약에 취한 사이 도망친 민선이는 되려 조강석의 만행을 세상에 공개하는 스모킹 건이 되고 말았다. 그럼에도 여전히 그는 그녀를 놓지 못하고 있다. 집착인지, 복수인지 사랑인지 모른다. 사랑이라는 감정을 조강석은 배운 적 없기 때문이다. 그런데 오늘 유난히 그녀의 귀가가 평소보다 늦어진다. 시간이 지체될수록 조강석은 초조하다. 평소보다 많이 늦는 듯하다. 결국 불안감이 임계치까지 올라온 그는 습관적으로 주머니에서 주사기를 하나 꺼내 팔에 꽂았다. 오늘 민선이가 채워주지 못한 공허함에 눈물처럼 투명한 약물이 스며들자 잠시나마 조강석에게는 조촐한 행복감이 느껴진다. 이 좋은 걸 민선이에게도 주고 싶다. 마침 그 순간 골목 어귀에서 민선이의 그림자가 보인다. 어깨에 큼지막한 화통을 멘 민선이의 실루엣이 보이자 조강석의 심장은 약의 기운과 뒤섞여 터질 듯이 뛰기 시작했다.

'어?'

그런데 민선이의 곁에는 낯선 누군가가 함께 걷고 있다.

"안 피곤해, 오빠?"
"피곤하지, 그런데 널 봐야 내 피로가 풀려. 넌 나의 영양제라고 할까? 촌스럽다. 비타민이 좋겠어."
남자의 농담에 민선이가 미소를 보이며 남자 친구의 넓은 어깨에 머리를 기댄다.
"아버님은, 오늘 야근?"
"응, 오늘 야간 조."

"그럼 내가 좀 같이 있어 줄까?"

"고마워 오빠. 그런데 괜찮아."

"그래도 혹시나 해서 물어 본 거야. 오해는….'"

"오해, 안 해."

민선이가 웃자 마주 보며 남자도 미소를 짓는다. 부드러운 그의 미소는 민선이에게 안식과 평온함을 선사한다. 그가 입은 유니폼, 넓은 어깨, 친절한 말투. 그 무엇도 그를 충분히 설명하기엔 부족하지만 그의 선한 미소는 민선이의 기억에서 지워지지 않을 만큼 그의 모든 것을 담고 있다.

"민선아, 혹시라도 힘들면 말해. 난 항상 네 옆에 있을 거야. 그게 무엇이든 나눠 들 수 있도록. 알지?"

"고마워, 오빠."

민선이가 걸음을 멈추고 품에 안기자 남자는 그녀의 눈을 바라본다. 사랑과 믿음이 가득한 그녀의 눈빛을 보면서 지금까지 느껴본 적 없는 책임감과 사랑이 만든 두근거림이 귓가에 울린다. 사소한 편견이 때로는 누군가의 인생을 잡아먹는 좌절이 되어 찾아온다. 민선이의 인생도 그를 만나기 전까지는 편견에 잡아먹혀 어둠 속을 헤매고 있었지만, 이제는 외롭지 않다고 자신 있게 스스로를 위로할 수 있게 되었다.

"너 졸업하면, 아버지께 인사드릴 거야. 제가 바로 남자 친구입니다! 하고. 설마 인사하는데 혼내시겠어?"

"혼내진 않아도. 싫어하겠지. 아빠들은 다 그래."

두 사람이 함께 웃었다. 지난 7년 내내 자신을 이해해주고 지켜준 사람. 이 사람이 아니었다면 민선이는 매번 주저앉았을 것이다. 하지만 그때마다 손을 내밀어 준 사람. 어깨를 빌려준 사람이 곁에 있었기에 그녀는 평범함에 도전할 수 있었다. 그리고 이제 그와 함께 새로운 도전에 나설 준비를 하고 있다. 평범한 삶을 위한 아름다운 도전. 함께라면 얼마든지 가능할 것이라고 믿고 있는 두 사람이다.

 조강석이 다시 망원경을 들어 민선이와 그녀를 안은 남자를 줌 업 한다. 민선이의 아빠는 아니다. 한대성은 오늘 심야근무조다. 조강석은 그녀의 아버지 근무 일정까지 꿰뚫고 있다. 알 수 없는 경쟁심과 배신감, 그리고 걷잡을 수 없는 분노가 조강석의 가슴속에서 치솟는다. 민선이의 가방을 들어주는 남자는 직장인인지 단정한 유니폼을 입고 있다. 남자는 그녀의 어깨에 손을 얹더니 조심스럽게 안아준다. 다정한 그의 품에 안긴 민선이는 가만히 눈을 감고 그의 심장 박동을 느끼는 듯하다. 조강석의 심장 박동도 세차게 뛰고 있다.
 "이것 봐라? 이런, 씨발년이…"
 그의 입가에 차가운 미소가 번지고 말았다. 7년 전 그날처럼.

자정, 서울특별시 연산구 한올동 빌라골목 순찰2초소
 무료한 새벽 시간, 한올동 골목은 더위가 남긴 불쾌함만 흐를 뿐 평소보다 조용하다.
 "아무도 안 나왔지?"
 "안 나오죠. 저 같으면 저런 집 안에서 평생 살아도 좋을 거 같은데."
 "김 순경, 인생은 말이야. 돈이 다가 아냐."
 "그런데 대부분이긴 하죠."
 "다 소용없어. 저 새끼 봐라. 지 애비는 언제 관 속에 들어갈지 모르는데 여기 갇혀 나오지도 못하고."
 "하긴 그것도 그래요. 그런데 형사님, 조강석은 석방인데 밖으로 아예 못 나옵니까?"
 "저 새끼 치료 목적이라 제한적 가석방이야. 특별사면이라고 하는데,

사면 조건에 '치료 후 확인 절차'가 붙어 있거든. 나도 몰라서 다 찾아봤지. 그러니까 내년 봄까지 정신과 치료받고 이상 없다, 발정 난 개새끼도 아니고, 짝대기에 환장하는 돌아이도 아니다, 라는 의사와 전문가의 확실한 최종 진단이 떨어져야 완전히 자유의 몸이 되는 거야. 그러니까 지금은 맘대로 돌아다니면 총으로 쏴 버려."

"저 총 없는데요."

"말이 그렇다고."

김 순경이 건성으로 대답하고 라면 국물을 마신다. 지금 조강석이 사는 한올동 이 블록, 골목에만 순찰 초소가 최근에 늘어난 것까지 세 군데나 있다. 초소마다 경찰 인력이 한 명씩 순환 배치되며, 가로등의 수도 대폭 증가했다. 9월의 무더위는 해가 떨어져도 가시질 않는다. 시원한 에어컨이 그나마 좁은 초소 안을 냉기로 감싸고 있지만 여전히 조강석을 조회수의 재료로 삼는 유튜버들만큼 성가신 모기의 공습은 이 밤을 편히 보내기 어렵게 만드는 최악의 장애물이다. 긴 여름밤이 무료한지 유 형사가 김 순경에게 다시 말을 걸었다.

"넌 학교 다닐 때 놀림 안 당했어?"

"애들이 많이 놀렸죠. 순경 아저씨라고. 그리고 하필 같은 반에 서장호란 친구가 있었거든요."

"안 봐도 비디오네. 그 친구 혹시 덩치도 컸어?"

"네, 엄청."

"같은 반에 별명이 서장인 애가 있고, 네 이름은 순경이다…. 놀리긴 좋았겠다. 장호가 때린 건 아니지?"

"그러진 않았어요. 그런데 너무 싫어서 개명까지 알아봤어요. 할아버지한테 엄청나게 혼나서 못 바꿨지만."

"그래도 돌아가시면 바꾸지. 우리 언니는 개명했는데."

"진짜요?"

"뭐, 다 사정이 있는 거야. 불가피하다고 할까?"

두 사람이 담소를 나누던 그때 초소 앞을 누군가가 빠르게 지나친다.

"이 시간에 무슨 야식을 먹는다고 돌아다니냐."

김 순경의 지나가는 말에 유 형사가 고개를 들어 낯선 행인의 뒷모습을 바라본다. 검은색 후드 티를 뒤집어쓴 남자가 빌라 현관으로 들어가는 것이 보였다. 그가 계단을 오를 때마다 복도 전등이 차례로 켜진다.

'2층. 3층. 4층.'

그런데 유 형사의 눈이 커졌다.

"김 순경."

"네, 형사님."

"저기 저 빌라, 비산그룹이 매입했고 아무도 안 산다고 한 거 같은데?"

"잠시만요. 네. 182번지. 모두 빈집입니다."

"그런데 방금 그 사람. 왜 저기로 들어가냐?"

"그냥 비워 두기 아까워서 비산그룹이 세입자 들인 거 아닐까요?"

"나랑 스무고개 하냐? 입주자 변동사항 확인은 했어? 방금 사람이 4층에 들어갔어. 그런데 불은 안 켜지고."

"지금 새벽 한 시가 넘었는데, 바로 자면… 그럴 수도 있지 않을까요?"

"정신 차려 인마. 넌 당장 초소 두 군데에 연락해."

"네? 갑자기 이 새벽에 뭐라고 합니까?"

"1초소는 마지막 피해자 한민선 집에 가서 별일 없나 확인하라고 하고, 3초소는 방금 저 빌라, 모자 티 입은 사람 들어간 빌라 4층으로 올라가서 누가 사는지 확인하라고 해. 그리고 넌 나 따라와."

"어디 가시게요."

"개집."

"지금 조강석 집에요? 본부에 보고할까요?"

"아니."

"유 형사님, 지금 새벽인데 주민 집을 세 군데나 갑자기 들이닥치면서 본부에 보고도 안 하면…"

"김 순경. 너 평창 가 봤어?"

"네?"

"나랑 거기 가서 한우 먹으면서 근무하면 돼. 잔말 말고 빨리 따라와."

[9월 4일 금요일 새벽] 경기도 안면시 관방구 안면교도소

오랜 시간 교도관을 하다 보면 세상 속 별의별 인간 군상을 마주하게 된다. 폭력, 사기, 협박, 납치, 살인 그리고 강간. 한대성 교도관은 죄 많은 군상들이 모여드는 이곳에서 유독 강간범을 가장 혐오한다. 모든 죄는 누군가의 삶을 뿌리부터 흔드는 악의 근원이지만 그는 악 중의 악을 강간이라고 규정한다. 사랑하는 딸이 하굣길에 악마의 마수에 걸려든 날, 그날을 그는 여전히 부여잡고 놓지 못했다. 상처 위에 내려앉은 딱지는 긁어내지 않고 참으면 시간이 흐르고 아물어 새살이 돋는다고 한다. 한대성과 민선이의 지독한 상처는 7년이라는 긴 세월이 흘렀건만 딱지가 스스로 떨어지고, 새살이 돋아 상처를 아물게 하기도 전에 기어이 덧나고 말았다. 손톱에 시커먼 피딱지가 잔뜩 끼도록 그들의 상처를 긁어내는 일이 얼마 전 벌어지고 만 것이다. 한대성은 휴식실에서 뒤척이다 일어나 앉았다. 오늘 밤도 역시 편히 잘 수가 없다. 눈을 비비며 상황실로 나온 한대성에게 선배 교도관이 말을 건넸다.

"왜 안 쉬고 나왔어? 커피 마실 건데. 한잔 줄까?"

"괜찮아요. 전 그냥 물이나 마시게요."

한대성의 옆에 앉아 모니터로 수감자들의 취침 현황을 점검하던 선배가 믹스커피 한 개와 생수를 가져왔다.

"동네에 초소도 세 개나 생기고, 가로등도 많이 설치했다며. 이사를 꼭 가야 하니?"

선배의 말에 한대성의 표정이 어두워진다.

"치료 끝나고 1년 정도 있으면 이주한대요, 그런데 그 말을 믿을 수 없는 데다 민선이 기억도 안 좋고…."

"하긴, 민선이가 있으니 그럴 수 있겠구나. 집은, 집 보러 오는 사람은 있어?"

한대성이 말없이 생수를 벌컥벌컥 들이켰다. 선배는 안타까운지 한대성의 어깨를 두드렸다. 그때 책상에 울려둔 한대성의 스마트폰이 고요한 적막을 깨며 천둥처럼 진동했다. 규정상 개인의 휴대전화를 소지할 수 없지만 특별히 예외 적용을 받고 있는 그의 전화는 지금까지 그 존재를 알리지 않으며 쥐 죽은 듯 고요했다. 하지만 오늘, 이 낯선 새벽 시간에 별안간 울려대기 시작한 것이다. 벽에 걸린 시계를 불안한 마음으로 두 사람이 함께 바라봤다. 새벽 세 시…. 한대성은 관성과도 같은 불길함을 느꼈다. 이 시간에 울리는 진동이 좋은 소식일리는 없기 때문이다. 전화를 받는 그 짧은 순간 한대성은 간절히 기도했다. 부디 별일 아닌 잘못 걸려 온 전화이길.

"여보세요?"

아침, 서울특별시 연산구 한올동 조강석의 펜트하우스 앞

유 형사는 꿈을 꾸고 있다. 찬란한 아침 햇살이 그녀의 눈을 따갑게 비추지만 이것도 꿈속의 착각일 것이라 믿고 싶다. 꿈에서 깨면 평창이든, 그녀의 집이든 그게 어디라도 상관없으니 지금 이곳만 아니었으면 좋겠다. 평범한 일상으로 물들던 골목길에서 그녀가 지금 마주한 건 지독한 세상의 벌거벗은 맨얼굴이다. 모두가 피하려 애쓰지만 행운의 여신이 외면한다면 어디서든 마주할 수 있는 잔인한 악마가 현실이라는 이름으로 드러낸 추악한 맨얼굴 말이다. 외면하려 애썼던 무책임과 세상이 방치한 악의 뿌리는 무관심으로 덮을수록 사람들 사이를 더 깊이 파고들어가 전보다 진한 독이 든 열매를 기어이 맺기 마련이다. 그래서 지금 한올동 골목에는 7년 전 그날의 현장보다 더 많은 취재 인파가 모여 있다. 무장을 한 기동타격대까지 출동했고 주민들은 저마다 창문을 열고 역시 이럴 줄 알았다며 조준하지 않은 무작위성 욕지거리와 비난을 골목길에 내던지고 있다. 몇 시간 전, 지난 새벽. 안타깝게도 유 형사의 불길한 예감은 적중했다.

조강석은 집 밖으로 나와 자유롭게 골목을 활보했고 비산그룹이 매입한 펜트하우스 주변 빌라들은 그가 쉽게 드나들 수 있는 세상으로의 허락하지 않은 출구가 되어 주었다. 유 형사가 조강석의 펜트하우스에 들이닥쳤을 때 조강석의 방은 이미 비어 있었고 그녀가 뛰어올라간 옥상에는 옆 빌라의 옥상과 연결되는 튼튼한 철제 사다리 하나가 지옥을 연결하는 무시무시한 다리처럼 흉물스럽게 누워 있었다. 조강석은 그렇게 펜트하우스의 옥상으로 올라와 사다리를 건너편 빌라의 옥상에 걸쳐 교량으로 이용한 것이다. 그렇게 옆 건물 입구를 통해 별다른 의심을 받지 않고 악마는 민선이의 집으로 향했다. 민선이는 세상에서 제일 안전해야 할 자신의 방에서 옷이 벗겨진 채 정신을 잃고 구조되었다. 그녀의 팔에서는 조강석이 찌른 것으로 보이는 주삿바늘 자국이 여럿 발견되었다. 그녀는 불행인지 다행인지 모를 질긴 목숨을 이번에도 건졌지만 같은 범인에게 7년 만에 다시 성폭행을 당한 불운한 피해자로 아침 신문 1면을 독차지하게 되었다. 현장에서 검거된 조강석은 자신의 펜트하우스에서 증거 채취와 자백을 마친 뒤 곧 호송될 것이다. 사건의 중요성이 너무 크다 보니 새벽부터 경찰은 물론, 검찰, 법무부, 과학수사대가 들이닥쳤고 이제 잠시 뒤면 조강석은 세상에 다시금 악마 같은 범죄자의 타이틀을 달고 등장하게 된다. 이로써 그의 사회 복귀는 영원히 불가능해졌다. 다만 그의 행선지가 병원이 될지, 교도소가 될지 유 형사는 여전히 불안하다. 동료들이 그녀에게 다가와 위로했다.

"잘 했어. 너 아니었으면, 죽었을지도 몰라. 걔."

그러나 유 형사는 아무 대답도 하지 않았다. 그녀에게 지금 위로 따위는 사치다. 스스로 이미 용서할 수 없기에. 그녀는 경찰이자 같은 여자로서, 그리고 존엄성을 지닌 한 명의 인간으로서 몇 시간 전 새벽, 조강석을 현장에서 바로 사살하고 싶은 강한 욕망에 사로잡혔다. 하지만 그러지 못했고 여전히 후회가 그녀를 짓누르고 있다. 조강석의 방을 지키다가 뒤쫓아올라 온 김 순경이 흥분한 그녀에게 달라붙어 막아내지 않았다면, 그리고 비산그룹 비서팀이 그녀로부터 조강석을 떼어놓고 둘러싸지 못했다면, 그녀의 권총은 지금 텅텅 비어 있었을지도 모른다. 그때 과학수사대 박한영 경정이 유 형사에게 다가왔다.

"저놈 다시는 못 나올 거야. 감식 끝났고 증거투성이야. 고생했어."

"하지만 피해자도 다시는 일상으로 못 돌아올 텐데요."

유 형사가 자신을 위로하는 박한영 경정의 말을 가로막았다. 결과가 어떻든 자신은 이번에도 피해자를 지켜주지 못했다는 자책이 성난 파도처럼 몰려왔기 때문이다. 범인을 잡고도 평생을 썩히지 못한 7년 전, 그리고 거짓 반성문을 걸쳐 입고 세상 밖으로 나온 그에게서 또 지켜주지 못한 오늘 새벽. 유 형사는 민선이의 인생에 두 번의 절망을 막아주지 못한 죄책감에서 쉽사리 헤어나오지 못할 것 같다. 물론 그녀만의 잘못이 아니다. 세상 그 누구도 그녀에게 변명을 요구하지 않는다. 그럼에도 그녀는 스스로 실망과 질타를 이어가느라 지쳐 있다. 그리고 조강석을 향한 분노는 비단 그녀만의 것은 아니다.

"나가 죽어라!"

"짐승새끼! 찢어발겨야 돼. 아주 그냥!"

드디어 조강석이 모자와 마스크를 쓴 채 밖으로 나오자 주민들은 창문을 열고 참았던 욕을 쏟아내기 시작했다. 이례적으로 바로 현장검증까지 마치고 나오는 그를 찍는 취재진들의 방송국 카메라 세례와 주민들의 욕설은 이곳을 마치 치열한 라이벌전이 열리는 격투기장이나 축구장인 것 같은 묘한 긴장감과 흥분으로 가득 채웠다. 적어도 아주 낯선 한 발의 총성이 들리기 전까지는 그랬다.

'탕!'

갑자기 울려 퍼진 총성과 함께 모자를 쓴 조강석의 머리는 뒤로 젖혀졌고 벽에는 빨간 페인트 통이 날아온 듯 검붉은 얼룩이 터져 번졌다. 총성에 놀란 취재진은 비명을 내지르며 자리에 모두 엎드렸다. 호송을 준비하던 형사들은 예측하지 못한 총격 상황 속에 조강석의 앞을 가로막았고 지붕에서 주변을 감시하던 기동 타격대는 총성의 근원지를 향해 응사를 위한 총구를 일제히 모았다. 그리고 그곳에는 눈물범벅이 된 한 남자가 조강석을 향해 발사된 총구를 여전히 겨누고 서 있었다. 벌벌 떨리는 그의 손은 서서히 자기 머리를 향했다.

"사격중지! 하지 마! 쏘지 마!"

유 형사가 총을 든 남자를 알아보고 그를 향해 달려갔다 기동타격대가 그에게 응사하지 못하도록 사력을 다해 팔을 벌리며 사격중지를 외쳤다. 그녀가 달려오는 모습을 보며 눈물이 고인 무표정한 얼굴의 한대성이 총을 자신의 관자놀이에 겨눴다.

"안 돼. 하지 마! 민선 아빠, 그러지 마세요!"
유 형사가 한대성을 저지하려는 그 순간.

'탕!'

한대성은 그대로 쓰러졌다. 9월의 찬란한 늦여름 햇살이 이 모든 광경을 지켜보고 있다. 무대 위 조명처럼.

'꿈, 꿈이었으면 좋겠어….'

정오, 경기도 과천시 법무부 청사, 장관실

'오늘 새벽 광복절 특사로 가석방 후 치료 중이던 연쇄 성범죄자 조강석이 피살당했습니다.
범인은 7년 전 조강석에게 성범죄를 당한 피해자 한 모 양의
가족으로 밝혀졌습니다. 용의자 한 씨는 자신이 교도관으로
근무 중인 교도소에서 보안용으로 비치된 권총과 실탄을
반출하여 조강석을 살해한 것으로 알려졌습니다.
피해자 조강석은 오늘 새벽 피해자인 한 모 양의 집에
다시 침입하여 성범죄를 저질렀으며 현장에서는
마약 성분이 검출되었습니다.
조강석의 가석방 후 피해자 주변에 거주지를 마련할 때부터
반대 여론이 조성되는 등 논란이 된 바 있습니다. 현재 법무부는
이번 사건에 대해 공식적인 입장을 내놓지 않고 있으며….'

안 장관이 리모컨을 던지자 TV가 펑 소리를 내며 터진다. 안 장관이 씩씩대며 머리를 감싸 쥐었다.
"당에서는 전화 왔어?"

"네, 원내대표님께서 계속 전화를 하셨습니다. 그리고, 청와대에서도….."
"짜증 나네."

안 장관은 담배를 깊이 빨아들이며 생각에 잠겼다. 대선이 코앞이다. 내년 초면 경선에 뛰어들어야 하고 당내 입지를 탄탄히 굳혀야 한다. 하지만 조강석이 죽은 이상 비산그룹이라는 든든한 후원자는 사라졌다. 아니 오히려 비산그룹은 그에게 가장 거대한 리스크 요인이 되어버렸다. 게다가 여론 역시 법무부와 장관인 그의 실수를 피 나도록 긁어 대느라 여념이 없다. 자신을 밀어주고 대권 주자로 키워보려던 민국당의 원내대표도 이런 상황이라면 발을 빼려 할 것이 뻔하다. 극적인 반전이 터지지 않는 이상 안 장관의 공직 생활과 정치 인생은 일장춘몽이 될 것이다. 화려한 백그라운드나 그 흔한 선후배 라인도 없이 이 자리까지 오른 안일한이다. 명문가 출신도, 명문대 라인도 아닌 그가 여기까지 올라올 수 있었던 건, 비상한 두뇌와 잔인할 정도의 실행력, 그리고 비산그룹의 지원 덕이었다. 그리고 지금부터는 오롯이 그 혼자 위기를 헤쳐 나가야 한다.

"언론도 난리 났지?"
"말도 못하죠. 인터넷이 제일 심합니다."

안 장관이 자리에 앉아 인터넷 기사를 클릭한다.

"그냥 키보드 워리어들의 쓸데없는 소문일 뿐인데. 무시해 버리시죠. 안 보시는 게 마음 편하실 겁니다….."

"그럴 수는 없지. 소문은 검은 까마귀도 희게 만드는 마법이거든. 누군가 의심하지 않으면 쉽게 왜곡되는 게 소문이야. 그런데 그 소문의 주인공이 내가 될 수는 없지."

양 실장이 만류하지만 안 장관은 자신에 대한 비난 기사와 자극적인 타이틀의 뉴스들을 꼼꼼하게 읽어 내려갔다. 기사의 댓글에는 자신에 대한 모욕과 비난을 넘어 유학길에 오른 아들, 딸, 아내를 향한 입에 담기 어려운 협박과 비방까지 장마철에 터진 수도관처럼 쏟아내고 있다.

ID: bsbuyXXXX: 애초에 예견된 거지. 피해자 옆에 연쇄 성범죄자를 풀어 놓는 게 나라임?

　　　Re: tttttttyuXXXXXXX: 이게 나라냐!!!!

ID: 78steuXXXXXXX: 이게 다 민국당 빡대가리들이 안일한이를 장관에 세워서 사달난거 ㅇㅈ?

ID: 9876kloXXXX: ㅇㅇㅎ 장관 아들도 학폭가해자임. 돈으로 처막았을 걸? 야반유학 귀귀. ㅋ

　　　Re: t0909yuXXXXXXX: ㄹㅇ? 이거 고소 처먹을수도 있음.

ID: 　YRTsteuXXXXXXX: 고소 못 할 걸? 이거 사건 유명한데? ㅋㅋㅋ 그 애비 그 아들!

ID: 　8b8b8XXXXX: 그 집구석 딸 빼면 서운하지. 안레아. 개 또라이. 걔까지 조리돌려야 함 ㅋ

하지만 그는 여전히 독할 정도로 꼼꼼히 모든 댓글과 기사를 클릭하며 읽어 내려간다. 옆에서 양 실장이 몰려드는 전화를 대신 받으며 진땀을 빼고 있지만 그는 마치 다른 세상에 와 있는 듯 인터넷 속으로 흠뻑 몸을 담그고 대중들이 배설물처럼 토해내는 울분과 비난을 거침없이 흡수하는 중이다. 그러던 그의 시선이 구석에 있는 댓글 한 군데에서 꽂혔다.

ID: TKBroSXXXX: 저런 발정 난 SSIP쌔들은 어디 섬에다 좀 가둬라. 지들끼리 강GAN하고 짐승처럼 살게, 법이 Jon나 약하니까 나라꼴이 이 모양이지,

무슨 동물의 왕국도 아니고.

안 장관의 눈이 반짝인다.

'이거다!'

"양 실장. 광석아, 양광석!"
다급한 부름에 양 실장이 민국당에서 걸려온 전화를 급하게 끊고 달려왔다.
"우리 지난번에 다녀온 거기 기억나냐?"
앞뒤 내용도 없는 갑작스러운 질문에 양 실장은 이해가 되지 않는다는 듯 안 장관을 쳐다봤다. 그가 잠시 끊은 스마트폰은 여전히 쏟아지는 문자와 전화, SNS 알림으로 진동하며 그의 손을 떨리게 만드는 중이다.
"거기요? 어디 말씀하시는지."
"온두라스! 그래. 온두라스. 스완군도에 갱단 수감하는 감옥섬 시찰 갔었지. 기억 안 나?"
"아…. 네, 기억납니다. 거기 정말 생지옥이었는데. 거기 가는 내내 욕하셨죠. 그런데 갑자기 거기를 왜."
"그때 그 나라 장관이 말하더라. 갱단 문제 해결하려고 배로 한 시간이나 걸리는 외딴섬에 탈출이 불가능한 감옥을 만들고 독한 놈들은 죄다 거기 가둔다고. 그 섬 아마 통신도 안 된다고 했지?"
"네, 위성통신만 된다고 했습니다. 죄송하지만 그런데 그걸 지금 왜…. 저 전화 받아도 될까요?"
양 실장은 지금 이런 대화가 무슨 소용인가 싶다. 이제 장관실은 여기저기서 걸려오는 전화벨 소리가 고막을 찢을 지경이기 때문이다. 차라리

저 전화 하나라도 더 받고 해명하는 게 도움이 될 것 같다.

"전화는 됐고. 가서, 지도 좀 구해와. 제일 큰 거. 남해안, 동해안, 서해안 작은 섬까지 자세하게 나온 지도."

[9월 6일 일요일 오전] 서울특별시 서초동 한성병원 특실

평화로운 일요일 아침, VIP 병실은 고요하다 못해 쓸쓸하다. 극소수의 의료진만 출입하는 이곳에 천장을 바라보며 조 회장만 덩그러니 누워 있다. 그가 가끔 눈을 깜빡여주지 않는다면 영안실이라고 해도 이상하지 않을 만큼 적막하다. 그의 힘겹고 옅은 숨결에 녹아 쇠퇴한 생명력으로 오염된 공기만이 병실 공간을 가득 채우고 있다. 그 공간 속 휑한 벽에는 한없이 초라한 자기소개가 걸려 있을 뿐이다. 예전이라면 방을 채우고 남던 그를 향한 생일 축하 메시지나 쾌유를 기원하는 그 어떤 희망의 환호성이나 소망을 담은 문구도 보이지 않는다. 그새 모두 어디로 간 것일까?

'1945-09-07 조무상 / 남'

81세. 요즘 세상에 결코 고령이라 할 수 없는 나이지만 그럼에도 그에게 최근 몇 년은 연장전이라 평해도 이상하지 않을 만큼 고난을 이겨내며 버틴 인고의 시간이었다. 나이 50이 다 되어 얻은 귀한 아들이 그룹을 장악할 수 있도록 그는 최대한 버티려 했다. 하지만 정작 그 아들이 안겨준 고민과 스트레스는 그의 수명을 야금야금 단축해 왔고 80이란 나이를 감지덕지로 여길 만큼 혹독하게 망가뜨리고 말았다. 81번째 생일을 하루 앞둔 지금, 그의 소박한 소망은 아들의 빈소를 찾는 것, 그리고 친구와 마지막 예배를 드리는 것뿐이다.

'똑 똑 똑'

박 실장이 인사를 꾸벅하며 병실로 조용히 들어왔다. 그제야 몇 시간

만에 처음 조 회장이 마른 입을 열었다.

"끝났나?"

"아직 10시 50분입니다. 10분 뒤에 끝납니다."

"권 목사는?"

"10시 대예배 마치고 열한 시 반까지는 꼭 오신다 합니다. 저희가 차는 미리 보내 뒀습니다."

박 실장이 벽에 걸린 시계와 조 회장을 초조하게 번갈아 바라봤다. 조 회장은 의식이 또렷해 보이지만 아들 조강석의 사망 소식을 접한 후 병세가 급격히 악화되었다. 그리고 조강석의 발인이 있었던 오늘 아침이 지나자 가끔 정신이 들 뿐 오랜 시간 돈으로 눌러 놨던 죽음의 전주를 서서히 듣기 시작했다. 같은 병원 지하 장례식장에 마련된 아들의 빈소도 지키지 못할 만큼 그의 건강은 여력과 시간을 허락하지 않았다. 그리고 아들이 발인을 마치고 완전히 떠난 지금, 그 역시 아들의 뒤를 따를 준비를 시작하는 듯하다.

"박 실장. 전화 받았나."

"예, 회장님."

"잘하게. 고생 많았어."

"회장님, 제가 어떻게 감히 엄두를 냅니까? 저는 그저 회장님이 건강을 회복하시고…"

고생 많았다는 마지막 한 마디와 함께 박 실장이 잡고 있던 조 회장의 손에서 손아귀 힘이 스르르 빠짐을 느꼈다. 조 회장의 눈은 여전히 박 실장을 바라보고 있지만 더 이상 깜빡이진 않는다. 그렇게 조 회장은 친구인 권 목사와 마지막 예배를 드리고 싶다는 바람을 이루지 못한 채 아들의 뒤를 따랐다. 영욕의 세월을 버틴 비산그룹의 창업자와 다사다난했던 후계자는 이렇게 뜨거운 늦여름의 끝자락, 가을의 초입에서 함께 인생의 때이른 겨울을 맞이하고 만 것이다. 조 회장의 사망은 속보를 타고 세상에 전해졌다. 박 실장은 멍한 머릿속을 정리하지 않은 채 비어 버린 병실에 앉아 조용히 창밖을 바라봤다. 비산그룹에 입사한 후 조 회장, 조강석 부자를 보필하며 여기까지 온 자신의 사회생활을 돌아보니 영광스럽기도, 치욕스럽기도 하다. 그리고 이제 이 회사가 어찌될지 그 또한 막막하다. 그때 박 실장의 스마트폰이 울렸다. MPG파트너스 민 회장이다.

"여보세요? 박 실장님, 소식 들었어요. 아직 정신없죠? 그래도 산 사람은 할 일 해야지. 서류 봤어요?"

"네, 그런데 이게 다 언제 준비된 겁니까? 조 이사가 곧 경영에 복귀할 예정이었는데."

박 실장은 조 회장이 죽고 나서야 지금까지 궁금했지만 참았던 질문을 민 회장에게 속 시원히 직접 물었다.

"조 회장은 어차피 아들이 회사를 경영하지 못할 거라고 생각했어요. 그래서 지분도 전부 사모펀드에 넘기기로 한 거고. 대신 지분 양도 조건이 조강석 이사의 지속 근무. 그리고 박 대표의 전문 경영인 체제였지요. 어차피 우리도 회사 사정을 다 알지 못하니까, 박 실장님이 대표 맡아 주시면 좋죠. 회사 매각되기 전까지는 정상화해 주실 분도 필요하고, 대표님 대우도 나쁘지 않으니까. 충분히 괜찮을 겁니다."

"그랬군요. 일단 알겠습니다. 조 회장님 장례도 치러야 하니 정리되면 그때 다시 보시죠."

"네, 그래요. 아 참, 시기상 이런 말 좀 그렇지만, 축하합니다. 곧 봬요. 박 대표님."

'박 대표?'

낯설지만 기분 나쁘지 않은 인사가 그의 귓가에 맴돈다.

[9월 7일 일요일 저녁] 서울특별시 연산경찰서 피의자 조사실
"설렁탕이라도 한 그릇 시켜 드릴까요?"

아무 대답도 없이 그는 멍하게 천장을 바라보고 있다. 붕대를 칭칭 감은 오른손에서 아직도 선홍빛 핏물이 새어 나오지만 통증도, 불편도 느끼지 못하는 존재가 된 듯 그저 비어 있는 천장을 원망하며 하늘 대신 올려다볼 뿐이다. 유 형사도 지금 이 순간이 버겁기는 마찬가지다.

"한대성 씨, 사건은 사건이고… 그 심정 이해해요. 이렇게 다시 만나길 바란 적 없는데."

피해자 가족으로 만났던 그를 피의자로 다시 만난 유 형사의 표정에 진심 어린 애석함이 느껴진다.

"힘들겠지만, 밖에 남은 민선이 생각도 해요. 이제 그놈도 죽었으니 딸을 봐서라도 힘 내야 하니까요."

유 형사의 말에 한대성의 어깨가 소리 없이 들썩인다. 한대성은 재판을 앞두고 모든 것을 포기한 사람처럼 묵비권을 행사하고 있다. 하지만 이대로 진술을 거부하고 재판에 바로 들어가봐야 좋을 게 없는 상황이다. 교도관의 무단 총기 반출, 근무지 이탈, 총기 살인 등 그의 죄목은 그가 처했던 상황보다 가혹할 만큼 무겁다. 어쩌면 이런 상황들을 모두 뒤로하고 그는 죽고 싶을 것이다. 민선이의 인생을 망치는 그 괴물을 데리고 같이 세상을 뜨자 마지막 남은 한 발을 자신의 머리에 겨눴었다. 불행인지 다행인지, 기동 타격대의 조준사격이 그의 손에 명중하면서 그는 삶의 연장선상에 다시 발을 들여놓았지만 간절히 원했던 연장전이 아니기에 마치 경기를 포기한 선수처럼 자신만의 세계를 외롭게 거닐 뿐, 모든 것과의 단절을 택해 버렸다.

"다시는…. 세상을 못 보겠죠?"

유 형사의 마음이 전달된 걸까? 한대성이 처음 그녀를 향해 마음의 문을 아주 조금 열어 보였다.

"그건 한대성 씨에게 달렸죠. 당신의 죄는 분명해요. 다툴 여지조차 없죠. 하지만 그 대상이 당신을 그렇게 만들었다는 점에서 나는 그래도 감히 희망을 찾고 싶어요. 그리고 크게 도움은 안 되겠지만…"

유 형사가 자신의 입장에서 이런 말을 해도 될지 잠시 생각에 잠겨 망설이다 말했다.

"지금 국민청원 게시판에도 난리가 났어요. 애초에 가석방된 흉악범죄자의 거주지를 피해자 인근에 허락한 국가의 잘못이라는 거죠. 뉴스나 여론에서도 당신에게 동정적인 시선이 존재한다는 점을 주목하고 있어요."

"형사님은, 아이가 있습니까?"

"아뇨, 하지만 조카는 있어요. 아직 직접 만나보지는 못했지만."

"상상하기 싫겠지만, 만약 저와 같은 입장이었…"

"죽이죠."

유 형사가 한대성의 말을 끝까지 듣지도 않은 채 대답했다.

"법은 녀석을 살려 둘 테니까요. 대신 내가 죽였을 거예요. 형사가 이런 말 하려니까 좀 그렇네요."

한대성은 그녀가 진심인지 의심스럽지 않다. 그녀의 눈에서 얼마 전 자신이 거울을 통해 마주한 분노를 똑같이 목격했기 때문이다.

"그렇게 말해줘서 고맙습니다."

"주저앉지 마세요. 당신 죄는 벌받아 마땅해요. 그렇다고 해서 민선이에게 부끄러운 아빠가 되는 건 아니죠. 회복할 수 있을 거예요. 힘내며 버티고 있을 딸을 생각해서라도요."

한대성의 눈에 고마움과 미약한 회복의 기운이 감돈다. 그런 그를 보며 유 형사가 말했다.

"혹시 이 사건 들어 본 적 있어요? 1991년 1월, 옆집 남자에게 성폭행을 당한 어린 피해자가 성인이 된 후 가해자를 찾아가서 사타구니를 난자해 살해한 사건이요. 아주 유명한 사건이죠."

1970년 아홉 살이던 소녀는 옆집 남자에게 성폭행을 당했고 그 사건 후유증으로 성인이 된 후에도 제대로 된 결혼생활을 이어가지 못할 만큼 심각한 트라우마에 시달려야 했다. 결국 그녀는 자신의 이런 비극적인 인생을 만든 가해자를 20년 만에 찾아가 잔인하게 살해하기에 이르렀고 이 사건은 당시 사회에 큰 충격을 안겨주었다.

"그때 그 성인이 된 소녀는 살인 죄로 어떤 형량을 받았는지 아세요? 복수를 한 죄!"

"….글쎄요."

"집행유예입니다."

유 형사의 대답에 한대성이 깜짝 놀랐다. 실제로 당시 법원은 피의자가 원래 피해자에게 성폭행을 당했던 또 다른 피해자라는 범행의 경위를 참작해 징역 6개월, 집행유예 3년과 치료감호라는 파격적인 선처를 결정했다. 그리고 그녀의 사건은 그녀가 남긴 말로 여전히 자주 회자된다.

'나는 사람이 아닌 짐승을 죽였다.'

"형사로서 이런 말 좀 그렇지만, 난 당신이 짐승을 죽였다고 생각해요."

한대성이 물끄러미 유 형사를 바라봤다.

"물론 당신이 떳떳하다는 건 아닙니다. 하지만 좌절은 언제든지 꺼낼 수 있는 낡은 사진 같은 거예요. 보이지 않는 깊숙한 곳에 묻어두고 꺼내지만 않으면 그냥 잊힐 수도 있지요. 그러다 시간이 흐르고 흘러, 아예 없어지면 더 좋고요. 지금은 그 낡은 사진을 접어 둘 때예요. 사로잡히지 말고."

유 형사의 말에 잠시 생각에 잠겨 있던 한대성이 말했다.

"글쎄요, 그러면 좋겠지만 세상이 그렇게 쉽게 안 바뀌더라고요."

"그럴지도 몰라요. 하지만 인생의 결말을 바꿀 수 있는 건 자신밖에 없어요. 인생이라는 책의 작가는 각자 본인이니까. 진짜 이렇게 결말을 내버리고 싶은 건지 한번 잘 생각해 봐요."

[9월 15일 화요일 정오] 성산대교 위 안일한 장관의 차 안

양 실장이 조수석에 앉아 잔뜩 긴장한 채 대국민 담화문을 살피는 중이다.

"양 실장, 네가 발표하냐? 왜 이리 긴장해?"

"죄송합니다. 그냥, 이렇게 용퇴를 하시는 게 너무 아쉽고 화가 나서…."

"야, 뭐 그럼 내가 장관을 평생 해먹을 줄 알았어? 전임 장관들 몇 년이나 해먹든? 순진하긴."

태연한 척 말을 하면서도 정작 울화가 치미는지 안 장관은 창문을 내리곤 담배에 불을 붙였다.

"너무 억울해하지 마라. 내가 조강석이 그 새끼만 안 싸고돌았어도 이렇게 꼬이지는 않았어."

"그나저나 대국민 담화문은 이대로 발표하실 예정입니까? 정말 이게 먹힐까요?"

"양 실장. 예전에, 대선 때마다 국정원까지 나서서 댓글 공작하고, 매크로 댓글 시스템 만들어서 난리 치고 했던 거 기억해? 그때 그 사람들은 왜 그랬을까? 그때는 나도 바쁘게 먹고살던 때라 뉴스에서 뭐라고 떠들

건 별로 신경 안 쓰고 삿대질이나 하고 말았거든. 그런데. 이 자리에 오르고 권력이란 것을 손에 쥐고 보니 비로소 알겠더라. 뭐가 제일 무서운지. 제일 무서운 건 사람이야. 특히 보이지 않는 대중이라는 다수와 익명의 사람. 나는 저들의 마음을 사야 하는데, 저들이 나를 속속들이 알고 있는 반면 난 저들이 누구인지 어떤 생각을 하는지 도저히 알 수가 없었거든. 불공평하고 힘든 싸움이지. 그럼 그건 불확실성에서 기인한 걷잡을 수 없는 두려움이 돼. 그 두려움을 못 이긴 자들은 그들의 마음을 조정해 보겠다고 여론 조작을 하고 댓글공작질을 했던 거야. 유치하지만 자기들이 이길 수 있는 반칙이라고 믿었겠지."

"그랬죠. 그때는."

"그래, 사람들 마음을 얻기가 그렇게 힘든 거야. 대신 사람들의 마음을 얻고 여론을 한방에 돌릴 수 있다면 그것만큼 파괴적인 게 없지. 자, 잘 봐 둬. 이거 한방이야. 너, 나랑 여기까지 같이 오면서 별일 다 겪었지?"

"그렇죠…"

"어차피 나도 장관 빨리 끝내고 경선 준비할 예정이었으니 타이밍은 상관없어. 다만 물러서는 그림이 내가 조국을 위해 더 큰 봉사를 하겠다는 용단이 아니라 이따위 치욕의 틈바구니에서 하는 게 짜증 나는 거지."

"그게 저도 너무 화가 나서…."

"그런데 말이다. 뭔가를 얻고 싶다면, 결국 내가 가진 사소한 것들은 바닥까지 깡그리 비워야 해. 그래야 내가 지금 원하는 걸 다시 채울 수 있는 넓은 공간이 생기거든. 욕심 부리면서 다 쥐고 가려고 하면 그만한 그릇에서 멈추는 거야. 이거 하나면 싹 다 뒤집힌다. 두고 봐. 그리고 저들은 뒤집힌 거북이 새끼들마냥 버둥버둥댈 거야. 순식간에 칼날 대신 칼자루가 내게 오는 거지."

자신만만한 안 장관과 양 실장을 태운 세단이 법무부 청사 앞에 멈춰

선다. 청사 입구에는 이미 그의 중대 발표를 취재하기 위해 모인 기자들로 북새통이다. 안 장관의 스마트폰은 민국당 원내대표와 중진들이 보낸 문자로 계속 울려 대지만 그는 거들떠도 보지 않고 있다.

"쫄기는. 내가 무슨 말을 할지 겁나겠지. 아니면 지들이 몰아낸 것처럼 프레임을 씌우고 싶거나. 두고 봐라. 지들 뜻대로 되나."

앞좌석의 양 실장이 내려 문을 열어주자 안 장관이 뒷좌석에서 내린다. 그의 앞에 서 있는 수십 대의 카메라가 플래시를 폭죽처럼 터트리며 격렬한 환영의 인사를 건넸다.

"젠장, 취임할 때보다 더 많이들 왔네."

안 장관은 법무부 직원들의 안내를 받아 미디어 브리핑실로 이동했다. 그의 뒤에는 마치 어미 오리를 따르는 새끼 오리들처럼 기자들이 잔뜩 달라붙어 있다. 흉악범들의 변호만 맡으며 무죄를 이끌어 내는 등 천부적인 수사력과 변론으로 스타덤에 오른 젊은 변호사. 그가 설립한 법무법인 철인은 외국 기업들과 각종 특허 분쟁에 시달리는 국내 중소기업들을 대변하며 불공정한 무역의 흐름을 우리 쪽으로 돌리는 등 애국 법률 전문가로 변모해 승승장구했다. 덕분에 안일한 변호사는 쾌속 질주로 인기 정치인이 되었고 단기간에 법무부 장관 타이틀마저 꿰찰 수 있었다. 여세를 몰아 대권 도전을 염두 하던 지금. 그의 앞에는 든든한 후원자였던 비산그룹이 가장 구린내 진동하는 똥통이 되어 너저분하게 쓰러진 채 오물을 흘리고 있다. 그 오물을 잔뜩 뒤집어쓴 안 장관의 초라하고 비참한 모습은 대선을 얼마 앞두지 않은 지금, 야당과 미디어들에게 그 어떤 재료보다 자극적인 정치포르노나 다름없을 것이다. 이 바닥은 원래 그렇다. 누군가 바닥을 치면 위로하며 동정해주지만 속으로 그들은 그의 불행을 탄복하며 즐긴다. 그러다 그가 다시 일어서서 달리기 시작하면 열심히 축하하며 응원하지만 그 기뻐하는 모습 뒤에선 그를 다시 끌어내릴 비열한 고민만 해댄다. 그게 이 정치 바닥의 생리다. 누군가의 처참한 실패를 재료 삼아 오르가즘을 느끼고 싶은 대포 카메라들이 밝은 플래시를 번쩍이며 안 장관의 입을 찍는 것도 그래서 다. 곧 터져 나올 그의 신음 소리를 기다리며. 그리고 이제 무대 위에 오른 그의 시간이 시작되었다. 무대를 장악하려는 자와 실패를 관람하려는 자들이 모두 모였다.

"존경하는 국민 여러분, 저는 법무부 장관이라는 과분하고 중요한 업무를 국가에 반납하고자 합니다."

한없이 초라한 사퇴 발표에 카메라와 마이크들은 피냄새를 맡은 승냥이 떼처럼 가까이 다가온다.

"흉악범죄자의 피해자 인근 거주를 막고, 국민의 안전을 지키기 위해 최선을 다 했어야 함에도 불구하고…."

안 장관이 차마 말을 잇지 못하고 눈물을 훔치는 순간을 포착하려는 카메라의 셔터가 쉼 없이 눌려진다.

"존중하고 사랑받아야 할 소중한 젊음이 또다시 범죄에 희생되는 참담한 결과를 받아들여야 했습니다."

기자들이 그의 말 한마디 한마디를 부지런히 옮겨 적고 있다. 이 말은 모두 내일 신문 1면을 장식하겠지.

"저는 그 실패를 부끄러워하거나 슬퍼하며 숨기보다는 더 나은 미래를 맞이하기 위해서라도 제가 책임을 지고 물러나야 할 것임을 너무도 잘 알고 있습니다."

양 실장이 안일한 전 장관을 바라보며 좌절한 듯 고개를 숙인다. 실패를 인정하는 스타 정치인의 처절한 반성은 클라이맥스를 향해 독주하고 있다. 그런데 그때, 엇박자의 변주가 들리기 시작했다.

"하지만, 국민 여러분."

기자들이 고개를 들어 일제히 안일한 전 장관을 바라본다.

"법의 테두리가 국민을 보호하지 못한다면 그 테두리를 넓혀야 하며, 공권력을 무시하는 범죄가 지속적으로 발생한다면 제도가 공권력을 보완해야 한다고 저는 믿습니다. 법무부 장관이라는 자리에서 벽에 부딪히고 매번 한계를 느낄 때마다, 더 나은 해결책, 더 확고한 보호망을 갖추지 못하는 스스로를 질책했고 오늘 그 한계를 절감하며 이렇게 물러납니다. 그러나 오늘 이후 저는, 좌절보다는 전진을, 후회보다는 다짐을 가슴에 담고 국민을 진정으로 보호할 수 있는 국가를 만들기 위한 커다란 도전에 나서고자 합니다."

미디어 브리핑장에 모인 기자들은 갑작스러운 회견 분위기를 빠르게 원고에 담아 내느라 여념이 없다. 그들이 좋아하는 쇼, 반전이 서서히 모습을 드러내기 시작한 것이다. 그런 분위기를 감지한 듯 그가 가슴속에 담고 있던 비장의 카드를 드디어 꺼내 보였다.

"저는 국민의 첫 번째 봉사자, 국가의 제일 가는 공무원이 되어 국민 여러분의 삶에 기여하고자 다음 대선에 도전할 것입니다. 국민을 보호하고 섬기는 국가가 될 수 있도록 이 나라의 시스템을 정비하고, 공권력을 강화할 것입니다. 그리고 이를 위해 오늘 이 자리에서 저의 첫 번째 대선 공약을 발표하고자 합니다."

법무부 미디어 브리핑실은 특종을 타전하는 기자들의 소란으로 전쟁터를 방불케 했다. 카메라 플래시는 꺼질 줄을 몰랐고 타자 소리는 드럼 소리만큼 우렁차다. 실로 이례적인 역대급 정치쇼가 이곳에서 벌어졌으니 말이다. 사퇴 회견에서 대선 출마 선언이라니. 그는 천부적인 배우가 되었어도 잘 했을 것이다.

"저는 대선 출마를 공식 발표하며 첫 번째 공약인 '천사도법'을 소개하고자 합니다. 이 법안은 강력범, 흉악범들의 영원하고 냉정한 격리를 의미합니다. 우리는 이 법안을 통해 선량한 절대 다수의 국민들이 안전하고 행복한 사회를 누리는 것과 더불어, 국가는 국민의 것이며 저들은 국민이 아닌, 사회의 악이라는 것을 단호히 규정하게 될 것입니다."

미디어 브리핑실 스크린에는 일본과 인접한 남동해안 어딘가의 작은 섬 지도가 나타났다. 기자들은 섬의 사진을 찍으며 천사도법이라는 새로운 먹잇감을 대중들에게 누구보다 빨리 소개하고자 안달이다. 내일 신문 1면은 당연히 안일한 이름 석 자와 이 섬이 차지할 것이다. 그에게 질문이 쏟아졌다.

"장관님! 그럼 민국당에 복당하시는 겁니까! 혹시 민국당 경선을 포기하고 무소속 출마를 준비하십니까?"

"청와대와는 교감을 마치신 상황인가요? 강력범들을 영구적으로 섬에 가두겠다는 계획이 맞나요?"

기자들의 질문 세례에 안일한 전 장관이 두 팔을 벌리며 조용히 해달라는 신호를 했다.

"누군가는 진보를 퇴보라 합니다. 용기를 무모함이라 하며, 혁신을 성급함이라 합니다. 전 저들과 다름을 여러분에게 증명할 것입니다. 곧 공식 보도 자료를 통해 대선 출마의 변과 공약에 대해 말씀드리겠습니다."

기자들의 쏟아지는 질문을 외면하고 안일한 뒤돌아 미소 지으며 회견장을 빠져나왔다.

'됐어!'

[10월 2일 금요일 오전] 서울특별시 강동구치소 면회실

침묵하는 한대성을 보며 국선 변호인도 지친다는 듯 잠시 자리를 비켜줬다. 그가 나가자 밖에서 기다리고 있던 중년의 여성이 면회를 위해 들어왔다. 한대성은 뜻밖의 방문에 깜짝 놀라 그녀를 바라봤다.

"오랜만이야. 변호사 아저씨한테 부탁 좀 했어. 잠깐 만나게 해달라고."

"지아야. 왜…. 왔어."

"20년 만에 만난 건데 고작 첫인사가 그거야? 오빠는 지금도 참 시시하다."

한대성은 자신을 찾아온 뜻밖의 인연에 놀랐다. 그리고 그의 마음속에 아직도 그녀를 향한 사랑이라는 감정이 자리 잡고 있음을 확인한 것도 신기하다. 이런 자리에서 그녀를 다시 만나게 되길 꿈꾼 적 없었는데.

"밖에서는 다들 오빠 편만 들던데 왜 정작 오빠는 변호사한테 협조를 안 해?"

"글쎄, 애써봐야…. 무기징역이나 사형이니까."

"오빠가 판사야? 여전하네…. 멋대로 결정하고, 멋대로 생각하는 건."

"그러게, 그런데 지아 너도 여전하네. 날 이렇게 혼내는 걸 보니."

한대성이 흐릿하게 여자를 향해 웃어 보였다.

"나 개명한 지가 한참인데 여태 지아라고 불러? 연예인 이름도 까먹을 만큼 여기 오래 있었나 보네."

"난 차애원이라는 지금 이름보다 원래 네 이름이 훨씬 편하고 좋으니까."

"그럼 그때 유지아한테 잘하고 떠나지 말았어야지. 유지아는 이제 없고 차애원만 남아버렸잖아."

"그러게, 내가 바보 같네…."

한대성이 진심으로 미안한지 고개를 숙인다. 그런 한대성의 손을 잡으며 차애원이 말했다.

"오빠가 세상에 나와야 할 이유는 많아. 오빠를 애타게 기다리는 민선이 말고도."

"정말 그럴까?"

"그래, 지금까지는 어땠는지 몰라도 오빠가 세상을 다시 보기 위해 노력해야 할 이유는 분명 더 있어."

"지아야, 그게 무슨⋯."

"됐어. 그냥 그렇게만 알아 둬. 그러니까 변호사가 변론 준비 잘 하게 적극적으로 좀 협조해. 기적도 희망을 꿈꾸는 사람한테 찾아오는 거야. 오빠처럼 포기한 사람한테 우연히 와주는 게 아니라. 늦었다. 나 갈게."

"벌써? 그래, 와 줘서 고마워⋯."

차애원이 일어서려다 잠시 망설이더니 지갑에서 사진을 한 장 꺼내 한대성에게 보여줬다. 잘생긴 청년이다.

"멋있네. 아들?"

"응. 우리 아들."

"당신 닮아서 키도 크고, 멋지네."

"나오면 그때 만나."

"내가?"

고민하던 그는 그녀에게 무언가 물으려 했지만 그녀는 더 이상 이야기를 듣지 않고 일어서며 말했다.

"참, 애 이름은 희재야. 멋지지? 차희재. 잘 있어. 힘내고."

<Chapter 3> 2027년 Part 1: 광대들의 나라

[2월 9일 화요일 새벽 2시] 강남구 호텔블루야드 스위트룸

"오빠, 숫자 2가 뭘 의미하는지 알아? 사랑이래. 로맨틱하지? 둘이 있어야만 가능하니까."

희재가 말없이 고개를 돌려 레아를 바라본다. 그리고 무슨 말을 하려다 애써 참는 듯 마른침을 넘겼다.

"오빠 오늘 왜 그래. 뭐 고민 있어?"

"아니야. 아무것도"

레아가 희재의 곁에 누워 사랑스러운 표정으로 명품과 돈으로 치장된 평범하지 않은 사람들이 사는 세상 속의 일상을 속삭이지만 희재의 표정은 어둡다. 그리고 그 표정을 레아도 외면하고 싶지만 분명히 느끼고 있다. 처음 만났을 때 다정하고 따뜻했던 희재의 눈빛은 언제부터인지 차갑고 멀게만 느껴진다. 다른 여자가 생긴 걸까? 별일 없는 듯 함께 있지만 레아의 머릿속도 복잡하긴 마찬가지다. 때마침 둘이 누워 있는 스위트룸 TV에서 이번에 희재가 주연을 맡은 주말 드라마가 재방송된다. 화면 속의 희재는 한창 뜨는 신인 여배우와 키스를 나누며 그렁그렁한 눈으로 영원한 사랑을 약속하는 중이다. 아무리 연기지만 상대 여배우를 바라보는 따뜻한 눈빛에 레아는 짜증이 났다. 역시 상대 배역을 다른 여자로 할걸 그랬다는 질투와 후회도 든다. 레아는 당연히 그럴 수 있었으니까.

"좋았어?"

"뭐가."

"쟤. 요즘 제일 잘 나간다며. 키스하니까 좋았냐고."

"그만해."

레아가 돌아 눕는 희재의 어깨를 앙칼지게 잡아 끈다. 방금까지 사랑을 속삭이던 모습은 초봄 새벽 겨울눈이 햇살에 녹아 사라진 듯 사소한 흔적조차 느껴지지 않는다. 대신 겨울바람보다 사나운 질투가 찾아왔다.

"좋았냐고 묻는데, 왜 대답 안 해. 오빠 그거 알아? 구질구질한 핑계보다 지금처럼 침묵으로 외면하는 게 더 잔인해. 핑계 대면 이유라도 찾지. 그런데 침묵은 이유도 찾지 못하게 날 바보로 만들어! 그때 기분 알아?"

희재는 괴로운 듯 머리를 감싸 쥐었다. 꽃샘추위처럼 찾아온 그녀의 질투는 한겨울 서리보다 매섭다.

"레아야, 너 이러는 거 나 너무 지쳐."

"뭐가 지쳐. 지금 내가 집착하는 거야?"

레아가 어이없어 하자 희재는 말없이 일어나더니 옷에서 꺼낸 스마트폰 하나를 침대에 던졌다. 얼마 전 레아가 선물한 한정판 명품 콜라보 제품이다. 레아의 눈빛이 당혹감에 흔들린다.

"이게 뭐."

"나보다 네가 더 잘 알 거 아니야."

희재가 스마트폰 설정에 들어가더니 스파이웨어처럼 숨죽인 채 깔려 있던 앱들을 열어 보란 듯 레아에게 내민다. 그의 표정은 분노도 실망도, 두려움도 아닌 공허함만이 자리 잡고 있다.

"날 이렇게 감시하고, 확인하고, 들여다보면, 나나 내 삶이 네 것이 되니?"

"오빠가 떠날 것 같아서 그런 거야. 오빠가 먼저 변했다고."

한적한 특급호텔 스위트룸에 어울리지 않는 금 간 연인의 날 선 대화가 서로의 가슴을 겨누고 있다.

"아무리 그렇다고, 이렇게까지 해야 해? 우리 너무 서로에게 지쳤어. 그러니까 레아야. 이제 그만하자."

"뭐? 뭘 그만해! 애인이 남자 친구 키스 보고 질투하는 게 그렇게 이상해? 내가 미친년이야?"

"알았어. 알았으니까…"

"알긴 뭘 알아? 지가 누구 덕에 뜬 건데 까불어? 오빠, 너 미쳤어?"

레아가 무심코 던진 한마디가 희재의 가슴 한가운데를 뚫고 지나갔다. 그 한 발로도 충분한 충격이 가해진 걸까? 희재는 마치 당장 숨이 멎을 사람처럼 멍한 눈을 깜빡이지도 못한 채 레아를 바라본다. 하지만 레아는 그런 희재의 시선에도 멈출 기세가 아니다. 오히려 이번엔 더 세게 확인사살을 할 사람처럼 보인다.

"그리고 난 아직 다른 새끼는 관심 없어. 이해돼? 너보다 잘난 애가 눈에 띄면 그때 놔줄 테니까 닥쳐."

레아의 모진 말에 희재의 눈에는 먹물처럼 깊은 그림자가 드리워진다. 슬픔도 분노도 아닌 체념의 그림자다.

"레아야, 네가 새 장난감을 구하든, 줍든 난 상관 안 해. 그런데 난 그만 가지고 놀아. 우리 그만 만나."

레아는 관심 없다는 듯 침대에서 몸을 빼내 샤워실로 걸어갔다. 하지만 들썩이는 어깨가 그녀 역시 이 시간 속에서 아무렇지 않을 수 없다는 걸 보여준다. 단호한 그의 말에 돌아선 레아의 눈에선 굵은 눈물이 흘러내리고 있다. 그를 잃을지 모른다는 슬픔이 담긴 건지, 자존심이 상한 건지 뜻 모를 눈물이다.

"야, 차희재. 감히 네가? 내가 널 포기할 것 같아? 내가 버려야 끝이야. 네가 떠난다고 끝이 아니라!"

마주보는 두 사람의 거리는 한 걸음 남짓이지만 마음은 이미 닿을 수 없을 만큼 멀어졌다. 하지만 레아는 모진 말과 달리 여전히 그와의 거리를 좁히고 싶다. 주워 담을 수 없는 말과 함께 시간을 다시 돌리고 싶다.

"알았어. 내가 미안해. 그러니까 우리 내일 다시 이야기해. 오빠."
"…."
"부탁할게, 아니 경고할게. 내가…. 애원하게 만들지 마. 제발."
"레아야. 고마웠어. 그리고 잘 해주지 못해서 미안해."

끝났다. 레아의 마음에 담긴 장밋빛 붉은 사랑이 핏빛 분노로 진해졌다. 서툰 사랑은 쉽사리 뜨거워지는 여름날 꺼내 놓은 우유처럼 금방 상해 악취를 풍긴다. 그녀가 분노를 이기지 못해 소리쳤다.

"차희재, 너도 나 이용한 거지? 날 사랑한 순간이 있긴 했어?"

희재의 표정은 바위처럼 굳은 채 미동도 없다. 그는 지쳤다. 진짜 사랑했고 여전히 사랑한다고 진심을 말한들, 그녀는 믿지 않는다. 그리고 믿지 못하는 그녀의 사랑은 희재를 지치도록 뒤쫓고, 의심하고 겁박한다. 사랑하기에 이해하려고, 참아보려고 했지만 그 사랑에도 한계가 있다는 것을 희재는 너무 일찍 레아에게서 배웠다. 그녀를 떠나야 숨 쉴 것 같다는 생각에는 여전히 변함이 없다.

"내가 자꾸 오빠가 하지 말라는 약에 손대서 그래?"
"레아 넌 무엇에 중독된 것인지조차 모르고 살아. 약? 네가 약에만 중독된 걸까? 난 잘 모르겠어."

희재의 대답에 레아의 눈도 공허함이 자리 잡는다. 끝이다. 그녀도 끝을 내려 한다. 자기 방식으로.

"그래? 원한다면 내가 뭘 보든 넌 안 보이게 해 줄게. 내가 뭘 듣던 네 소리는 안 나게 해주고. 끝내. 차희재,"

굵은 눈물을 카펫에 떨구며 울고 있는 레아의 모습을 외면한 희재는 그대로 돌아 누워 버렸다. 그리고 레아는 이성의 끈을 붙잡고 있기가 힘들어졌다. 레아는 희재를 만나며 그는 다르다고 믿었고, 그렇기에 절대 잃고 싶지 않았다. 하지만 그녀의 마음과 달리 레아의 서툰 사랑은 집착이라는 열매를 맺었고 그 열매는 잔뜩 독을 머금고 매일 희재에게 배달되고 있었다.

'내가 못 갖는다면 아무도 안 줘!'

레아는 침대에 던져 둔 명품가방을 향해 걸어갔다. 그녀는 자신만의 방법으로 희재를 과거에 가둘 셈이다.

새벽 3시, 서울특별시 여의도 민국당 대선캠프 사무실

여론조사 결과를 살피는 민국당 안일한 후보의 표정은 사뭇 심각하다.

'민국당 안일한 41%, 통합당 장수동 40%'

"장관님, 이제 그만 들어가서 쉬시죠."
"장관 관둔 게 언제야! 호칭 똑바로 안 해?"

잔뜩 짜증 난 표정의 안 후보를 곁에서 지키던 양광석 선거캠프 본부장이 머쓱해 입을 다문다.

"광석아, 저게 며칠 기준이지?"
"1월 28일입니다. 사이언리서치가 조사했고요."
"구정 연휴 시작하기 바로 전날이네? 그럼 저 조사 직전에는 내가 몇 프로였지?"
"48%입니다."
"저 늙은이는?"
"장수동 후보는 32%였습니다."
"그 사이에 내가 뭐 실수했냐?"
"그럴 리가요."

"그럼. 네가 실수한 거네?"

안 후보가 양 본부장을 싸늘하게 노려보자 그가 깜짝 놀라 움츠러든다.

"15% 넘게 벌어졌던 지지율이 지금 이렇게 된 거니까. 뭐 문제 있지 않고는 말이 안 돼. 안 그래?"

"죄송합니다."

안 후보는 머리끝까지 화가 나는 듯 자리를 박차고 일어서며 씩씩거린다. 안 후보가 창가에 선 채 생각에 잠긴다. 화를 내고 후회하는 건 패배자들의 전유물이다. 지금은 원인을 찾고 해결을 해야 승자가 되는 판이다.

"사과는 집어치우고 건설적으로 생각하자. 이유가 뭐 같아? 뭐가 문제야?"

"확실하지는 않지만 우리 쪽 실수보다는, 저쪽이 여론몰이를 잘 한 거 같습니다. 명절에 모이면 저마다 정치 이야기를 하는데 공약에 대한 반응이 갈린 듯합니다. 마침 잠잠하던 장수동 쪽에서 새로운 공약으로…."

"뭐, 그 메가시티?"

"네, 그걸 전국에 조성한다고 하니까요. 부울경도 묶고, 청주, 충주도 묶고, 여기저기 메가시티 건설하고 대기업마다 하나씩 메가시티 육성을 위한 분사나 본사 이전을 추진하게 만든다고 하니까 영호남, 강원지역 관계없이 부동산이 들썩들썩하는 분위기죠. 우리나라 부동산 빼면 돈을 뭘로 벌겠습니까."

"참 나, 그게 될 거 같냐? 나라꼴 잘 돌아간다. 하긴 내가 지금 누굴 욕해. 캠프 꼬라지가 이 모양인데."

양 본부장이 면목 없는 듯 고개를 한참 더 푹 숙인다.

"혹시 사이언리서치 때문은 아니야? 쟤들 똑바로 조사한 거 맞아? 담당 누구야?"

"이 변호사 선배가 대표랍니다. 사이언리서치요."

"만나 보라고 해. 약 칠 수 있는지 좀 찔러보고."

"네."

안 후보가 모처럼 새벽별이 빛나는 도시의 하늘을 올려다보며 중얼거렸다.

"다시 한번 반전이 필요해… 쟤들 저 난리 치는 거 싸~악 가라앉힐 만한 무언가 큰 게 필요하다고."

새벽 4시, 서울 강남구 호텔블루야드 프런트데스크

"When do you want me to change it to?"

(언제로 바꿔드릴까요?)

프런트 데스크의 나이트 매니저 강인한이 앞에서 기다리는 손님에게 미안하다는 눈빛을 보내며 가볍게 목례를 한다. 미국에서 걸려 온 예약 변경 전화를 친절하게 처리한 강인한이 이번에는 프론트 앞에 서 있는 단골 손님을 맞이한다. 한국 기업과의 합작 건으로 이곳을 자주 찾는 일본의 CEO다.

"私の名前は中田です。遅くなりましたが、チェックインできますか？一般客室とスイートルームです。"

-늦어서 체크인이 안 될까요? 오늘 예약한 NAKATA입니다. 일반룸 하나 스위트룸 하나요.

"お待たせして、すみません。中田さん、予約を確認しました。チェックインをお手伝いします。"

-NAKATA 씨 확인됩니다. 기다리게 해 죄송합니다. 방 두 개 체크인 도와 드릴까요?

"ありがとうございます。ところでスイートルームは使わなくなりました。キャンセル料は支払います。

-고맙습니다. 그런데 스위트룸은 오늘 안 쓰게 되었네요. 당일 취소비용은 제가 내겠습니다.

일본 정부 관계자와 함께 호텔을 찾기로 했던 단골 고객 나카타까지 체크인을 마치자 드디어 프런트데스크는 새벽의 망중한을 맞이했다. 아무도 깨지 않은 연휴 한복판의 특급호텔 로비는 새벽이라는 특별한 시간대와 만나 고급스럽지만 무거운 고상한 고요함을 선사한다. 한바탕 업무 폭풍이 휩쓸고 간 그때, 교대를 준비하는 강인한 매니저의 뒤로 다음 근무자인 이민찬 대리가 조용히 다가왔다.

"야! 고생했다. 피곤하지? 올라가서 좀 쉬어. 너 오늘 종일 서 있었잖아. 예정에도 없던 교대 덕에."

"괜찮습니다. 방금 나카타 씨까지 체크인 끝났어요. 오늘은 더 이상 외국인 체크인은 없을 겁니다."

강인한 매니저가 웃으며 이민찬 대리에게 말하자 서류를 불안하게 살피던 그의 표정이 한결 가벼워진다.

"진짜? 다행이다. 너도 알잖아. 나 외국인 울렁증 있는 거."

영어, 중국어, 일어까지 능통한 강인한 매니저는 아직 신입에 가깝지만 호텔블루야드의 에이스다. 특히 능통한 언어 실력만큼 훌륭한 센스를 갖춰 고객들에게 높은 충성도를 얻고 있다. 이민찬 대리가 객실 현황을 살피다 강인한 매니저에게 말했다.

"어? 오늘 스위트룸 캔슬 하나 나왔네?"

"네, 방금이요. 나카타씨가 선불결제 해둔 건데. 아마 일행이 못 왔나 봐요."

"그래? 그럼 자기가 스위트룸 쓰지 왜 안 쓴대?"

"아무래도 회사 비용이니까요…. 위약금 일부 내는 조건으로 취소해 드렸습니다."

"잘 했어. 단골인데 그 정도는 해 줘야지. 그럼 네가 들어가서 쉬지 그래."

"스위트예요? 에이, 그래도 그건 좀…."

"야, 괜찮아! 어차피 프런트에 내가 있을 거니까 DND카드 걸고 좀 쉬어."

이민찬 대리가 미소를 지어 보이자 강인한 매니저도 사양하다가 못 이기는 척 덩달아 웃어 보인다.

"그럴까요?"

어차피 예약해두고 쓰지 않은 방은 텅 비어 있다. 퇴실 시간이 되면 클리닝 팀이 들어올 거고 그때까진 충분히 쉴 수 있다. 프런트에는 마침 강인한 매니저와 제일 친한 이민찬 대리가 있을 테니 안심이다. 강 매니저는 이 대리에게 수고하라며 따뜻한 캔커피를 하나 사주고 스위트룸이 있는 27층을 향해 올라갔다. 방이 딱 네 개밖에 없는 27층. 오늘은 마침 연휴 기간이라 풀부킹 상태다. 전용 엘리베이터를 타고 올라가는 동안 야경을 보니 이런저런 잡념이 떠오른다. 어린 시절 부모님이 교통사고로 돌아가신 후 강인한은 보육원에서 성장했다. 그렇게 갑자기 찾아온 불행과 외로움은 어린 그에게 오랫동안 악몽 같은 유년기를 선사했다. 보육원에서 지내며 그곳 친구들이 비뚤어지는 모습을 보기도 했고, 성인이 되어 퇴소하는 형들 역시 방황 끝에 좌절하는 모습을 볼 때마다 강인한은 자신의 미래는 달라야 한다고 다짐하고 또 다짐했다. 그의 영리한 다짐은 영어, 중국어, 일어를 제법 쓸모 있게 구사할 수 있게 만들어 줬고, 고교 졸업과 동시에 호텔에 취업이 될 만큼 만반의 준비를 할 수 있었다. 그는 스마트폰을 꺼내 여자 친구에게 전화를 걸려다 너무 이른 새벽임을 깨닫고 망설였다.

> '문자라도 보내 볼까?'

요즘 그녀에게는 강인한이 꼭 필요하다. 누군가에게 절대적 의지의 대상이 된다는 것은 내심 기쁜 일이지만 무척 힘든 일이라는 것을 그는 연인을 통해 배우는 중이다. 하지만 그가 힘들거나 부담스럽다는 생각을 갖기에는 지금 그의 연인은 그보다 훨씬 외롭고 힘든 상황이다. 그래서 그나마 자신에게 의지해주며 버텨주는 것마저 감사할 정도다. 어차피 그녀를 만나는 동안 그는 항상 이렇게 힘들었다. 그녀가 그를 통해 용기를 얻고 세상과 타협하며 버텨내지 못했다면 그녀는 아마 지금의 모습으로 온전히 서 있지 못했을 것이다. 그런데 얼마 전, 잘 버티던 그녀가 다시 쓰러지고 말았다. 여전히 그가 그녀의 곁을 지키고 있지만, 지금 그녀는 전보다 더 심하게 휘청거리고 있다. 마치 태풍에 치어 뿌리까지 드러난 아름드리 나무처럼 그녀는 발가벗겨진 채 나동그라진 모습이다. 그런 그녀를 강인한은 따뜻하게, 그리고 안전하게 덮어주고 싶다. 온 힘을 다해 자신의 인생을 걸고 함께하겠노라 다짐했다.

> '자니? 나 이제 교대하고 쉬러 올라가. 잠깐 눈 붙이고
> 퇴근할 거야. 일어나면 문자 줘! 사랑해.'

짧게 소식을 전한 그가 스마트폰으로 야경을 찍어 문자와 함께 발송한다. 어느새 엘리베이터는 27층에 도착했다. 고급스러운 양탄자가 깔린 복도, 중간에 멈추지 않고 논스톱으로 올라오는 단독 엘리베이터 등 스위트룸은 출발부터 도착까지 특권으로 똘똘 뭉친 공간이다. 새벽 네 시가 넘은 시간. 몇 안 되는 스위트룸 투숙객들은 저마다의 사연을 잠시 접어둔 채 깊은 잠에 빠져 있다. 강인한도 녹초가 된 몸을 이끌고 복도의 코너를 돌았다. 통유리로 된 호텔 밖의 풍경이 한강과 더불어 더없이 아름다운 야경을 그려내고 있다. 그런데 그때 강인한의 눈앞에 믿을 수 없는 광경이 펼쳐졌다. 아무나 열 수 없는 스위트룸 한 군데의 도어가 반쯤 열린 채 문밖으로 사람의 다리로 보이는 것이 삐죽 나와있었다. 깜짝 놀란 강인한은 쓰러진 사람을 확인하기 위해 문을 향해 달려갔다. 스위트룸 현관 앞에는 나체로 쓰러져 있는 한 남자, 그리고 맞은편엔 바닥에 주저앉아 마스카라가 잔뜩 번진 눈으로 울고 있는 여자가 보인다.

"고객님 괜찮으세요? 무슨 일이시죠?"

어안이 벙벙한 강인한이 그녀에게 다가가는 순간, 머릿속이 까매지고 복도에 깔린 카펫이 그의 눈앞에서 일어서는 느낌을 받았다. 그렇게 그는 이유도 모른 채 정신을 잃었다. 쓰러진 그의 주머니에서 흘러내린 스마트폰은 마치 그런 그가 걱정이라도 되는 듯 열심히 진동하고 있다. 그가 문자를 보내고 기다렸을 전화, 그리고 지금 당장 그가 필요한 발신자로부터 온 전화 때문에 진동은 멈추지 않고 발신자 표시만 깜빡인다.

'내 사랑 써니'

새벽 5시, 서울특별시 동작구 사당동 박 대표의 집

"따르릉, 따르릉."

평소와 다른 벨소리에 박 대표가 눈을 번쩍 뜬다. 이 기분 나쁜 벨 소리는 계열사를 담당하는 책임자들이 급할 때 전화하면 울리게 해 둔 비즈니스 벨소리다. 반대편에서는 호텔의 성 지배인이 그를 애타게 찾는다.

"이런 새벽에 죄송합니다. 박 대표님. 호텔블루야드 성 지배인입니다."
"알아요. 이 시간에 무슨 일입니까?"
"그게, 직접 와서 보시는 게 좋을 것 같습니다. 전화로는 말씀드리기 곤란합니다."

아직 해도 뜨지 않은 새벽 다섯 시. 전화로 말하기 곤란한 일이라니. 10초도 안 되는 통화를 끊은 박 대표는 찜찜한 마음에 간단히 세수만 하고 집을 나섰다. 호텔 입구에서 차를 맡기고 빠른 걸음으로 성 지배인이 말한 스위트룸 전용 엘리베이터를 향했다. 다행히 이른 새벽이라 로비도 한산하고 스위트룸이 있는 27층은 고요하다. 박 대표가 안심하며 룸클리닝 스크린으로 가려진 코너를 돌자 성 지배인이 사색이 된 채 서 있는 모습이 눈에 들어왔다. 그리고 그 옆에는 누구인지 알 수 없는 낯선 남자도 한 명 함께 있다.

"누구시죠?"

경계하는 박 대표의 옆으로 성 지배인이 다가와 말했다.

"대표님, 일단 상황 설명부터 드리겠습니다."
"아니, 이 사람 누구인지 내가 먼저 묻잖아요."

박 대표가 낯선 남자를 향해 소리치자 남자는 마지못해 까딱 고개를 숙이며 인사했다.

"안레아 양 보디가드랍니다."

"안레아? 안 변호사 딸? 걔 또 여기 있어요?"
"안일한 후보님이십니다."
보디가드라는 남자가 안일한 후보의 호칭을 정정했다. 박 대표가 기분 나쁜 표정으로 스위트룸에 들어가자 난장판이 된 방 안의 모습이 눈에 들어왔다. 직감적으로 골치 아픈 일이 생겼음을 알 수 있다. 짜증난다.
"보디가드면 일을 똑바로 해야지 남의 사업장에서 이게 무슨 짓이야?"
룸클리닝 스크린으로 철저히 가려 놨지만 2701호 스위트룸의 풍경은 전형적인 범죄 현장이다. 룸 안쪽 소파에는 안레아가 넋이 반쯤 나간 표정으로 앉아 있다. 그나마 속옷만 입고 바닥에 쓰러져 있던 것을 보디가드가 대충 옷을 입혀 옮겼다. 문제는 그 다음이다. 현관 쪽에는 잘생긴 한 남자가 이 모든 상황은 안중에 없다는 듯 조용히 눈을 감고 엎드려 있다. 술 먹고 쓰러졌다 보기엔 과하게 평온한 표정이다.
"이 사람은 또 뭐야? 깨워요. 빨리."
박 대표가 잠 든 남자의 발을 툭 차고 지나가며 말하자 성 지배인이 조용히 말했다.
"그게…. 죽었습니다."
"뭐?"
박 대표가 놀라 누워있는 남자를 다시 바라본다. 독이 든 사과라도 한 입 베어 물고 잠든 왕자처럼 잘생긴 남자는 미동도 없다. 그리고 이 남자, 어디서 보았는지 낯이 익다. 성 지배인이 박 대표에게 귀띔했다.
"연예인입니다. 영화배우 차희재."
"차희재? 아니 이 사람이 왜 여기서…."
명절 연휴, 서울 시내 특급호텔에 투숙한 유력 정치인의 딸과 그녀의 연인인 영화배우 남자 친구. 그런데 한 사람이 사망했고, 스위트룸은 난

장판이 되었다. 생각만 해도 아찔한 상황이다. 박 대표의 머릿속이 복잡해진다. 조 회장과 조강석의 사망 이후 사모펀드가 선임한 임시 대표직을 수행 중인 박 대표는 안정적인 경영능력만 검증되면 곧 매각될 이 대기업의 대표직을 유지할 수 있다. 그런데 주력 계열사도 아닌 꼴랑 호텔 하나에서 터진 사건 때문에 모든 것이 물거품 될 위기에 직면한 것이다. 그때 차희재 옆에 쓰러져 있는 또 한 명의 남자가 박 대표의 눈에 들어왔다. 불길하게도 이 남자는 호텔블루야드의 유니폼을 입고 있다.

"미치겠네. 이 사람은 또 누구예요?"

"우리 호텔 프런트 직원입니다."

"그걸 묻는 게 아니잖아. 성 지배인! 이 사람이 왜 여기 누워 있냐고."

"이 상황을 유일하게 목격한 사람이라 제가 잠시 기절시켰습니다."

이번에는 안레아의 보디가드가 대답했다. 첩첩산중이다. 박 대표는 머리가 터져 나갈 지경이다. 안레아는 정치권에서는 이미 유명한 골칫거리 마약중독자다. 조강석과 동창인 그녀는 그와 미국 유학 중 함께 마약을 투약했고, 귀국 후에도 쉽사리 약의 유혹에서 벗어나지 못했다. 다만 그녀가 조강석과 다른 점이 있다면 관리에 능한 아버지의 뒷수습 덕에 아직 적발되지 않고 소문으로만 문제를 일으키고 있다는 정도다. 대선을 앞두고 인기가 높아진 안일한 후보의 후광 속에 그녀의 일탈은 철저히 감춰지고 있지만 연예인들과 종종 염문설을 만들며 안레아는 아버지 못지않은 유명세를 타는 중이었다. 박 대표가 무거운 발걸음으로 스위트룸 안에 들어가 바닥에 뒹굴고 있는 안레아의 명품백을 집어 들었다. 그녀의 핸드백을 거꾸로 들자 딱 봐도 불길한 소지품이 와르르 쏟아져 내렸다. 여지없이 예상했던 대로 주사기와 다량의 신종 마약이 거실 바닥에 흩어진 것이다. 그리고 차희재의 팔뚝에는 십 수 개의 바늘자국이 육안으로도 선명할 만큼 잘 보인다. 차희재의 이별 통보에 격분한 나머지 안레아는 가지고 있던 마약을 잠든 차희재에게 치사량 주입한 것 같다는 보디가드의 설명이 뒤를 이었다. 차희재는 그런 그녀에게서 벗어나고자 잠에서 깨 걸음을 옮기다가 결국 이 방을 나가지도 못하고 현관에 쓰러졌다. 그리고 그런 그를 목격한 것은 운이 지독하게도 없는 저 호텔 직원이다.

"어떻게 하죠?"

상황을 정리 중인 박 대표에게 성 지배인이 떨리는 목소리로 물었다. 박 대표는 얼마 없는 시간이지만 멀리서 조금씩 모습을 드러내는 일출을 바라보며 생각에 잠겼다.

"이 상황을 알거나 본 또 다른 사람은?"

"없습니다."

"어딘가에 알리거나 나 말고 공유한 사람은?"

성 지배인과 보디가드가 다시 서로를 마주보며 고개를 가로저었다. 경찰에 신고하고 사건을 접수하기에는 한 사람의 연예인이 사망했고 대선을 코앞에 두고 있다. 안 후보에게는 충격 이상의 정치적 사형 선고가 내려질 이슈다. 게다가 박 대표 자신은 회사의 경영은 물론, 그 어떤 장밋빛 미래도 기대할 수 없게 된다. 잃을 게 너무 많은 진실과 모든 것을 지킬 수 있는 거짓이 잠시나마 그의 마음속에서 이미 결과가 정해진 다툼을 벌였다. 눈에 보이는 거짓이 감춰진 진실을 가린다고 진실이 될 수는 없지만 영원히 감출 수만 있다면 상관없다. 영원이라는 시간은 진실을 감춘 거짓도 진실로 바꿔줄 수 있다. 적어도 박 대표는 그렇게 믿는다.

"어쩔 수 없어. 우리 이렇게 합시다."

오전 8시, 서해안고속도로 상행선 화성휴게소

영하 12도의 혹한 속에 민국당 안일한 후보가 유세 차량에서 내렸다. 서해안고속도로 화성휴게소는 일찌감치 귀성길에 오른 차량들로 벌써 꽉 차 있다. 민국당 안 후보가 선거용 점퍼를 걸치고 차에서 내리자 여기저기서 환호와 박수갈채가 쏟아진다. 물론 간간히 들리는 야유와 욕설도 이제는 익숙하다.

"안일한! 안일한! 안일한!"

"감사합니다. 국민 여러분, 열심히 할 필요 없죠. 저는 잘 하겠습니다! 새해 복 많이 받으십시오!"

안 후보가 손을 흔들며 휴게소에 들어오는 차 한 대 한 대마다 허리를 숙이고 인사한다. 그리고 그런 그의 일거수일투족을 방송사 카메라들이 파파라치처럼 쫓고 있다. 지금 그는 유권자들을 향해 웃고 있지만 속은 블랙커피보다 까맣게 타 들어간다. 아직 양 본부장이 도착하지 않아서 더 불안하다. 강한 겨울 바람이 안 후보의 볼을 후려치자 그의 얼굴이 금세 추위로 벌겋게 달아올랐다. 멀찍이 대기 중이던 선거캠프 직원이 뛰어왔다.

"후보님, 양 본부장 방금 도착했습니다."

안 후보는 끝까지 밝은 표정을 잃지 않으며 유세용 승합차에 올라탔다. 문이 닫히자마자 분을 이기지 못하고 그는 앞좌석을 발로 쾅쾅 찼다. 방금 도착한 양 본부장이 어두운 표정으로 차 안에서 기다리고 있다.

"어떻게 됐어?"

"잘 해결했습니다."

"확실해? 누가 책임진대? 이게 이렇게 쉽게 끝날 일이야?"

"설명 드리겠습니다. 박 대표가 후보님께 전화를 달라고 합니다."

"뭐? 이런 건방진 자식이. 이제는 지가 먼저 막 전화해라 말아라 그래?

내 약점 하나 물었다 이거야?"

"그게 아니라, 지금 따님 사안이 너무 큽니다. 박 대표도 나름 사활을 건 결정을 내린 겁니다."

"아니 그런데 보자 보자 하니까. 야. 양광석이. 너 박창원이 비서야? 거기 본부장이냐고!"

"아닙니다. 후보님… 죄송합니다."

안 후보가 양 본부장을 한심한 듯 노려보다가 스마트폰을 든다. 화가 나서 손이 벌벌 떨리지만 도움을 구해야 하는 궁색한 입장이기에 마음을 정리하고 천천히 박 대표의 번호를 눌렀다. 반대편에서는 신호가 채 두 번도 울리기 전에 피곤에 가득 절은 목소리가 흘러나왔다.

"안 후보님. 안녕하십니까."

"아이고, 우리 박 대표님. 잘 지내시냐고 내가 차마 민망해서 묻질 못하겠네. 미안해서 어쩌죠? 레아가…"

"안 후보님."

박 대표가 그의 말을 칼같이 끊어냈다. 순간 안 후보는 기분이 상했지만 참았다. 도움을 구하는 입장이니까.

"네, 듣고 있습니다. 박 대표님 먼저 말씀하시죠."

"참고로, 저희 쪽에 따님은 오신 적이 없습니다. 최근 한 달 내요."

침착한 박 대표의 말에 안 후보가 드디어 안도의 미소를 지었다. 그가 내심 기대하던 뒤처리 방법이다.

"아, 그럼요. 물론이죠."

"저희 쪽 애들이 이번 일을 최대한 깔끔히 처리할 겁니다. 대신."

"대신?"

"비산그룹에 남아 있는 인수합병 건. 그걸 반드시 마무리 지어 주셔야 합니다."

"야… 우리 박 대표님 애사심은 조 회장님 생전이나 생후나 한결같아. 이러니까 또 대표를…"

"그리고 후보님."

기분이 좋아진 안 후보가 농담과 아부를 던지려 하지만 박 대표가 그의 말을 한 번 더 끊었다.

"네, 박 대표님."

"언론에서 크게 다룰 겁니다. 이 부분만 조금 빨리 수습해 주십시오. 나머지 정리는 저희가 해 둘 겁니다."

"그럼요. 물론이죠. 그리고 괜한 걱정이지만 뒤탈은… 없는 거죠?"

"네. 그런데 부득이 이쪽에서 사람 하나가 다칠 겁니다. 따님 대신이요. 그건 별수 없죠."

"그건 제가 못 들은 걸로 하겠습니다. 알아서 해주세요. 그리고 마지막 마무리까지 잘 좀 부탁드립니다."

박 대표가 인사도 없이 전화를 먼저 뚝 끊자. 열 받은 안 후보는 쥐고 있던 스마트폰을 집어 던졌다.

"이런 싸가지 없는 새끼, 조 회장 뒷구멍이나 핥던 자식이 좀 커서 내 약점 잡았다고 감히 날 무시해?"

양 본부장이 차 밖에 있는 기자들을 의식하며 안 후보를 가까스로 진정시켰다.

"후보님. 지금 작은 일로 큰일을 그르치시면 안 됩니다. 밖에 보는 눈들이 많습니다."

"알아! 시발, 네가 지금 나 가르쳐? 그리고 이게 작은 일이야? 신고는 언제 한대?"

"아마 두 시간 안에 할 겁니다. 룸클리닝 끝나면 그때 한다고 문자 왔습니다."

"레아는?"

"자택에 모셨습니다."

"내보내."

"네?"

"걔 해외 자주 가니까 하나도 안 이상해. 국내에 두지 말고 오늘 안에 내보내."

안 후보의 지시를 받은 양 본부장이 차 밖으로 나가 참모들에게 무언가 일을 지시한다. 안 후보는 다시 조용해진 차 안에서 혼자 깊은 생각에 잠긴다. 지지율이 오차 범위 내에 있는 위기 상황. 대선까지는 정말 얼마 남지 않았다. 그런데 하필 이런 중요한 시기에 딸이 대형사고를 치다니. 모든 것이 물거품 되기 직전이었지만 다행히 호텔블루야드가 비산그룹 소유였기에 절체절명의 위기를 가까스로 넘길 수 있었다. 이제 남은 건 위기 극복이 아니라 역전타. 전화위복이다. 안 후보의 비열한 눈동자가 치밀하게 구르기 시작했다. 미디어를 책임져 달라는 박 대표의 부탁도 들어주면서 자신도 살길을 찾아내야 한다. 안 후보가 운전기사를 불렀다.

"여의도 선거캠프로 가자."

그는 여의도로 향하는 차 안에서 또 하나의 카드를 준비할 것이다.

오전 10시, 인천대교 위 박 대표의 차 안

룸클리닝 11시. 한 시간 후면 세상에 그 어떤 작품보다 자극적인 무대가 세상에 공개될 것이다. 다섯 시간 전 2701호 앞에 모인 세 명의 사내는 연출, 각본, 무대 담당으로 나뉘어 이 연극을 진두지휘했다.

"이렇게 합시다."

안레아의 보디가드는 보안이 철저한 스위트룸 전용 엘리베이터와 직원 전용 통로를 이용해 그녀를 호텔 밖으로 빼냈다. 마치 그녀가 이 호텔에 애초에 없던 것처럼 한 달치 모든 출입 기록을 지운 것도 물론이다. 박 대표는 손수 차희재의 시신을 침대에 눕히고 그 옆에는 직원이자 목격자인 강인한을 알몸으로 눕혔다.

"대표님, 저 이건 도저히 못하겠습니다."

성 지배인이 수면제에 취해 차희재 옆에 누운 강인한을 내려다보며 떨리는 손을 든 채 말했다.

"그래요. 성 지배인은 나가 있어요, 내가 할 테니."

박 대표는 한심하다는 듯 짜증이 났지만 참았다. 그때, 나가려던 성 지배인이 다시 돌아와 쭈뼛대며 말했다.

"그리고 대표님. 아까 약속해주신 건…"

"기억하고 있으니 걱정 말고 퇴근해요. 절대 보안 유지하고. 성 이사."

성 지배인은 박 대표의 성 이사라는 대답을 듣자 결심한 듯 깍듯이 인사를 하더니 방을 나갔다. 스위트룸은 믿을 만한 외국인 청소팀을 불러 흔적도 없이 청소를 마쳤다. 그들에게는 퇴직금까지 두둑하게 안겨 최대한 빨리 출국시킬 예정이다. 필리핀인으로 구성된 청소팀은 안레아가 지나쳤을지도 모를 사소한 흔적 하나하나까지 왁스와 세제를 동원해 청소했다. 그 사이 박 대표는 잠들어 있는 강인한의 체모와 지문을 침대 주변 여기저기에 남겨 놨다. 현장 조작을 마친 박 대표가 땀을 흘리며 물끄러미 강인한과 차희재를 내려본다. 라텍스 장갑을 낀 박 대표의 손에는 안레아의 가방에서 나온 주사기가 들려 있다. 무지개색 사탕케이스에서 나온 현란한 가루들이 어떤 성분인지는 모르겠지만, 아마 안레아가 현실이 아닌 다른 세상으로 드나들 때 사용하는 불온한 수단이자, 남자 친구인 차희재를 저 세상으로 떠나게 만든 스모킹 건일 것이다. 박 대표는 그 주삿바늘을 강인한의 팔목에 내리꽂았다. 이제 이곳은 요즘 가장 잘 나가는 청춘 스타가 동성애자였고, 호텔 직원과 마약을 투약한 채 밀회를 즐기턴 중 약물 오남용으로 함께 사망한 충격적인 뉴스의 현장으로 공개될 것이다. 이곳에서 실제로 사고를 친 유력 정치인의 딸은 이 방을 치운 필리핀 청소부와 같은 비행기로 한국을 떠날 예정이다. 공항으로 가는 차 안에서 박 대표는 초라해 보이는 서류 한 장을 들고 오래도록 읽고 있다. 실제로 글자는 몇 자 없으니 아마 사진을 유심히 보는지 모른다. 강인한의 입사 당시 이력서다. 박 대표는 죄책감과 불안감 속에 강인한의 이력서를 쉽사리 놓지 못하고 있다.

2004년생 강인한 (20세)
고은보육원 출신, 경신호텔관광산업고교 졸업, 군필
가족관계 없음 / 3개 국어 가능 / 양식조리사 자격증 보유

별 볼 일 없는 아르바이트와 인턴십 경력 몇 줄 외에는 내세울 것 없는 이력서 사진 속의 강인한은 천진하다 싶을 정도로 밝은 미소를 띠며 누군가의 선택을 기다리고 있다. 이력서를 한참 바라보던 박 대표는 종이를 반으로 접어 세 번 정도 찢더니 차 안 쓰레기통에 버렸다. 박 대표의 차 뒤에는 청소를 마친 필리핀 청소팀을 태운 승합차가 부지런히 따라오고 있다.

"몇 시 비행기지?"

"12시 50분 출발, 마닐라 행입니다."

"충분히 줬나?"

"네, 그리고 저 친구들은 두 사람이 누구인지도, 죽었는지도 모릅니다. 한국어는 당연히 못하고요."

박 대표가 앞좌석에 앉은 비서의 대답에 조금은 마음이 놓이는지 눈을 스르르 감는다. 새벽 다섯 시에 일어나서 정말 긴 오전을 보내고 있

는 오늘이다.

오후 1시, 민국당 여의도 당사 프레스룸

기자들은 민국당 여의도 당사 프레스룸에서 또 한 번의 속보를 전하느라 분주하다. 현장에 나가 있는 동료들과 소식을 공유하며 조금 더 자극적이고 색다른 타이틀을 뽑아 내기 위한 정보 전쟁이 뜨겁다.

"둘 다 사망이야, 그럼?"

"차희재는 사망, 같이 발견된 애인은 혼수상태."

"호텔 여직원?"

"남자라니까."

"야…. 이거 뭐 영화야?"

호텔블루야드 스위트룸 청소부에 의해 발견된 차희재의 자살 소식은 인터넷기사로 빠르게 퍼져 나갔고 함께 현장에서 발견된 상대가 나체의 남자라는 소식이 더해지자 속보는 한층 강한 바람을 타고 들불처럼 번지는 중이다. 착하고 귀여운 막내아들 이미지로 브라운관을 누비며 최근 영화 주연까지 따낸 라이징스타의 믿을 수 없는 일탈과 자살 뉴스는 사망 원인이 마약 오남용으로 밝혀지면서 댓글창을 순식간에 비난과 비아냥의 폭풍우로 가득 채웠다. 그리고 우려했던 대로 서서히 그녀의 이름이 언급되는 댓글도 보이기 시작했다.

ID: Mazzet****: 차희재 원래 안레아 꺼 아닌가? 마약으로 죽었다며, 냄새가~~

ID: Tareboa****: 옛날에도 유명 연예인이 애인이랑 있던 호텔에서 약물에 살해당한 적 있지 않아?

→ Re: ㅇㅇ 그거 TV에서 추적하다가 방송정지 먹었음.

이 댓글도 곧 지워질 걸?

 기자들이 차희재의 사망 소식을 바쁘게 타이핑하는 그 순간 대선후보 안일한과 선거 캠프 관계자들이 입장했다. 기자들은 그가 오늘은 또 어떤 깜짝 발표를 위해 간담회를 소집했는지 내심 기대하는 눈치다. 지지율이 엎치락뒤치락하는 타이트한 상황이지만 안일한 후보는 짐짓 여유로운 표정이다. 그가 마치 이미 승리한 개선장군 같은 태도로 기자들을 마주했다. 자신감 빼면 시체라는 자신의 신조와 언행일치라도 하려는 듯.
 "바쁘신 와중에 모여 주셔서 감사합니다. 오늘 제가 브리핑을 준비하는 순간, 공교롭게도 안타까운 뉴스가 전해졌습니다. 대중의 사랑을 받던 젊은 스타가 약물로 인해 사망했다는 충격적인 소식이죠."
 발언이 시작되자 기자들은 그가 왜 갑자기 선거나 공약 이야기가 아닌 연예계 뉴스를 언급하는지 의아했다.
 "이 슬픈 뉴스 속에는 우리 사회에서 어느덧 커다란 문제로 자리잡기 시작한 마약이라는 어두운 그림자가 드리워져 있습니다. 제가 오늘 전하고자 했던 이야기는 바로 우리 사회의 마약과 관련한 것입니다."
 기자들의 자판이 바쁘게 안 후보의 말을 옮겨 담기 시작한다. 유명 연예인의 마약 오남용과 자살. 그리고 유력 대선 후보의 마약 관련 기자 회견. 조회 수 올라가는 소리가 그들의 귓가에 울려 퍼진다.
 "제가 입후보하며 발표했던 공약인 천사도법은 흉악범들을 우리 사회와 영구격리 시키는 제도입니다. 그런데 우리 사회에서 영구적으로 격리시켜야 할 대상이 과연 이들만일까요? 우리는 마약이 주는 사회적 위험과 피해를 좌시할 수 없다는 현실을 오늘 한 번 더 확인할 수 있었습니다. 중독성이 강한 마약이 우리의 미래를 더럽히는 작금의 현실을 더는 외면

할 수 없습니다. 마약은 이제 우리 사회를 위협하는 선을 넘어 미래와 건강을 좀먹는 시한 폭탄으로 자리 잡았기 때문입니다. 그래서 저는 천사도법을 확대 적용하여 마약사범에 대한 처벌 강화와 이들에 대한 천사도법 적용을 공약으로 발표하고자 합니다."

안 후보는 선거의 분위기 전환과 박 대표가 부탁한 화제 집중을 위해 천사도법에 마약이라는 화약고를 얹기로 결정한 것이다. 안 후보의 발표에 기자들이 여기저기서 질문을 쏟아 내기 시작했다. 그는 기자들에게 인기가 높은 연기자다. 그의 입에서는 늘 상대를 향한 가시가 난 비방이나 원색적인 모욕, 그리고 기발하고 특별한 공약들이 쏟아지기 때문이다. 물론 그것이 대통령이 되는 데 도움이 되느냐, 필요한 역량이냐는 다른 문제지만 말이다.

"대한정경신문 이종기 기자입니다. 후보님께서는 그럼 대통령에 당선될 경우 흉악범들과 마약사범들을 모두 교도소 대신 천사도라는 섬에 가두겠다는 말씀이십니까? 인권에 대한 문제는 없을까요?"

"그렇지 않습니다. 천사도법에 대한 이해가 부족하신 거 같은데…. 범죄자들은 법이 정한 수감생활을 모두 정상적으로 교도소에서 할 것입니다. 다만 출소 후에도 국민들이 이들의 사회 복귀를 원치 않을 경우! 그들의 사회복귀를 막고, 국민들의 안전을 수호하고자 천사도라는 특별 행정구를 만들어 추가 격리 기간을 부여하겠다는 의미입니다. 그리고 그 추가 격리 기간에는 제한이 없습니다."

"고려매거진 임상식 기자입니다. 사실상 거주의 자유를 박탈하고, 이중처벌이 되는 것과 다름없는데 인권 문제나 국제사회의 지탄이…"

"저는!"

안후보가 기자의 질문을 끝까지 듣지도 않고 답변을 시작한다.

"국민들이 강하고, 믿음직한 국가에서 보호받아야 한다고 생각합니다.

그리고 국민들이 사회 복귀를 원치 않을 정도의 흉악범, 마약사범들은 더 이상 국민으로 인정할 수 없다고 감히 말씀드리고 싶습니다."

안 후보의 거칠고 강경한 어조에 여기저기 카메라 플래시가 터지며 기자들의 웅성거림이 커진다. 안 후보는 기자 간담회 분위기가 자신에게 유리한 방향으로 흐르자 자신감을 얻어 발언을 이어갔다.

"싱가포르의 예를 들어 보죠. 싱가포르는 성폭행범, 살인범은 영원히 사회와 격리시킬 법적 준비를 하고 있습니다. 형기를 마치고 석방이 되어도 갱생 평가를 봐서 부진하면 재수감을 시키는 겁니다. 이는 재범률이 높은 중대범죄를 미리 차단하고 국민에게 위협이 된다면 얼마든지 범죄자의 사회복귀를 영원히 막겠다는 정부의 단호한 의지 표현입니다. 우리는 어떨까요? 대한민국 국민들도 국가의 보호를 받아야 합니다."

"후보님. 천사도법이 국회를 통과해서 현실화될 수 있다고 보십니까?"

"국회는 국민을 대변하는 목소리이자 한 명, 한 명이 헌법기관입니다. 그리고 대통령은 국민들이 뽑아준 일꾼입니다. 국민을 보호하고 제대로 일하자고 제안하는 법안을, 게다가 국민들이 원하는 법안을 국회가 막을 이유는 없을 것입니다. 제가 당선된다면 그것이 곧 국민의 뜻이며 이 법안이 통과되야 할 이유입니다."

"오늘 차희재 사망사건이 천사도법에 영향을 준 겁니까?"

이제 자신이 누구인지 밝히는 절차는 생략되기 시작했다. 기자들은 손도 들지 않고 급하게 질문을 쏟아내는 중이다. 양 본부장이 긴장된 표정으로 안 후보를 바라보지만 카메라 앞의 그는 정작 한껏 여유 있는 모습이다. 안일한, 그는 태생적으로 이런 상황을 즐긴다. 관심 받고, 자신이 주인공이 되는 순간 말이다.

"아뇨, 그렇지 않습니다. 천사도법에 대한 범위나 적용을 위한 연구는 캠프안에서 꾸준히 행정, 법률, 인권 등 각계 전문가들의 연구와 소통으로 구체화되고 있으며 발표를 앞두고 공교롭게도 사건이 발생했습니다."

"서남일보의 김찬기 기자입니다. 후보님 꼭 여쭤보고 싶은 게 있습니다."

기자 한 명이 벌떡 일어서며 손을 들자 웅성거리던 기자들의 눈이 그곳에 집중된다.

"후보님이 추진하시는 천사도법은 마치 40여 년 전 군사정권이 법조차 무시하고 국민들을 억압했던 삼청작전과 삼청교육대를 떠오르게 합니다. 천사도법이 정말 국민들에게 필요한 법안이며 국가적으로 긍정적인 효과만을 주리라 믿으십니까? 합법을 위장한 국민 억압이자 정부의 오만한 폭주는 아닐까요?"

흰머리 성성한 노기자의 예리하고 직설적인 질문에 프레스 룸에는 거대한 긴장감이 흐른다.

"김찬기 기자님 좋은 질문 감사합니다. 우려는 충분히 이해합니다. 하지만 저는 이 법안, 천사도법이 꼭 필요하다고 믿습니다. 기자님 말씀처럼 군사정권, 그때는 법을 무시하고 국민들을 무참히 억압하며, 정권의 기세를 키우는 데 삼청교육대가 이용되었지만, 저는 법의 심판을 받아 유죄가 이미 인정된 범법자들을 대상으로 천사도법을 적용합니다. 더 이상 국민으로 인정할 수 없는 그들로부터 진짜 국민을 지키는 추가적인 격리 절차를 만들자는 것입니다. 강간범 조강석에게 연거푸 피해를 당해 씻을 수 없는 상처를 평생 안고 살아갈 여고생, 피해자가 가해자를 피해 도망 다니며 살아야 하는 말도 안 되는 현실, 마약사범 한 명으로 인해 젊은 스타가 피어 보지도 못하고 사라지는 사건. 이런 화나고, 참을 수 없는 일들이 이 땅에서는! 우리의 아이들이 살아가는 세상에서는! 절대로 다시 생기지 말아야 하기 때문입니다. 천사도는 그런 세상을 위해 과감하게 현관을 걸어 잠그는 그들만의 세상이 될 것입니다."

프레스 룸의 분위기가 돌변했다. 안 후보가 큰 소리로 대답을 마치자 어디선가 그를 향한 외로운 박수소리가 들려왔고 그 박수소리가 점점 번지더니 프레스 룸을 우레와 같은 함성과 갈채로 가득 채웠다. 안 후보가 일어서 허리 숙여 인사하자 곳곳에서 그의 이름을 외치는 흥분한 목소리가 분위기를 잔뜩 고조시켰다.

"안일한! 안일한! 강한 대통령 안일한!"

안 후보는 여전히 허리를 펴지 않은 채 조용히 미소 짓고 있다.

'됐어!'

[2월 11일 목요일 정오] 서울 강북용산종합병원 중환자실 앞

"의사는 뭐래?"

"아무 말도 안 했어요. 아직."

"그렇다고 그냥 기다려? 수사 안 해?"

"아직 참고인이 정신도 못 차렸는데 뭘 조사해요. 그리고 자살 사건을 어떻게 수사해요."

"자살? 누가 자살이래. 아직 대화도 못해봤다며!"

"선배. 뉴스 좀 봐요. 괜한 데 시간 쏟지 말고 연쇄주거 침입사건 지원하라고 반장님도 노발대발하다 갔어요."

박 형사가 짜증 나는지 리모컨을 병원 의자에 던져 놓고 화장실을 향해 걸어간다.

'경찰은 숨진 차희재 씨와 함께 발견된 강모 씨가 차희재 씨와

비슷한 양의 합성 마약을 투약하고 동반자살을 시도한 것으로
보고 있습니다. 강 씨는 생명에 지장이 없다고 알려졌습니다.
경찰은 혼수상태인 강 씨의 의식이 회복되는 대로
참고인 조사를 진행할….'

"동반자살? 지랄하네."

유 형사가 코웃음을 친다. 그녀는 이번 사건을 호락호락 넘길 생각이 없다. 아니 그럴 수 없다. 그 어느 사건보다 그녀는 승부욕과 분노로 가득하다. 오늘도 이 사건의 진범은 반드시 자신이 잡겠노라 다짐하며 출근했다. 그때 중환자실에서 나온 의사가 빠르게 발걸음을 옮기는 게 보였다. 그녀가 쫓아가 그를 불러 세웠다.

"무슨 일이시죠? 인터뷰라면 금지되어 있습니다."

유 형사가 경찰 배지를 꺼내 보이자 의사의 표정이 더 어두워진다.

"경찰입니다. 그런데, 저 친구… 설마 죽지는 않죠?"

"시간이 좀 걸려도 정신은 차릴 겁니다. 다행히 생명엔 지장 없어요."

의사가 서둘러 자리를 피하려 하지만 그의 팔을 유 형사가 잡아 끈다. 아직 물을 것이 많다.

"혹시 뭐 좀 특이한 거 없었나요? 일반적이지 않은, 단서가 될 만한 것들이요."

"치사량의 마약을 주사한 것 자체가 특이한 거 아닙니까?"

"그러시지 말고요. 지금 이거 살인 사건으로 전환될 수도 있어요. 그러니까 협조 좀 부탁합니다."

유 형사의 말에 담당의가 놀란 채 잠시 망설이더니 마지못해 입을 열었다.

"살인사건이요? 글쎄요. 이 환자는 체내에서 마약이 검출되긴 했지만,

중독자는 아닌 거 같아요."

"그래요? 왜요?"

"마약을 자주 투약했다면, 이렇게 팔 아무데나 주사를 놓진 않았겠죠. 마약을 주사한 건 맞는데, 주사를 한 번도 안 맞아본 사람처럼 아무데나 찔렀습니다. 이러면 투약 효과도 현저히 낮을 텐데… 뭐, 그 덕분에 살았지요. 그리고 이번에 꽂은 주삿바늘 외에는 이전에 투약했을 만한 다른 흔적이 없어요. 차희재도 그렇고."

"차희재도요?"

"아, 제가 괜한 말을.. .아닙니다. 죄송하지만 제가 바빠서."

의사가 서둘러 자리를 떠나자 유 형사의 눈동자가 반짝이기 시작한다. 그때 뒤에서 박 형사가 다가왔다.

"뭐래요? 별거 없다고 하죠?"

"별거 천지거든?"

"거짓말, 참. 선배, 한대성 씨 소식 들었어요?"

"한대성 씨? 왜, 지금 재판 준비 중 아니야?"

"그건 맞는데요. 변호사가 교체되었어요."

"국선 말고? 갑자기 누구?"

"법무법인 철인이 담당한대요. 안일한이 대표로 있던… 자기가 법무부 장관 시절 제대로 지켜주지 못해서 억울한 살인자가 된 한대성 씨가 국민들의 눈높이에 맞는 형량을 받을 수 있도록 돕고 싶다고."

"그래서."

"그래서 법무법인 철인을 붙인 거죠 뭐. 한대성의 억울함을 달래고 싶다. 뭐 그런 거…? 철인이면 세니까."

"미친놈이네."

"왜요?"

"생각해 봐. 지가 변호사 하면서 조강석이 형량 줄이고, 지가 장관 돼서는 조강석을 피해자 곁에다가 풀어놓고, 그 미친개가 또 사람을 물어버리니까 그제야 물린 사람 다리에 붕대를 감아주겠다? 이거 아니야! 이미 물린 사람은 광견병도 걸리고 직장도 잃고 인생 풍비박산 나게 생겼는데. 애초에 형량을 세게 때리고, 출소를 해도 피해자랑 철저히 격리를 시켜야지. 이제 와서 무슨 변호를 돕고 지랄이야? 지가 필요한 거지."

"그렇게 생각할 수도 있겠네요. 뭐 그래도 결자해지 하는 모습이긴 하잖아요. 천사도 만들고 그런 거 보면. 나름 강단도 있어 보이고 제법 책임감도 느껴지고. 일단 공권력을 강화한다고 하니까 선배나 나 같은 사람들은 일 하기 훨씬 편해지는 거 아닙니까?"

"그런 놈은 권력을 잡으면 안 돼."

"보면 볼수록 선배는 정치 성향이 뚜렷하시네."

박 형사가 농담을 던지고 떠나자 유 형사는 수첩에 메모한 것들을 골똘히 들여다보고 있다.

'주사 자국, 치사량… 생존…. 중독'

잡힐 듯 잡히지 않는 무엇이 그녀를 괴롭혔다. 그녀는 이 연극을 기획한 자들을 끝까지 추적할 것이다.

"명색이 이모가 경찰인데…. 조카를 억울하게 보낼 순 없지."

[2월 14일 일요일 오후 8시] 혜화동 대학로 카페거리

대학로 카페거리는 밸런타인데이를 즐기는 커플로 가득하다. 연인들은 쌀쌀한 날씨가 반가운 듯 서로의 체온으로 추위를 녹이며 거리를 걷고 있다. 그런 그들을 중년의 여성이 카페에 앉아 처량한 표정으로 바라본다. 행복으로 가득한 젊은 연인들의 표정을 보고 있으니 자신도 한때는 저런 시절이 있었음을 실로 오랜만에 떠올리게 된다. 물론 사랑이 항상 행복한 결말로 끝을 내는 것은 아니다. 오히려 인생에 커다란 흉터를 남기기도 하고, 반대로 다시는 경험할 수 없는 소중한 것을 얻게도 만든다. 그녀에게 찾아왔던 사랑은 그 두 가지를 모두 품고 있었다. 소중한 것을 얻는 대신 커다란 흉터를 남겼기에. 하지만 이제 그 소중한 것마저 잃은 지금. 그녀는 더 이상 삶의 의미를 어디에 두어야 할지 막막하다. 그때 그녀가 부모님의 뜻을 따랐다면 인생이 변했을까? 더 행복했을까? 지금과 같은 불행은 그녀 대신 다른 누군가에게 찾아갔을까?

[20년 전]

"집에 가."

"왜 오빠가 안 된다고 해? 내가 여기까지 오는 데 얼마나 무서웠는지, 힘들었는지 알아?"

"처음부터 우린 안 맞았어. 내 욕심이 널 이 지경으로 만든 거야…. 집에 가. 지아야."

"우리가 지금 어떤데. 오빠는 나 안 사랑해?"

"사랑해. 그런데 사랑이 내가 좋다고 욕심만으로 하는 건 아니잖아."

"오빠는 왜 내 이야기는 안 들어. 주변 사람들 말은 그렇게 다 들으면서 정작 왜 내 말은 안 들어!"

"나 때문에 용기 내지 마. 더 힘들고 불행해져."

그는 커다란 가방을 들고 찾아온 지아를 받아주지 않았다. 그녀는 그런 그가 야속하고 밉지만, 그의 진심을 알기에 더 속상하다. 지아는 가족마저 등지고 사랑하는 남자와 함께하려 했지만 남자는 그런 그녀의 평

온한 미래에 장애물인 자신이 들어서서는 안 된다고 애써 다짐하고 외면하는 중이다

"싫어!"

"가."

"싫다고!"

"더 이상 찾아오지 마. 네 아버지 말씀처럼 나한테 넌 과분해. 안 어울려, 우리."

"오빠는 그렇게 자존심도 없어? 사람이 과분하고, 충분하고…. 그래? 뭘 기준으로!"

"그만해. 너 힘들어하는 거 계속 보면 나도 불행할 것 같아. 아버지 말씀대로 유학 가."

"그게 지금 할 말이야?"

"어차피 바꿀 수 없는 현실인걸."

그녀는 그날 그렇게 그를 떠나야 했다. 그와 헤어지고 한 달이 지나서야 배 속에 자리 잡은 놀라운 생명을 감지할 수 있었지만 안타깝게도 그 소중한 태동은 그녀의 임신을 집안의 수치로 여기는 아버지에게 인정받지 못했다. 결국 아이는 이미 떠나버린 그에게도 알릴 수 없는 그녀 혼자만의 숙제로 남은 것이다. 그렇게 그녀 곁에 천사 같은 아이가 찾아왔다. 그녀의 미래가 되어주고 꿈이 되어주던 아이. 그리고 그 아이는 25년이라는 너무 짧게 주어진 일생을 찬란하게 불태우고 얼마 전 영원한 휴식을 찾아 잠들고 말았다. 하지만 그녀는 이렇게 아들을 보낼 생각이 없다. 그냥 보내서는 안 된다. 그래서 용기를 내 오늘 이 자리를 마련한 것이다. 잠시 뒤 그녀 앞에는 오래전부터 알고 지내던 방송국의 시사교양국 오PD가 나타났다.

한편, 조금 떨어진 곳에 검은 승합차 한 대가 조용히 주차되어 있다. 그들은 카페 안에서 대화 중인 한 쌍의 남녀를 면밀히 주시하는 중이다. 여자는 대화를 하며 가끔 눈물을 짓는다. 남자는 잠자코 여자의 이야기를 듣고 심각하게 질문을 던진다. 그리고 부지런히 그녀의 대답을 메모했다. 그렇게 한참 이어지던 두 남녀의 대화가 끝나간다. 여자가 내민 USB를 챙기는 남자의 표정은 걱정으로 가득하다. 그에게 여자가 말했다.

"우리가 이길 수 있을까요?"

"우리요? 전 빼 주세요. 대신 방송은 꼭 태울게요."

차애원이 허탈한 듯 웃는다.

"그럼, 내가 이길 수 있을까요? 이 방송을 내보내면."

"글쎄요. 누구를요?"

"나쁜 놈들이요."

"누가 나쁜데요?"

"…."

"지금 상대하는 게 안레아나, 안일한 같아요? 아니에요."

"그럼요?"

"세상이요. 차애원 씨는 지금 세상이랑 싸우는 거예요. 편견 가득한 세상."

차애원의 표정이 어두워진다. 오PD가 식어버린 커피를 마저 마시더니 말했다.

"그래도 이건 확실해요. 모두를 잠깐 속일 수는 있어요. 일부를 영원히 속일 수도 있죠. 그런데, 모두를 영원히 속일 수는 없어요. 당신이 지금 말한 모든 게 진실이고, 저들이 거짓이라면 모두가 저들에게 영원히 속진 않겠죠."

오PD는 자료를 챙겨 자리에서 일어섰다. 오PD가 커피숍을 나서자 건

너편에 주차되어 있던 승합차도 바빠졌다. 승합차 안의 한 남자가 일행들에게 빠르게 지시를 내린다.

"너, 너는 저 남자 PD 따라가고 넌 나 따라와. 우린 저 여자 뒤를 쫓는다. 모두 끝내고 당분간 다시 만나는 일 없어. 다 약속대로 흩어져. 오케이?"

승합차에서 내린 두 남자가 대화를 마치고 카페에서 나온 시사교양프로그램 제작자 오PD를 따라붙는다. 오PD는 왕년에 잘 나갔던 영화배우 차애원을 인터뷰하고 방송국으로 돌아가는 길이다. 얼핏 보면 이상할 것 없는 PD와 연예인의 만남이지만, 연예계를 떠난 지 20년 넘은 은퇴 여배우를 탐사보도 전문가인 오PD가 만났다는 것은 사뭇 심상치 않은 조합이다. 특히 카페에서 나온 차애원이 최근 사망한 차희재의 모친이라는 점은 이 만남의 속사정을 더 복잡하게 만든다. 소매치기 전문가 미구엘과 양구용이 거리를 벗어나 전철을 탄 오PD의 뒤를 따라붙었다. 그런 그들의 흔적을 오PD는 전혀 눈치채지 못한다. 양구용이 제법 더워 보이는 평퍼짐한 롱 패딩을 입고 오PD의 옆에 바짝 붙어 커튼포지션을 잡자 미구엘은 날카로운 칼을 꺼내 물건을 딸 작업을 준비한다. 이들은 오PD 가방 안의 수첩과 USB를 노린다. 한편, 이번 일의 책임자인 왕강운과 미아리는 영화배우 차애원의 뒤를 밟고 있다.

"오빠, 기절만 시키면 돼?"

"어, 일단은 거기까지."

미아리가 빠르게 차애원의 뒤로 달라붙더니 가방에서 마취제가 잔뜩 묻은 손수건을 꺼내 그녀의 입을 막았다. 마취제에 취한 차애원이 풀썩 쓰러졌지만 곁에서 부축하는 미아리 덕에 그들을 아무도 의심하지 않았다.

오후 9시, 서울특별시 여의도 민국당 당사

모처럼 지지율 격차가 다시 벌어지면서 축제 분위기에 휩싸인 선거캠프는 모두 회식을 떠나고 조용하다. 하지만 구석진 한자리는 검은 밤하늘에 보름달이라도 떠 있는 듯 밝게 스탠드가 켜져 있다. 그때, 자리를 지키던 양 본부장의 스마트폰이 그의 손에 긴장된 떨림을 전한다. 잔뜩 신난 목소리의 주인공은 왕강운이다.

"작업 끝!"

양 본부장은 그제야 안도의 한숨을 내쉰다.

"왕 사장 수고했어. 사람은?"

"PD는 티 안 나게 가방만 따서 보냈고, 여자는 마취 아직 안 깼어요."

"언제쯤 정신차리지?"

"안 깨우면 내일 아침까진 푹 잘걸요."

"오케이. 여자는 맡기고 왕 사장은 여기로 물건 가지고 넘어와."

드디어 수배한 물건을 확보했다. 얼마나 속앓이를 했는지 앉아 있던 의자의 엉덩이 부분이 축축해질 만큼 땀이 났다. 양 본부장은 정보원을 통해 야권 성향 방송사 ABS가 탐사보도로 안일한 후보에게 불리한 무언가를 캐고 있다는 사실을 파악했다. 그리고 그 실체가 무엇인지 심부름센터 용역을 통해 추적한 결과, 차희재의 엄마인 차애원이 방송국 시사프로그램과 접촉 중이라는 것, 오늘 PD와의 만남에서 중요한 물건이 오갈 것이라는 정보까지 획득했다. 안 후보는 이런 일이 벌어지고 있는지도 모른 채 이제 마지막 총동원 유세와 수도권 선거운동을 통해 대권을 차지하고자 미친 듯이 마지막 질주를 하고 있다. 그리고 그의 성공, 당선은 곧 양 본부장의 영광으로 이어질 것이다. 공든 탑이 예상 못한 변수 때문에 봄날 꽃가루처럼 날아가 버릴 수도 있는 게 정치판임을 그는 잘 알기에 외부 인력인 왕 사장까지 동원하여 개별적인 작전을 벌인 것이다. 잠시 지나자 선거사무실 밖에서 요란한 오토바이 소리가 들려왔다.

"우리 양 사장님! 어디 계신가요."

"빨리 왔네. 물건은 이게 다야?"

양 본부장의 책상에 작은 녹음기와 USB 외장하드가 놓여 있다.

"메일로 보내면 되지, 뭔 USB야?"

"에이, 아니죠. 메일 같은 건 해킹하면 바로 털리잖아요. 우리도 그런 거 시키면 오히려 쉬울걸?"

양 본부장이 녹음기에 이어폰을 꽂았다. 그리고 작은 이어폰에서 흘러나오는 이야기를 듣기 시작한 그의 표정은 점점 사색이 됐다. 판도라의 상자를 여는 주문이 한 여자의 목소리를 통해 흘러나오고 있기 때문이다.

[2월 17일 수요일 오전 10시] 서울특별시 강동구치소 면회실

아무도 그를 감히 위로하지 못한다. 한때 동료였던 교도관도, 법무법인 철인의 변호사도 자식을 잃고 홀로 남은 그에게 아무 말도 못하는 순간이다. 한대성은 머리부터 발끝까지 그가 가지고 있는 모든 수분을 쏟아 낼 기세로 눈물을 흘렸다. 결국 기다리던 교도관이 다가가 조심스레 말했다.

"한대성 씨, 따님 장례식에 참석하기 위해서는 여기에 서명을 하셔야…."

고개를 든 한대성의 표정에 잔뜩 살기가 어려 교도관은 자기도 모르게 뒤로 한 걸음 물러섰다. 대견하게 잘 버티던 그의 딸 민선이는 어젯밤, 한 올동 한 빌라의 옥상에서 뛰어내려 우여곡절 많은 삶을 스스로 마감했다. 첫 번째 사건 이후 민선이는 씩씩하게 악몽을 견뎌 내며 그에게 한 줄기 희망이 되어 주었다. 하지만 자신을 두 번이나 지켜주지 못한 세상의 무력함 앞에, 곧 스무 살을 앞둔 소녀는 더 버티지 못한 채 무너져 내리고 말았다. 강동구치소의 면회실은 심해의 고요함보다 무거운 침묵으로 깊게 가라앉았다. 눈물을 멈춘 한대성은 자신의 앞에 초라하게 놓인 사망진단서와 가족 장례 절차에 따른 일시적 외출 허가증을 바라보았다. 민선이를 외롭게 보낼 수 없다는 생각이 들었는지, 딸의 장례 상주 역할을 하기 위해 그는 서류에 힘겹게 서명을 하고 자리에서 일어섰다. 검은 정장에 흰 셔츠를 입은 그가 호송차량에 탑승하기 위해 면회실 밖으로 나서자 수많은 카메라들이 플래시를 터트렸다. 그런데 웬일인지 한대성은 카메라들을 피하지 않고 담담한 표정으로 거침없이 세상을 마주했다. 마치 포즈라도 취하려는 듯 카메라를 또렷이 응시했다. 나를 똑똑히 지켜보라는 듯 그는 부릅뜬 눈으로 세상을 노려봤다. 철인의 변호사가 그의 앞을 가로막더니 재촉했다.

"한대성 씨, 그만 따님의 장례식장으로 이동하죠. 이럴 시간이 없습니다."

변호사의 안내를 받아 그는 호송차량에 탑승했다. 차량이 출발하자 한대성이 변호사에게 입을 열었다.

"철인에서 나오신 겁니까."

"네, 한대성 씨. 상심이 많이 크시죠?"

"안일한 후보가 보냈다고요?"

"꼭 그런 건 아니고요. 법무법인 철인은 원래 불합리하거나 정의롭지 못한 사안에 대해 사회적 책임을 다합니다. 이번에는 바로 한대성 씨 차례지요."

"어렵게 돌려 말할 필요 없습니다. 제가 적극적으로 협조하면 형량이 줄어들 수 있다고요?"

"그렇죠. 그리고 이미 들으셨는지 모르겠지만 만약 안일한 후보님이 대통령에 당선되시면…"

"특별 사면도 가능하고, 새로운 일을 맡기고 싶으시다는 말?"

"네, 물론 한대성 씨가 동의하시면."

"제가 지금 대답하면. 바로 법무법인 철인의 법률 지원이 시작되는 겁니까?"

"네, 물론이죠. 국선변호인에게 자료는 이미 다 넘겨받아 뒀습니다."

죄수복을 검은 양복으로 갈아입은 한대성이 멀리 보이는 장례식장을 바라보다 대답했다.

"협조하겠습니다. 그럼, 바로 시작하시죠. 장례 마치고 즉시."

모든 것을 잃은 지금, 오히려 그에게는 전보다 또렷한 목표가 생겼다.

정오, 서울특별시 여의도 민국당 안일한 후보 선거캠프

"오케이! 그럴 줄 알았어. 됐어! 그럼 바로 방송 내보낼 보도자료 준비해."

안 후보는 만족스러운 듯 전화를 끊는다.

"한대성이가 우리 지원을 받아들였어. 변호를 이지연 변호사 팀이 맡을 거야. 대대적으로 보도하고 컨셉 좀 잘 잡아봐. 법이 지켜주지 못하지만, 안일한은 지켜준다. 뭐 이런 느낌으로."

신이 난 안 후보가 양 본부장을 바라보며 웃고 있다. 한대성의 딸이 자살한 것을 아는지 모르는지 기삿거리 하나가 늘어난 것에 흐뭇한 그의 모습이다. 권력에 눈이 먼 그에게 보이는 것은 새로운 권력의 씨앗뿐이다.

"그건 그렇고, 한대성이가 협조하기로 한 이상. 나중에 진짜 네 말대로 천사도 책임자에 임명해도 될까?"

"드라마틱하죠. 짐승 같은 연쇄살인마를 처단한 피해 여성의 아버지가 대통령 특별 사면을 받고 그와 같은 흉악범들을 관리하는 섬의 도지사로 발탁된다. 스토리가 좋잖아요. 정의감도 느껴지고."

"그러네. 천사도에 대한 당위성을 부여하기에도 좋고."

안 후보가 기분 좋게 커피잔을 들어 입에 가져가며 웃는다. 하지만 양 본부장의 표정은 오늘따라 불안한 긴장으로 가득하다.

"그런데 넌 무슨 일이야? 얼굴에 뭔 일이 있다고 써 있는데? 말해 봐."

"사실, 좀 조용히 드릴 말씀이 있는데요."

양 본부장의 말에 안 후보가 이상함을 감지하고 나머지 사람들을 밖으로 내보냈다.

"불안하게 왜 그래? 좋은 날."

"설명드리기보다는, 일단 이거부터 들어 보시죠."

양 본부장이 이어폰을 건네자 안 후보가 이어폰을 귀에 꽂았다. 낯선 한 남자, 한 여자의 조용한 대화다.

오PD: 그럼 동의하시니 제가 녹음을 하겠습니다. 괜찮으시죠?

차애원: 물론이죠. 오히려 녹음을 해서 꼭 증거를 남기고 싶어요!

오PD: 심층분석 이 세상 모든 이야기 '차희재의 사망 미스터리' 편 인터뷰 녹음 시작합니다. 안녕하세요? 차애원씨. 우선 위로 말씀드립니다. 차애원씨의 아드님, 고 차희재 군이 음모 속에 사망했으며 조작된 진실이 있다. 이렇게 주장하고 계신데요. 이런 주장을 뒷받침할 근거가 있으십니까?

차애원: 네. 제 아들, 모두가 아는 영화배우 희재는 마녀사냥을 당한 두 가지 일 모두 전혀 관련이 없는 아이예요. 엄마로서, 연예계 선배로서 제 인생과 명성을 걸고 증명할 수 있어요. 희재가 얼마 전 호텔에서 동성 애인과 마약을 하다가 약물 남용으로 죽었다고 하지만 이는 명백한 음모예요.

오PD: 커다란 화두 두 가지. 마약, 동성애 모두 사실이 아닌 음모다, 이런 말씀이신가요?

차애원: 정확하게는 세 가지네요. 자살까지도요.

오PD: 자살도 아니다? 그럼 타살, 살인사건이라는 건데요. 어째서 그렇게 주장하시는지 듣고 싶네요.

차애원: 일단 이 USB를 나중에 꼭 살펴봐 주세요. 지금은 간단히 말씀드리죠. 희재는 여자 친구가 있었고 상당히 깊은 관계였어요. 적어도 희재는 그 아이를 진심으로 사랑했으니까요. 희재가 세상을 떠난 그날도 여자 친구를 만나고 있었죠. 이름만 대면 알 만한 아이예요. 그런데 그 아이가 마약을 즐긴다는 소문이 이 바닥에서는 제법 오래전부터 돌고 있었어요. 제가 둘의 교제를 반대한 이유죠.

오PD: 동성애자로 알려진 고 차희재 씨에게 여자 친구가 있었고 사망한 그날도 여자 친구를 만나러 나갔다. 그런데 그 여자 친구가 마약을 하는 사람이다. 이건가요?

차애원: 네. 정확해요.

안 후보는 하얗게 질린 표정으로 귀에 꽂고 있던 이어폰을 땅바닥에 집어 던졌다.

"이거. 지금 뭐라는 거야?"

"들으신 그대로입니다."

안 후보는 이러지도 저러지도 못하고 당황한다. 갑자기 찾아온 불안 변수에 명석한 그의 두뇌도 쉽사리 감당을 하기 어려운지 입을 열지 못한다. 그날 새벽 모든 비밀이 이슬처럼 사라졌다 믿었다. 하지만 아니다.

"그래서, 지금 어떻게 처리하고 있어?"

믿을 건 양 본부장밖에 없다는 듯 안 후보가 간절한 표정으로 물었다.

"일단 물건은 모두 손에 넣었습니다."

양 본부장이 주머니에서 USB를 꺼내 안 후보에게 전달하자 그는 컴퓨터에 USB를 연결해 파일을 열었다. 차애원이 오PD에게 넘겼던 USB 안에는 차희재와 안 후보의 딸 안레아가 연애하며 찍은 사진들이 수두룩하다. 그리고 차희재가 엄마 차애원과 나눈 카톡의 대화 내용이 파일로 저장되어 있다. 안레아를 만나러 호텔에 간다는 대화, 호텔 스위트룸에서 찍은 서울의 야경까지 증거가 될 정황들로 가득하다. 안 후보가 주저앉았다.

"광석아, 나 지금 머리가 좀 혼란스럽다."

"걱정 마십시오. 후보님. 결정만 해주시면 사태가 정리되도록 세팅해 놨습니다."

양 본부장의 말에 안 후보는 안도와 두려움이 뒤섞인 묘한 미소를 지어 보인다.

"좋아. 어디까지 세팅이 되어 있는지 말해 봐."

"일단, 오PD 가방에 있던 자료는 그게 다입니다. 카페에서 나오자마자 떠버린 거라 사본은 없습니다."

"확실해?"

"네."

"오케이, 그리고?"

"이걸 만들어 낸 차애원이 문젠데… 지금 차애원은 자기 집에 감금해 둔 상태고, 제가 고용한 사람이 자기 쪽 애들 보내서 집을 싹 다 뒤졌는데 컴퓨터에 저장되어 있던 찜찜한 건 전부 포맷시켰고 확실히 끝내기 위해 해커 한 명 보내서 인터넷이나 클라우드, 어디 짱박아 둔 거까지 전부 찾아 지우는 중입니다."

생각한 것 이상으로 사태가 잘 정리되고 있다. 안 후보는 진심으로 고마운 표정을 지어 보인다.

"광석아. 고맙다."

안 후보가 양 본부장의 두 손을 꼭 부여잡는다. 하지만 그의 보고는 아직 끝나지 않았다.

"그런데 문제는 아직 남아있습니다. 오PD는 아마 소매치기를 당했다는 걸 알면 분명 차애원을 다시 찾을 겁니다. USB도 없고 녹음기도 없으니까요. 방송을 제작할 방법이 없죠. 그래도 오PD를 처리하는 건 불가능합니다. 선거도 코앞이고 언론 쪽 사람을 건드리는 건 정말 위험하니까요."

"그럼 방법은 하나지."

"네, 차애원을 손대야 합니다. 그런데…"

"차희재가 죽었는데 바로 뒤이어서 엄마인 차애원까지 죽는다…"

"이상하죠."

"그렇지…. 많이 이상하지. 차애원이 뒤 좀 캐 봤어?"

"네, 여기."

양 본부장이 차애원의 신상과 최근 동향을 정리한 자료를 건넨다.

"은퇴하고 뭐하나 했더니… 에이전시 차렸네."

"네, 지역행사나 놀이동산 같은 데 무용단, 공연 팀 같은 거 연결하는 기획사 같습니다."

"주로 외국 애들이겠네?"

"그렇죠. 아무래도, 동유럽 애들이나 동남아…"

양 본부장과 안 후보가 골똘히 생각에 잠긴다. 그들은 이렇게 힘을 합쳐 지금까지 어려움을 헤쳐왔다.

"결국 방법은 두 가지네."

"그럴 것 같습니다. 슬픔을 이기지 못하고 자살. 아니면…. 콩밥. 둘 중에선 아무래도 자살로 가는 게…."

"아니야. 콩밥으로 하자."

"네? 어떻게…"

"광석아, 장 사무관 저녁 약속 잡고 김 기자 같이 오라고 해. 마무리는 내가 하지."

안 후보가 자리를 털고 일어서려 하자 양 본부장이 말했다.

"그리고…. 박 대표가 일을 마무리 못했습니다."

연이어 터지는 실수에 화가 나는지 안 후보가 한숨을 내쉰다.

"대체 멀쩡히 해결된 건 뭐야? 멀쩡한 게 있기는 해? 무슨 일인데."

"박 대표가 처리하려던 목격자인 호텔 직원 하나가 죽지 않고 의식을 차렸습니다."

안 후보가 머리를 감싸 쥔다.

"그래서?"

"다행히 곽 검사 쪽이 담당한 거 같습니다."

"그나마 다행이네. 어떨 것 같아?"

"의식 차리면 조사할 텐데. 위험한 게 튀어나오면 마약을 이유로 무시할 계획입니다."

"맞아. 그래야지. 걘 참 그런 거 잘 해. 융통성 없이 정석대로 하는 거. 좋아. 최대한 빨리 처리하라고 해."

상황이 어느 정도 정리되자 안 후보가 지치는지 자리에서 일어섰다. 창밖을 보며 그가 중얼거렸다.

"이렇게까지 해야 하나 싶다."

"다 왔습니다. 후보님."

[2월 19일 금요일 아침] 서울특별시 광운경찰서 서장실

서장은 못마땅한 듯 유 형사를 바라본다. 자주 보던 눈빛이다. 주로 윗사람들은 그녀를 이렇게 바라보니까.

"유 형사, 우리 할 일이 이렇게 많이 쌓였다. 보이지? 당신을 기다리는 사건이 이렇게 많다고."

"알고 있습니다."

"자네 마음 모르는 건 아닌데, 종결된 사건을 다시 깨자는 건 너무 지나치지 않아?"

"보고서에 작성한 바와 같이 자살이 아닐 가능성이 있어서 다시 수사할 필요가 있습니다. 그리고 사건이 발생한 지 아직 열흘밖에 안 되었습니다. 시신도 보관 중이고요."

"유 형사, 이해해, 자네 심정 어떨지. 가족을 잃는다는 건 견디기 힘들 거야. 하지만 공과 사는 구분해야지."

"서장님, 저, 개인적 감정으로 이러는 거 아닙니다. 보고서도 객관적으로 썼고요. 허락해 주시면 안 됩니까?"

"아니 자살로 종결된 사건을 자꾸 왜 건드리는 거야? 그러니까 사적 감정이 개입된 걸로 보이지! 사람 고집 참…. 아 몰라! 하려면 자네 단독으로 해 그럼. 난 절대 모르는 일이야. 꼴 보기 싫으니까 나가!"

서장은 짜증이 나는지 유 형사가 작성한 파일을 건너편 소파로 탁 소리가 나게 집어 던진다.

"감사합니다."

"언니는, 만나봤나?"

"아니요. 아직요. 사건 재조사하려면 곧 만나야겠죠."

개운치 않게 내지른 서장의 호통을 허락으로 간주하고 유 형사는 파일을 주섬주섬 챙겨 자리로 왔다. 그리고 차희재 사건파일을 찬찬히 원

점에서 재검토하려 한다. 치사량으로 검출된 체내의 신종 마약성분. 하지만 매니저도, 가족들도, 주변인들도 누구 하나 차희재의 마약 복용에 대해 인정하지 않았다. 그리고 차희재에게 동성 애인이 있다는 것 역시 금시초문이라며 소속사가 항변한다. 오죽하면 비공개를 조건으로 차희재와 그간 교제했던 여자 연예인들에 대한 진술까지 증거로 제출했을까? 여기저기 의심을 거두기 힘든 흔적들이 이 사건을 호두 껍질처럼 단단히 감싸고 있다. 유 형사는 가장 약한 부분부터 집중 공략해 그 껍질을 천천히 깨내 볼 생각이다. 알맹이에 무엇이 있는지 두 눈으로 보고 말 것이다.

"그 사건…. 쉽지 않을걸?"

"어, 박 경정님, 여긴 웬일이세요?"

골머리를 앓고 있던 유 형사가 뒤에서 말을 건 과학수사대 박한영 경정을 보며 반갑게 인사했다.

"오늘 여기 교육 있어서 왔지. 현장 보존 관련해서 지침이 요즘 많이 바뀌었거든. 너 안 보이길래 어디 갔나 했더니 또 서장실에 잡혀갔었구나?"

유 형사가 어색한 미소를 보이며 잠깐 나가서 바람이나 쐬자는 손짓을 했다. 까다로운 사건이 있을 때마다 결정적 도움을 줬던 과학수사대의 박한영 경정은 그녀가 존경하는 선배 중 한 명이다.

"유 형사, 너 이번에 파고드는 그 사건. 장소가 호텔블루야드지? 그거 비산그룹 거 아니야. 거기가 이번 대선 유력 주자인 민국당 안일한 자금줄인 거 모르는 사람 없잖아. 걔네가 협조하겠어?"

안일한이라는 이름이 나오자 유 형사는 직감적으로 기분이 나쁘다. 그녀에게는 이미 악연인 이름이니까.

"그게 왜요?"

유 형사가 알면서도 모르겠다는 듯 퉁명스럽게 말했다.

"이 답답한 친구야. 모르는 척하는 거야. 진짜 모르는 거야? 이제 선거가 코앞인데, 괜한 스캔들 터지는 걸 여당이 좋게 보겠어? 아마 최대한 빨리 덮으려고 하겠지. 마침 타살 증거도 없고 하니까… 자살 정황은 여럿 보이고. 그러니까 그냥 연예계 뉴스로 딱! 국한시켜 버리는 거지."

"그래서 망할 호텔도 이 따위로 비협조적일까요?"

박 경정의 말을 듣고 보니 찝찝함의 농도가 한층 진해진다.

"그 정도면 나름 믿을 구석이 있다는 거 아닐까? 차희재는 이미 죽었고, 애인이란 남자도 혼수상태라며. 발견 당시 둘 다 알몸이었고, 마약도 투약한 상태면 사실 뻔해 보이지. 딱 봐도 그렇잖아."

"마약을 투약 당한 걸 수도 있죠. 옷도 벗겨진 걸 수도 있고요."

박 경정이 보일 듯 말 듯 희미한 미소를 지었다.

"그래, 맞아. 그런데 심증이지. 이럴 수도 있다, 저럴 수도 있다. 그건 심증이야. 무조건 감추려는 강한 상대를 맞이했는데 단지 심증만으로 자네가 뭘 할 수 있겠어? 제대로 된 한 방! 물리적 증거, 증인이 있어야지."

"하지만… 타살의 근거가 부족하다고 그게 자살의 근거가 되어서는 안 되는 거 아닙니까."

"그래 맞아. 그런데 관행이잖아. 가뜩이나 요즘 바쁘고."

"제 관행은 포기 안 하고 끝까지 파보는 겁니다. 진실을 알 때까지."

"그건 자네의 신념이지. 세상은 편리한 관행을 좋아해."

"경정님, 전 그래도 포기 안 해요."

사건의 정황은 박 경정의 말처럼 차희재가 동성애인과 밀회 중에 치사량의 마약을 함께 투약하고 동반 자살을 시도했거나 투약 용량 조절에 실패하며 오남용으로 사망한 것처럼 보인다. 하지만 현장이 아니라 사망한 차희재와 애인이라는 강인한의 입장에서 사건을 들여다보면 어색한 것 천지다. 마치 한 마리의 코끼리를 앞에 두고 서로 다른 부분을 만지며 내 말이 맞다고 싸우는 장님들처럼 각자의 시각으로 해석해 이 일을 덮어 버리려 애쓰는 느낌이다. 한 발자국도 앞으로 나아가지 못하고 거대한 벽에 부딪힌 유 형사의 표정이 다시 어두워졌다. 그런 그녀를 보던 박 경정이 말했다.

"기억해? 그날 내가 현장에 나갔잖아. 그런데 볼수록 이상한 점이 많더라."

"맞다! 그날 경감님이 오셨었죠?"

"그래, 현장 감식하면서 나도 이번 사건 이상하다 싶었어…. 자네한테 이런 걸 말해줘도 되나 싶기는 해"

"아 뭔데요. 경정님, 저 정말 이 사건 끝까지 가고 싶어요."

유 형사가 깜짝 놀라 박 경정에게 매달리던 그때, 그녀의 전화가 요란하게 울렸다. 드디어 장님 한 명이 기적처럼 눈을 뜨게 되는 걸까? 반대편에서는 다급한 박 형사의 목소리가 들려왔다.

"깨어났다고? 알았어. 기다려 금방 갈게."

유 형사의 마음이 급해진다. 그녀는 인자한 미소를 짓고 있는 박 경정의 두 손을 꼭 잡으며 말했다.

"경정님, 조만간 갈 테니까 그날 사건 현장 조사한 자료 꼭 좀 부탁드려요. 알았죠?"

"그래, 알았어. 얼른 병원 가 봐. 증인 깨어났다며. 이야기 듣고 와. 증거는 나랑 같이 한번 뒤져보자."

유 형사가 정말 오랜만에 밝은 미소를 지으며 일어섰다.

오후 10시, 경기도 용인시 외곽 모텔 '엘리사호텔'

이곳은 호텔이라는 간판이 부끄럽기 짝이 없는 외진 숙소다. 별로 눕고 싶지 않은 낡은 이불과 썩 깔끔치 못한 샤워실은 이곳이 누군가 며칠 편하게 휴식을 취하기 위한 목적보다는 잠깐의 즐거움을 위해 들르는 그저 그런 목적의 업소인 것을 자인하고 있다. 이 허름한 숙소의 505호. 침대 하나. 샤워실 하나인 8평 남짓한 작은 객실에 네 명의 여자가 누워 깔깔 웃고 있다. 방에서는 시끄러운 유행가가 흘러나오고 여러 병의 보드카와 안주들이 멋대로 굴러다닌다. 기분 좋게 취한 그녀들은 저마다 자기 남자 친구 이야기, 한국에서 만난 사람들에 대한 이야기를 나누며 퇴근 후 일상을 즐기는 중이다. 단 한 명, 이곳에 어울리지 않는 양복 입은 남자만 빼면 아주 자연스러운 일상이다.

"Тот мужчина очень смешной?"
- 저 남자 너무 웃기지 않아?
"Да, что ты только что сказал?"
- 그러니까, 아까 뭐라고 했지?
"Я дам тебе больше наркотиков, и тот мужчина сказал Веронике показать грудь."
- 베로니카한테 가슴 한 번만 보여주면 약을 더 준다던데?
"Правда? Вы впервые видите белого человека? Дурак."
- 진짜? 백인 처음 보나? 병신!

여자 네 명이 깔깔거리며 웃는다. 베로니카가 입에 담배를 문 채 당당하게 일어나 셔츠를 활짝 열자 그녀들 앞에 앉은 남자는 연신 감탄사를 내뱉으며 가방에서 신종 마약을 한아름 꺼내 준다. 여자들은 커다란 환호성으로 화답하며 약을 나누더니 기분 좋게 주사한다. 그때 남자의 스마트폰에 짧은 메시지가 도착했다.
'겨울왕국은?'
모텔 안의 양복 입은 남자가 웃으며 답장을 보냈다.
'여기는 폭설입니다.'

차애원이 감금된 자택 지하실에 양 본부장이 도착했다. 그가 결박된 차애원을 내려다보며 말했다.
"끝까지 잘 처리하고 어디다 눕혀 놓고 왔는지 보고해. 그럼 김 기자가 거기로 갈 거니까."
"그럼, 겨울왕국에 같이 보내겠습니다. 그래야 기사 쓰기도 좋고 그림도 제대로 그려질 듯해서요."
그때 지하실 문이 벌컥 열리며 심부름센터 왕강운 사장이 나왔다.
"양 사장님, 그런데 이거 얼마나 넣어야 합니까?"
지하실 입구에서 주사기에 합성 마약을 빨아들이던 왕 사장이 물었다.
"놀래라. 그걸 내가 어떻게 알아! 기자 오기 전에 죽으면 안 되니까. 그냥 조금만 주사해. 검출만 되게끔."
양 본부장은 이곳에서 빨리 나가고 싶은 듯 상황만 확인하고 나오며 안 후보에게 문자를 보냈다.

'끝났습니다. 눈을 맞고 잠들었습니다.'

차희재의 몸에서 검출된 마약을 똑같이 투약 당한 차애원은 2시간 뒤면 러시아 무용수들이 약에 취해 잠든 용인의 호텔로 옮겨질 것이다. 어차피 그 뒤는 특종에 목마른 한일일보 김 기자의 몫이다.

[2월 20일 토요일 아침] 서울강북용산종합병원

"강인한 씨 깨어나서 다행입니다. 잠시 대화 가능하겠어요?"

유 형사의 물음에 강인한이 힘없이 고개를 끄덕인다.

"힘들겠지만 그날 현장을 떠올려 보고 대답 부탁합니다."

"네…. 제가 도착했을 때 이미 문이 열려 있었고…. 한 여자가 울고 있었어요."

"스위트룸, 그날 현장에 우는 여자가 앉아 있었다 그 말이죠? 확실해요?"

주입된 양이 조금만 더 많았다면 그 역시 지금 이 세상 사람이 아닐 것이다. 하늘의 부모님이 도우셨는지 극적으로 깨어난 강인한은 이번 사건의 매우 중요한, 유일한 목격자다. 박 형사를 문 밖에 세워 둔 채 유 형사는 궁금했던 모든 것을 그에게 물어볼 참이다. 드디어 이 사건의 핵심 증인을 찾은 것 같다.

"그 여자, 아는 얼굴이었어요?"

"스위트룸 고객들은 프런트를 패스하지 않아요. 별도의 통로가 있죠. 낯이 익을 수가 없어요."

"차희재랑 그 젊은 여자 외에 객실에서 또 본 사람 없어요?"

강인한은 두 사람을 보자마자 누군가에게 공격을 받고 정신을 잃어서 그 둘 말고 더 본 사람은 없다.

"강인한 씨. 원래 차희재랑 알던 사이예요? 연인 관계인가요? 마약은 누가 갖고 온 거죠?"

유 형사가 급한 마음에 여러 질문을 한꺼번에 퍼부었다. 그리고 강인한은 한참 고개를 가로젓는다.

"아니요. 모두 모르는 일이에요…. 저 마약도 안 하고 사랑하는 여자도 있어요."

강인한은 시간을 되돌리고 싶지만 이미 벌어진 일이다. 모든 사건의 증거가 자신에게 불리하게 되어 있다는 것 역시 깨어난 뒤에 유 형사를 통해 처음 알았다. 정신을 최대한 똑바로 차리고 유 형사의 물음에 하나씩 기억을 되새기며 대답해 나가는 중이지만 점점 힘에 부친다. 한참의 대화가 오가고 유 형사의 노트에 빨간 글씨로 젊은 여자 한 명이라는 메모가 적히더니 수십 번의 동그라미가 그려진다.

'이년이네!'

유 형사는 온몸에 전율이 흘렀다. 아무리 분석해봐도 차희재와 강인한이 지속적으로 만남을 가져온 증거가 없다. 사건 당일 현장 말고는 두 사람의 동선이든 기지국 수사든 생활 반응이 겹치는 접점이 전혀 없는 것이다. 게다가 스위트룸의 감식 결과도 의문투성이다. 너무 깨끗했다. 깨끗한 게 이상할 일은 아니지만 정작 방 안에 있던 차희재와 강인한의 지문, 혈흔, 흔적 등 모든 것이 깨끗하다. 두 사람이 정말 밀회를 즐기기 위해 만난 것이라면 샤워실, 방 안, 거실 등 여기저기 돌아다니며 남긴 흔적이 있어야 한다. 하지만 두 사람이 발견된 침대 외에는 그 어느 곳에서도 사람의 흔적이 발견되지 않았다. 누군가 둘이 침대에 누운 상황에서 방을 아주 깔끔히 치운 뒤 침대 주변에만 의도적으로 흔적을 남긴 것이다. 의심은 점점 확신으로 변해가고 있다.

"형사님, 저 여자 친구한테 괜찮다고 꼭 전화해 줘야 해요…. 제 스마트폰 좀…."

"아, 강인한 씨 미안하지만 그 스마트폰은 중요 증거물이라 지금 조사 중이에요. 꼭 연락해야 해요?"

"네…. 꼭."

"번호 알아요?"

"기억이….'"

"애인 이름은?"

그때 밖에 있던 박 형사가 들어왔다.

"선배."

"바빠. 잠깐만."

"선배. 중요한 이야기예요."

그제야 유 형사가 잠시 일어서서 박 형사에게 걸어간다.

"선배…. 그만 바빠도 될 거 같아요."

"왜, 도와주게?"

"그만 종결하고 들어오래요."

"뭔 소리야? 서장님 허락도 받았어. 단독으로 진행할 거면 하라고. 누가 그딴 개소리를 해?"

"이런 말 좀 그렇지만…. 차애원 씨, 긴급구속이에요."

박 형사의 한마디에 유 형사가 앉은 채 돌처럼 굳어버린다.

"뭔 소리야."

"마약이래요."

"정환아. 안 이상하냐?"

"선배, 차근차근 생각해 보세요. 차애원 씨가 데려온 러시아공연단 여자애들이 묵고 있는 모텔에서 집단 마약을 하다가 현장 검거 후 조사 중이에요. 모텔 근처에 주차된 차애원 씨 소유 차량에서도 다량의 마약이 나왔고요. 조사하면 나오겠지만 차애원 씨가 러시아 애들 통해서 신종마약을 반입했고 차애원 씨 마약검사도 양성이래요. 더 뭘 어쩌겠어요?"

"야 그게 더 이상한 거 아냐? 거기를 마약반은 어떻게 알고 덮쳤는데!"

"선배. 러시아 무용수들이랑 차애원 씨 몸에서 나온 그 마약."

유 형사가 박 형사를 빤히 바라본다.

"차희재랑 강인한 몸에서 나온 거랑 똑같은 거래요. 그만해요, 이제."

안정제 때문에 정신을 잃어가던 강인한은 억울하다는 듯 고개를 수차례 가로젓는다.

"정환아, 이건 아니잖아. 이게 정말 맞니?"

"선배, 이제 팀에서도 다 알아요. 선배랑 차애원 씨…."

"그게 뭐! 내가 지금 개인적인 문제로 이 사건에 매달린다는 거야? 내가 그 정도밖에 안 돼 보이니?"

"아니죠! 아니겠죠! 그런데 이렇게 확실해졌는데 포기 못하면 그렇게 볼 거예요. 모두."

"너도 그래?"

"선배…. 그만해요."

"망할…. 그래, 못 해먹겠다. 그만하자, 그만해!!"

유 형사가 병실 문을 발로 차고 나가 주먹으로 벽을 친다.

세상을 이기기에 그녀는 너무 보잘것없다.

<Chapter 4> 2027년 Part 2: 승자와 패자

[5월 10일 월요일] 서울특별시 여의도 국회의사당 앞마당

참석자 35,000명, 현장 주변은 교통이 통제되고 있다. 안일한 대통령과 이주아 여사 내외가 국립 현충원 참배를 마치고 도착하면 성대한 대통령 취임식이 시작될 것이다. 전임 대통령들이 자리를 잡고 준비가 끝나자 국민의례와 국무총리의 발표가 진행되었고 이어 안일한 대통령의 취임 선서가 시작됐다. 전 세계에서 초청된 정상들과 주요 인사들이 자리를 빛내고 있다. 투표 막판까지 엎치락뒤치락하던 이번 대선은 공권력 강화와 경제성장 공약을 내세운 민국당 안일한 후보의 극적인 역전승으로 끝났다. 득표율 45.4%가 말해주듯 대선 결과는 개표 막판까지도 오리무중이었다. 그럼에도 안일한 대통령은 대중적 인기와 타고난 전략, 임기응변으로 결국 최후의 권좌를 차지하는 데 성공했다. 취임식을 마치고 카 퍼레이드와 함께 청와대 집무실에 도착한 그의 표정은 한껏 상기되어 있다.

"축하드립니다. 대통령님."

그를 기다리고 있던 양광석 청와대 비서실장이 허리를 숙여 인사했다.

"고생했다. 광석아. 수고했어."

"앞으로가 더 중요하죠. 잘 하겠습니다."

안일한 대통령이 듬직한 양광석 비서실장의 어깨를 두드려준다. 창가에 선 안 대통령은 담배를 한 대 꺼내더니 불을 댕긴다. 그의 얼굴에서는 미소가 떠나지 않는다. 그러다 문득 궁금한지 양 실장에게 물었다.

"그나저나 천사도 준비는 잘 돼가나?"

"네. 거의 끝나갑니다. 비산건설에서 마무리 공사 중입니다."

"그래, 그건 핵심 공약이니 초장에 확실히 보여줘야지. 비산그룹은 별

말 없고?"

"어차피 조 회장이 개인적으로 사서 은닉했던 부동산이고, 세금에 대한 대물 납부 형태로 진행하겠다고 하니까 크게 반발하지 않고 박 대표도 수긍했습니다."

"잘됐네, 마무리 잘하고. 보도자료도 잘 챙기고."

"네, 염려 마십시오."

비산그룹 조 회장이 2001년 매입한 무인도 천사도는 이렇게 새 주인을 찾게 되었다. 그리고 같은 시각, 특별사면 대상자인 한대성은 출소를 앞두고 있다.

"축하해줘야 하는 거 맞지?"

"그럼요."

한대성이 수감된 동안 물심양면으로 신경 써 줬던 교도관들이 이제 천사도로 떠날 그와의 이별을 준비하며 못내 걱정스러운 표정을 짓는다.

"안타깝지만 여기 그대로 있으면 형량이 어마어마하니까, 그래도 가는 게 나은 거지?"

"그럼요. 거기 가서 저 하기 나름이죠. 선배, 걱정해 주셔서 고마워요. 덕분에 잘 지내다 가요."

"그래. 그런데 대성아, 설마 너 뭐…. 다른 생각 하는 건 아니지?"

한대성은 교도관 선배를 보며 어이없다는 듯 웃었지만 선배는 쉽게 그를 따라 웃지 못했다. 한대성의 눈에서 전에는 볼 수 없던 광기를 눈치챘기 때문이다. 하지만 그 광기를 못 본 척했다. 그래야 할 것 같았다.

"무슨 소리예요. 나갈 방법도 없는 섬에서 딴 생각을 해 봐야 뭘 한다고. 낚시하며 세월이나 낚는 거지."

"그래, 명색이 도지사로 가는 거니까. 혹시 아니 거기서 수고하다 보면 우리도 또 보게 될지."

"농담이라도 그런 말 마세요. 알잖아요. 그 섬에 오는 방법은 흉악범이 되는 것 말고는 없다는 거."

단호한 그의 대답과 얼어붙은 표정에 선배는 더 이상 아무 말도 할 수 없었다.

"그래, 알았어. 조심해서 잘 가고. 건강해라. 혹시라도 도와줄 거 있으면 연락해."

한대성은 웃으며 돌아섰지만 여전히 선배는 편치 못하다. 한대성은 딸 한민선의 자살 후 법무법인 철인의 도움을 받아 형량을 대폭 줄일 수 있었다. 안일한 대통령 당선 후 그는 약속받았던 대통령 특별사면을 통해 천사도 도지사 부임을 조건으로 출소하는 데 성공했다. 이제 한대성은 총기 탈취 살인범이 아니라 천사도 첫 도지사로의 삶을 시작하는 것이다. 정부는 아무도 지원하지 않는 흉악범 거주특별구역 천사도의 행정 책임자를 한대성이라는 카드로 손쉽게 처리할 수 있게 되었으니 서로 만족하는 거래가 성립한 셈이다. 적어도 이들의 출발은 이렇게 만족스러웠다.

오후, 경상북도 울릉군 천사도 공사현장

"소장님, 이렇게 마무리해도 될까요? 아무리 그래도 사람 사는 곳인데."

"사람은 무슨~ 우리가 여기에 호텔 지으러 왔냐? 교도소보다도 나을 필요가 없어, 여기는."

"하긴…. 쓰레기들만 모여 살 곳이니까."

"그래도 그나마 다행이야 이런 폐건물이라도 있으니까. 이거마저 없었으면 공사가 더 힘들 뻔했어."

천사도 공사를 담당한 비산건설 현장소장과 안전관리자가 마무리를 앞둔 주거시설 현장을 둘러본다.

"그러니까요. 항구도 없고, 헬기장도 엉망이라 솔직히 저는 공사 못하는 줄 알았습니다."

"그러게, 어디서 골라도 뭐 이런 데를 골라가지고…."

"그런데 따지고 보면 탈출을 절대 못할 장소를 고른 거라고 하니까. 그런 면에서 딱 맞긴 해요."

"그건 그렇네. 여기서 어디로 도망가겠어. 그냥 죽어야지."

두 사람이 싱겁게 웃는다. 천사도에는 1960~1970년대 지어진 것으로 보이는 낡은 건물이 꽤 큰 규모로 존재했다. 섬을 소유하고 있던 비산그룹도 몰랐던 섬의 상황은 안일한 정부가 들어서고 천사도법이 일사천리로 통과되면서 그 오랜 베일을 벗기 시작했다. 다행히 골조가 튼튼하고 단순하게 지어진 건물들이라 대충 보수를 해서 천사도 주민들을 수용할 수 있는 시설로 탈바꿈하는 것이 가능했다.

"그런데 이 건물들은 뭘까요? 칠도 다시 하고 새시도 갈았는데 희한하게 음침하단 말이야…."

"몰라. 뭐 북파공작원 양성하던 군사시설이란 말도 있고 고아원이란 말도 있고…. 정신병원이라고도 하고."

"으스스한데요? 그게 뭐든 좋은 건 아니군요."

"그렇지. 뭐 이런데 좋은 거 지었겠어? 딱 봐도 숨기고 싶은 걸 지으니까 이런 섬을 골랐겠지? 이번에도 흉악범들 집으로 쓰인다는 걸 보면 이 섬 운명인가 봐. 더러운 걸 담고 살 운명."

천사도는 그렇게 새로운 손님을 맞이할 준비를 착실히 진행하고 있다. 한대성 도지사도 얼마 뒤면 이곳에 도착할 것이다. 그가 책임져야 하는 또 다른 세상에서 살기 위해.

[10월 4일 월요일 아침] 경상북도 청송군 청송교도소

바깥세상은 대체공휴일이라 쉬는 날이지만 이곳에 갇힌 강인한에게 휴일 따위는 없다. 간신히 하루하루를 버티는 그는 교도소에서 사람이 교화된다는 말을 절대 믿지 않게 되었다. 특히 그가 수감된 이곳의 빵잡이 우철식은 그 대표적 사례라 할 수 있다. 수감실의 무법자인 우철식은 출소할 날이 가까워질수록 더 난폭해지는 데다 강인한을 향한 괴롭힘 역시 한층 잔인해지고 있다. 그렇다고 누군가 나서 감히 그에게 대항하려 하지도 않는다. 우철식은 빵잡이일 뿐만 아니라 청송교도소의 상당수 범죄자들을 수하로 거느렸던 조직폭력배의 중간 보스이기 때문이다. 그래서 강인한은 그가 하루 빨리 출소하기를 기다리는 수밖에 없다.

"야. 뽕! 다리 주물러."

우철식의 부름에 강인한이 그의 다리 쪽으로 다가가자 그는 강인한의 가슴을 거세게 걷어찼다.

"굼뜬 새끼야. 빨리 안 해? 다른 거 시켜줘?"

방 안은 쥐 죽은 듯 고요하다. 교도관들이 문 앞을 지나가며 이런 상황을 지켜보지만 쉽사리 개입을 하지 않는다. 어차피 석 달 뒤, 내년 1월이면 우철식은 출소한다. 10년을 넘게 버틴 끝에 얻은 자유지만 정작 당사자는 질식 같은 두려움에 사로잡힌 나머지 마지막 백일의 수감 기간을 비이성적으로 폭주하고 있다. 그도 그럴 것이 우철식처럼 강력 전과가 잔뜩 쌓인 흉악범은 얼마 전 시행된 천사도법 규정에 따라 희망 거주지를 단 한 번만 신청할 수 있기 때문이다. 그리고 그가 선택한 희망 거주지역이 만약 그의 입주에 대해 거부권을 행사한다면 그는 추가 기회도 없이 바로 천사도로 출소 후 거주지가 확정된다. 안일한 대통령이 당선되자마자 천사도법은 빠르게 국회를 통과했고, 이미 강력범 여러 명이 출소 후 천사도 특별법에 따른 거주지제한조치를 받아 천사도로 끌려 들어갔다.

이 방에 수감되어 있는 절도범 부엉이나 사기꾼 촉새, 밀수꾼 노새 등은 모두 출소와 함께 다시 자유의 몸이 되지만 천사도법이 거주지 제한 조치 대상자로 규정한 살인범, 강도, 강간범, 마약사범은 죄질과 형량, 그리고 전과에 따라 희망 거주지 신청 및 심사 절차를 밟아야 실질적 자유의 몸이 될 수 있다. 하지만 우철식 같은 조직폭력배 우범자는 어느 지역이건 거부권을 쓰려 들 것이다. 그러면 우철식은 자유가 아닌 천사도 강제 거주를 눈뜨고 당할 수밖에 없다. 천사도법은 그가 출소를 앞두고 예민해진 결정적 이유다. 오후가 되자 수감자들에게 잠시 허락된 외부 운동 시간이 주어졌다.

"오늘은 괜찮겠지?"

강인한이 이곳에서 만난 유일한 친구, 밀수꾼 노새에게 말을 걸었다.

"글쎄."

사실 강인한은 수감된 직후부터 이유를 알 수 없는 공격을 받고 있다. 운동장이나 식당에서 그의 목숨을 노리는 공격도 두 번이나 있었다. 교도관들의 개입과 그들의 칼이 급소를 피해 간 행운으로 강인한은 여전히 수감 생활을 이어가고 있지만 행운이 따르지 않았다면 그는 이미 수개월 전에 죽었을지도 모른다. 강인한을 공격한 두 사내는 여전히 호시탐탐 모든 수감자가 한곳에 모이는 시점에 그의 곁을 서성이고 있다. 강인한은 교도소조차 안심할 수 없는 자신의 신세가 처량했다. 잘못한 것도 없는 자신이 이곳에서 목숨의 위협을 받으며 3년 넘는 시간을 버텨야 하는 것이 지금 그가 처한 잔혹한 현실이기 때문이다. 강인한은 자신이 이곳에 온 것도, 이곳에서 누군가가 자신을 노리는 것도 그날 스위트룸에서 마주친, 기억 속에 또렷이 새겨진 그 여자 때문일 것이라고 믿고 있다. 강인한이 구속되기 전 유 형사를 통해 들은 그녀의 이름. '안레아.'

강인한은 방 안에서는 우철식의 괴롭힘을 이겨내야 하고 식당과 운동장에서도 안전을 담보받을 수 없다. 진퇴양난의 시간이 쌓이고 있지만 이제 겨우 수감 몇 개월이 지났을 뿐이고 앞으로 3년 넘는 시간이 남아 있다. 강인한은 노새의 곁에 앉아 골똘히 생각에 잠긴다. 햇살이 쏟아지는 운동장은 방 안과는 달리 세상의 냄새도 맴돌고 따뜻한 온기도 느껴진다. 건너편 그늘 아래서 강인한을 공격했던 사내 둘이 그를 노려보고 있지만 적어도 지금은 그들을 안중에 두고 싶지 않다. 방에 들어가기 전 이 냄새와 온기를 잔뜩 담아가고 싶을 뿐이다. 그때 강인한의 머리에 한 가지 생각이 스쳐 지나갔다.

"노새, 내가 앞으로 안전하게 지낼 방법이 뭐가 있을까?"

"에에~? おそらく 오소라쿠…. 없지 않을까?"

재일 교포 밀수꾼인 노새가 생뚱맞다는 듯 강인한을 바라보며 성의 없이 대답한다.

"그건 솔직하지만 너무 절망적이네. 만약에 철식이가 날 지켜주면, 그럼 안전하지 않을까?"

"너를? 철식이가? 도대체 왜? 그리고 걔 곧 나가. 내년 1월이잖아. 그때까지 널 엄청 괴롭힐걸?"

"만약 내가 철식이에게 원하는 걸 해준다면?"

"まさか 마사카…. 같이 자게?"

"미쳤냐. 철식이가 제일 원하는 게 뭘까?"

"당연히 자유지."

"자유? 어차피 출소가 코앞인데?"

"馬鹿 바까가! 진짜 자유 말이야. 철식이는 거주지 선택권이 한 번밖에 없어. 그리고 철식이가 거주 신청을 하는 동네는 무조건 거부권을 쓰겠지. 철식이는 누가 봐도 천사도 행이야. 출소해 봤자 결국 새로운 구속인

셈이지. 그럴 바에 어쩌면 여기가 더 나을걸? 여기선 지가 大腸 다이쇼니까. 거기 가면…. 생각하기도 싫다."

강인한이 운동장 한 켠에서 근심스럽게 수하들과 걷고 있는 우철식을 바라보며 이야기를 잇는다.

"천사도가 그렇게 무서운 곳일까? 철식이 같은 막장 조폭 두목도 가길 두려워하는?"

"너 살인자들보다 무서운 게 뭔 줄 알아?"

"글쎄. 너 같은 밀수꾼?"

"愚か 오로카…. 그건 바로 미친놈이야. 지금까지 천사도에는 나쁜 놈들이 간 게 아니야. 나쁜 짓이 나쁜 짓인지 모르는 미친놈들, 싸이코패스 같은 놈들이 들어갔다고. 그 안에서 나쁜 놈이란 타이틀은 그저 동등한 디폴트 값에 불과해. 원래 나쁜 놈인데 그게 나쁜 짓인지 모르고 더 나빠지는 놈들로 가득하니까. 이해돼? 그리고 천사도는 한 번 들어가면 못 나와. 평생 자유가 박탈된다고. 어때, 생각해 보니 지옥이지?"

강인한이 고개를 끄덕였다.

"그런데 사람들은 어떻게 천사도에 대해 그렇게 잘 아는 거야? 직접 가 보지도 않았잖아?"

"이봐, 뽕. 후지산이 어디에 있는지 알아?"

"뭔 뚱딴지 같은 소리야. 당연히 일본이지."

"혹시 가서 봤어? 진짜 있는지."

"아니, 아직. 너는 봤겠군. 일본인이니까."

"그래, 그런데 그보단, 네가 직접 확인도 안 했는데 어떻게 알아. 후지산이 일본에 정말 있는지?"

"학교 다닐 때 배웠으니까. 상식이지."

"같은 거야. 죄수들도 배운다고. 그들의 상식이지. 천사도는 지옥이라고. 꼭 가봐야 아는 게 아냐."

노새가 싱긋 웃는다.

"노새. 노새는 천사도 가봤다고 했지?"

"잇테미타요! 나는 자주 가봤지. 밀수꾼들 사이에서 천사도는 낙원이었어. 아무도 오지 않는."

"어떤 곳이었어?"

"에에? 당연히 아무것도 없지. 무인도니까. 그래서 거기서 밀거래를 한 거야. 그것도 아무나 못해. 파도도 높고. 해안도 험하니까. 물론 그래서 단속이 없다는 장점이 있었지. 난 할아버지한테 그 섬을 들었고."

강인한이 노새의 말을 듣고 깊은 생각에 잠긴다. 천사도…. 우철식…. 그러다 번뜩 누군가의 얼굴이 떠올랐다.

'그래. 이거야!'

강인한은 서둘러 일어서더니 방을 향해 걸어갔다. 이 생각을 잊기 전에 실행에 옮겨야 한다.

"이봐, 인한! 어디 가! 혼자 다니지 말라고! 바까!"

청송교도소의 햇살이 어느 때보다 따뜻하다. 차가운 이곳 사람들의 마음을 잠시나마 데워주고 싶은 듯.

[10월 5일 화요일 오전] 서울특별시 이태원 필리핀 대사관

유난히 높은 가을 하늘은 구름 한 점 없이 맑고 푸르다. 이래서 한국 사람들은 가을이라는 계절을 좋아하는 것 같다. 에스더는 주한 필리핀 대사관에 출근하자마자 책상 정리를 시작한다. 호텔에서 일하며 몸에 밴 그녀의 청소 습관은 대사관 직원들에게 그녀가 깔끔한 사람이라는 인상을 심어주는 데 도움이 되었다. 몇 개월 전, 한국에서 일하다 갑자기 강제 출국을 당한 후, 그녀는 드라마틱한 인생의 전화위복을 경험했다. 아직 추위가 가시지 않았던 2월의 새벽 어느 날, 긴급 호출을 받아 호텔블루야드의 스위트룸 청소를 했던 에스더는 청소를 끝내고 두둑한 퇴직금을 받은 채 동료들과 필리핀으로 쫓기 듯 출국 당했다. 영문을 알 수 없었지만 동료들은 횡재를 했다며 크게 기뻐했고 그녀 역시 그날 받은 퇴직금으로 필리핀에서 한 학기 남았던 대학교를 무사히 마칠 수 있었다. 그리고 졸업 후 능숙한 한국어 실력 덕분에 주한 필리핀대사관에서 일할 기회를 얻는 데 성공한 것이다. 그렇게 그녀는 호텔 청소부에서 대사관 계약직원으로 다시 한국을 찾게 되었다. 그녀가 다시 한국행을 결심한 것은 대사관 일을 하게 된 행운도 있었지만 설령 그렇지 않더라도 그녀는 반드시 한국으로 돌아오겠다 마음먹고 있었다. 그날, 스위트룸에서 목격한 광경을 그녀는 동료들처럼 쉽게 넘겨 버릴 수도, 횡재한 돈으로 가려 버릴 수도 없었기 때문이다. 대사관 동료가 그녀에게 다가와 말했다.

"또 내 책상까지 치워준 거야? 고마워. 에스더. 그리고 오늘 반차라고 했지?"

"네, 나 오늘 갈 곳 있어요."

"나 No, 저."

"Oh Sorry. 저 오늘 친구 만나러 가요."

에스더는 오늘 중요한 일정이 있다. 여전히 강인한을 사랑하는 그녀는 시간이 허락될 때마다 그를 만나러 간다. 강인한은 그런 에스더의 면회를 처음엔 부담스러워 했고, 만나주려 하지 않았다. 그런데 오늘은 웬일인지 그가 먼저 에스더에게 면회를 와 달라고 부탁한 날이다. 에스더는 반차를 내고 집에 돌아와 화장대 앞에서 최대한 예쁘게 단장했다. 짐짓 아무렇지 않은 듯 행동하지만 그녀의 두근거리는 마음은 어쩔 수 없다. 하지만 오늘도 그녀의 마음속엔 그를 향한 설렘만큼 큰 미안함이 지워지지 않고 있다. 그녀는 그날 청소를 하며 목격한 일들을 아직 강인한에게 고백하지 못했기 때문이다. 감옥 안에 있는 그가 진실을 아는 것이 과연 좋은 일일지, 나쁜 일일지 쉽사리 판단이 서지 않기 때문이다. 하지만 오늘 그를 만난다면 그녀는 그날 본 일들을 용기내서 고백할 생각이다. 그에게 진실을 아는 사람이 그 말고도 더 있다는 것을 알려주는 건 절망보다 희망일 것이라는 결론을 드디어 내렸기 때문이다. 그게 그녀를 구해준 그에 대한 보답이자 사랑하는 사람을 향한 용기라고 그녀는 믿고 있다. 에스더가 호텔에 있을 당시, 강인한은 업무 중 호흡곤란으로 쓰러진 에스더를 구해준 바 있다. 그때부터 에스더는 남몰래 강인한을 사랑하게 되었지만 그는 연인이 있다며 에스더를 외면했다. 물론 그럼에도 그는 여전히 그녀가 포기하지 못하는 사랑하는 남자다. 이제 비로소 그의 옆자리가 비어 있기도 하고.

"다음 정거장은 이 버스의 도착지인 청송, 청송입니다."

에스더가 고속버스의 도착 안내 방송에 잠들었던 눈을 떴다. 오늘 그녀는 용기를 내서 그에게 고백을 할 수 있을까? 그날의 일을 본 것도, 여전한 그에 대한 사랑도.

정오, 서울특별시 청와대 세종실
작은 공을 흘린다면 멈추지 않고 끝까지 구르다 사라질 것 같이 잘 정리된 잔디. 양탄자 같은 잔디밭을 지나 검은색 세단 세 대가 미끄러지듯 들어와 멈춰 섰다. 차에서 내린 외국인 일행들은 검색대를 통과한 후 역대 대통령들의 사진이 걸린 복도를 지나 세종실로 안내되었다. 그들은 기다리던 한국 정부 담당자들과 악수를 나눴지만 반가움이나 호의는 그다지 느껴지지 않는다. 곧이어 오늘 방문 목적인 회담이 시작되었다.

"How much longer are you going to continue these inhumane laws?"
- 도대체 언제까지 이런 비인간적 법률을 유지할 생각입니까?

"천사도를 얼마나 더 유지할 것인지 질문합니다."
"뭔 소리야…. 만든 지 몇 달이나 되었다고…."
양광석 청와대 비서실장과 법무부장관, 여성가족부장관, 외교부차관 등이 유엔 인권이사회(UN Human Right Council, UNHRC) 의장 마가렛 힐 과 진행하는 간담회가 시작된 것이다. 그들은 안일한 대통령이 당선되고 바로 도입한 천사도 법에 대한 우려를 표하기 위해 날아온 부지런하고, 번거로운 손님들이다.

"Although the Korean government explains that it maintains security through such non-human rights treatment, it cannot erase the reasonable suspicion that it is actually engrossed in extending the regime and establishing a governance system close to the politics of fear."
- 한국 정부는 이런 비인권적 처사를 통해 치안을 유지한다고 설명하지만 실상은 정권의 지속성과 공포 정치에 가까운 통치 체계 확립에 더 몰두하고 있다는 합리적 의심이 듭니다.

외교부 차관이 구구절절 설명하며 오해를 풀고자 애쓰지만 정작 옆에 앉은 양 실장은 마치 다른 나라 이야기를 듣는 사람처럼 아무 반응을 보이지 않고 있다. 좌불안석이던 여성가족부 장관이 그에게 속삭였다.
"비서실장님, 어쩔 셈이에요?"
하지만 그는 여전히 볼펜만 만지작거리고 있다.

"South Korea should remember that Russia was expelled from the UN in 2022 over human rights issues. The expulsion of the UN does not stop at the loss of international community status, but also causes economic losses such as WTO exclusion…."
  - 한국 정부는 지난 2022년 러시아가 유엔기구에서 제명당한 사실을 기억해야 합니다. 유엔 제명은 단순히 국제사회 지위상실에 그치지 않고, WTO배제 등 경제적 손실과 더불어…

그때 가만히 듣고 있던 양 실장이 갑자기 대화에 참여했다.

"Chairman, Margaret Hill. I'm sorry while you're talking. You must have been working in Geneva this morning, aren't you tired?"
  - 마가렛 힐 위원장님, 말씀 중에 죄송합니다. 오늘 아침 제네바에 위치한 사무실에서 일하다가 긴 비행을 마치고 이곳에 도착하셨겠군요. 혹시 피곤하시지 않습니까?

양 실장의 이례적인 돌발 발언에 외교부 차관의 표정이 굳어진다. 분위기상 이런 질문은 외교적 결례다. 그 사실을 상대방도 잘 느끼고 있다.

"Is it a misunderstanding if I'm offended by that question, Minister?"
- 비서실장님의 질문이 불쾌한 건 제 오해일까요?

"Oh, I'm sorry. Don't get me wrong. Geneva is a beautiful city. But if a woman was found as a dismembered body after being raped this morning in peaceful Geneva, would the morning in Geneva still be beautiful?
- 죄송합니다. 오해하지 마십시오. 제네바는 평화롭고 아름다운 도시입니다. 그런데 만약 평화롭던 제네바의 오늘 아침에 한 중년 여성이 강간을 당한 뒤 토막 시신으로 발견되었다면 제네바의 아침은 어땠을까요? 여전히 제가 아는 그 제네바처럼 아름다울까요?

양 실장의 도발적인 발언에 마가렛 힐 의장의 표정이 하얗게 질린다. 그건 한국 정부 관계자들도 마찬가지다.

"Let's change the question. What if a drug-drunk murderer attacked ten citizens on their way to work with a weapon this morning in the heart of a wonderful Seoul city center, killing two of them? What would it have been like?"
- 질문을 바꿔보죠. 오늘 아침 멋진 서울의 도심 한복판에서 마약에 취한 살인마가 흉기를 들고 출근하는 시민 열 명에게 덤벼들어 그중 두 명이 사망했다면? 그럼 과연 어땠을까요?

마가렛 힐 위원장과 일행들의 표정이 잿빛으로 변한다. 하지만 양 실장은 멈출 생각이 없다.

"The inhabitants we manage on the island are all criminals who have committed such crimes and refused to let their people live together. The state is thoroughly managing them so that they do not violate good human rights. We have even given them freedom, and we are giving them our best support. Of course, freedom of residence was deprived."

- 우리가 천사도에 관리하는 주민들은 모두 그런 범죄를 저질러서 국민들이 함께 살길 거부한 자들입니다. 국가는 그들이 더 이상 선량한 인권을 침해하지 않도록 철저히 관리 중이죠. 심지어 그들에게 자유를 줬고 최선의 지원을 하고 있습니다. 거주의 자유만 빼고.

"That's hard to believe."

- 선뜻 믿기 어려운 말씀이시군요

간신히 정신을 가다듬은 마가렛 위원장이 맞받아치자 양 실장이 차가운 미소를 보였다.

"Why don't we go there together? If you want, I'll take you to the island on your next visit."

그럼 함께 가 보시죠, 다음 방문 때 천사도에 직접 모시고 갈까 합니다. 물론 원하신다면.

양 실장의 갑작스러운 제안에 그들도 놀란 듯하다. 정확히는 당황한 기색이 역력하다. 양 실장이 덧붙였다.

"Do you remember? South Korea was the chair of the U.N. Human

Rights Council in 2016. Korea is an exemplary member who has always spoken out and practiced human rights issues in the international community. And maybe the human rights issue on the island that you're concerned about now might be a new alternative. It's also a good idea to go there yourself to check that out. Of course, dozens of serial killers, rapists and terrorists live freely on the island. Their freedom after serving their sentence should not be violated. How did it feel? Do you want to go with me on your next visit?

- 다들 기억하시나요? 대한민국은 2016년 유엔인권 이사회 의장국이었습니다. 국제사회에서 인권 문제에 대해서라면 언제나 큰 목소리를 내고 실천해왔던 모범적인 구성원이죠. 그리고 어쩌면 지금 여러분이 우려하시는 천사도의 인권문제는 우려사항이 아닌 새로운 대안일 수도 있습니다. 그걸 확인하기 위해서는 직접 가보시는 것도 좋은 방법이죠. 물론 그 섬에는 수십 명의 연쇄살인마와 강간범, 테러리스트들이 형기를 마쳤기 때문에 그 어떤 제약도 받지 않은 채 자유인으로 살고 있습니다. 인권이 침해되면 안 되니까요. 어떠십니까? 위원장님. 다음 방문 때 함께 가 보실까요?

유창한 영어로 진행된 그의 제안에 UN인권이사회 일행들은 정작 섣사리 대답하지 못했다.

"I'll consider it carefully."
- 심사숙고해보죠.

간담회가 못내 불편했는지 짧게 대답한 UNHRC 위원장과 일행들이 서둘러 자리를 정리한다. 그때 양 실장이 갑자기 생각난 듯 한마디를 더 했다.

"Oh, and the story earlier wasn't a joke."
- 아, 그리고 아까 드린 말씀은 농담이 아니었습니다.

마가렛 위원장이 무슨 소리를 하냐는 듯 불안한 표정으로 양 실장을 다시 바라본다.

"After a serial sex offender living on an island failed to secure a residence in Korea, what he hoped for was immigration abroad. Especially going to Switzerland and spending the rest of his life. He has a lot of inheritance."
- 천사도에 거주하고 있는 연쇄 성범죄자가 국내에서 거주지 확보에 실패하자 희망했던 것은 해외 이주. 특히 스위스로 가서 여생을 보내는 것이었습니다. 유산이 좀 있거든요.

소름 끼치는 양 실장의 말을 들은 마가렛 위원장은 벌겋게 상기된 표정으로 더 이상 대답하지 않고 간단히 목례를 하더니 세종실을 빠져나갔다. 발걸음을 서두르는 그들을 배웅하고 외교부 차관이 돌아왔다.
"비서실장님, 수고하셨습니다. 그런데 괜찮을까요?"
외교부 차관이 말했다. 양 실장은 창가에서 답답하게 목을 조여 매던 넥타이를 풀어 테이블에 던졌다.
"김 차관. 내가 외교적으로는 너무 나갔나?"
"한참 나가셨죠."

"그래 보이지? 그런데 이 문제로 저 여자가 또 우리나라에 오려고 할까?"

"그건…"

"됐어. 자네가 바로 답을 못하는 것 자체가 난 오늘 내 일을 잘 끝낸 거니까. 갈비탕이나 한 그릇 하러 가지."

양 실장이 성큼성큼 걸어 나간다. 안일한은 대통령이 되었고 그의 최측근인 양광석은 안일한 대통령이 가장 신뢰하는 복심으로 청와대 비서실장 자리에 올랐다. 그리고 자리가 사람을 만든다는 속설을 요즘 가장 완벽하게 증명하고 있는 사람 또한 바로 양 실장이다. 그는 요즘 민국당 내에서도 중요사안을 좌우하는 인사로 자리매김하는 중이다.

오후, 경상북도 청송 청송교도소 면회실

버스를 타고 먼 길을 달려온 에스더와 강인한. 둘 사이에는 투명한 유리벽만 존재한다. 마주보고 있으면 아주 가깝지만 둘의 대화는 다른 이들보다 조심스럽고 비밀스럽다. 교도관이 둘의 대화를 필요 시 받아 적기 위해 근처에 앉아 있지만 나른한 햇살이 스며들자 피곤한지 꾸벅꾸벅 조는 중이다.

"와줘서 고마워 에스더, 그런데 나 여기 오래 있어야 해. 나가도 일 구하기 어려울 거야. 그러니까…."

"오케이. 알았으니까 다른 사람 만나라는 말 좀 그만해 오빠. 만나도 나 알아서 할 거니까. 나 어른이야."

강인한은 단호한 에스더의 말에 미안한 한편 왠지 모를 위안을 얻는다.

"그럼 나는, 아까 그 부탁만 들어주면 돼? Mail?"

에스더는 강인한이 말한 이메일 주소와 그가 불러 준 메일 내용을 확인하며 재차 물었다. 맞춤법이 완벽하지 않은 에스더가 받아쓰다 보니 여기저기 오타는 많지만 의미를 전달하는 데는 큰 무리가 없을 것 같다. 에스더가 메모지에 적은 메일 내용을 강인한에게 보여주자 그가 천천히 마지막으로 한 번 더 확인한다. 이 메일이 그의 계획대로 무사히 전달된다면, 어쩌면 그에게는 남은 교도소에서의 시간이 생각보다 훨씬 편하고 안전해질 수 있다. 기상천외한 그의 작전이 진짜 먹힌다면.

"내용 이상 없으니까. 이대로만 보내줘."

"오케이. And 오빠 힘내. 에스더는 믿어. 오빠…. 억울해. 오빠 좋은 사람인 거 나는 알아. I believe you."

"그래, 말이라도 고마워."

면회를 마치고 들어가기 위해 자리에서 일어나는 강인한의 뒷모습을 바라보던 에스더가 침을 한번 꿀꺽 삼키며 잠시 망설이더니 그에게 숨겨뒀던 진짜 이야기를 꺼내 놨다.

"No, 아니야. 나 사실 다 봤어. 그래서 오빠 믿어. 거기서 있던 일 다 봤어…. Suite room, Everything."

강인한이 깜짝 놀라 발걸음을 돌렸다.

"뭐? 설마, 뭐 본 거 있는 거야. 에스더?"

졸고 있던 교도관이 화들짝 놀라 눈을 뜬다. 에스더가 강인한에게 조용하라는 듯 입에 손을 대더니 졸고 있는 교도관의 눈치를 보며 속삭이듯 말했다.

"그날 룸클리닝… 나랑 앙헬이 했어. 스위트룸 새벽 클리닝… 나 그때 오빠 죽은 줄 알았어."

그날 기억이 다시 떠오른 에스더는 소름이 돋는지 잠시 몸을 떨다가 어느새 눈물을 보였다. 당황스럽기는 뜻밖의 이야기를 듣게 된 강인한도 마찬가지다. 그의 머릿속은 갑작스러운 변수에 혼란스럽다. 그날 에스더는 스위트룸 클리닝을 위해 출근했다가 그녀가 짝사랑하던 강인한이 낯선 남자와 침대에 죽은 듯 누워있는 것을 목격했던 것이다. 그리고 그 방에는 그들의 행적을 조작하는 듯 성 지배인과 박 대표까지 나와 심각한 표정으로 스위트룸 여기저기를 정리하고 있었다. 에스더는 그날 강인한이 억울하게 죽게 될 것이라고 생각했고 슬펐다. 졸업을 하고 대사관 면접을 준비하면서 한국에 있던 동료에게 과실치사로 구속된 강인한의 소식을 듣지 않았다면 그녀는 아마 지금도 그가 속절없이 죽었을 것이라 생각하며 슬픔 속에 살았을 것이다.

"그럼 에스더, 그날 나랑, 죽은 잘생긴 남자 배우 말고, 여자 한 명 더 있던 것도 봤어?"

"아니, 그때는 없었어. Mr.성이랑 대표, 오빠, 영화배우. 남자만 네 명 있는 방 우리가 했어. 클리닝."

너무 놀라 다리에 힘이 풀린 강인한은 그대로 의자에 주저앉았다.

"안레아는 이미 떠난 뒤였구나…."

에스더와의 면회 시간이 얼마 남지 않았다. 그녀가 가기 전에 이 상황을 어떻게 정리해야 할지 강인한은 판단해야 한다. 자신 말고는 없다고 생각했던 그날 현장의 목격자가 예상치 못할 만큼 가까이에 있었다니.

"에스더, 내 부탁 하나만 더 들어 줘. 만나 줄 사람이 있어. 도와줄래?"

"Sure."

강인한은 교도소에 있는 누군가를 찾아봐 달라고 에스더에게 부탁했다. 일단 어디 있는지 알아내야 하는데 영리한 에스더라면 할 수 있을 것이다.

"못 찾겠으면…. 광운경찰서에 유수아 형사라는 사람을 찾아가. 내 이름을 대고 물어보면 아마 도와줄 거야."

"Police? 흠…. 아냐, 내가 찾아볼게. 뭐였지, Her name?"

"지금 교도소에 있을 거야. 차 애 원. 아니다, 실명으로 찾아야 해. 유지아. 이 말을 꼭 전해줘."

강인한이 용케 유 형사에게서 들은 그녀의 언니 이름을 기억해 냈다. 에스더는 그의 말을 다 듣고 고개를 힘차게 끄덕이며 면회실을 떠났다.

"꼭 찾을게. 오빠."

에스더와의 면회를 마치고 돌아온 강인한은 구석에 앉아 깊은 생각에 잠겼다. 그때 당시만 해도 에스더가 목격자라는 사실을 몰랐다. 목격자가 없는 차희재 사망 사건은 강인한이 정신을 차리자마자 진행된 재판을 거쳐 명백한 증거와 증언 속에 항소조차 없이 바로 결론을 지었다. 강인한은 가슴속에서 분노가 끓어올랐지만 지금은 현실을 직시해야 한다. 지금 필요한 건 무의미한 분노가 아닌 상황의 재배열과 계획, 그리고 조력자다.

[10월 14일 목요일 정오] 충남 공주 공주여자교도소 면회실

영화배우 차애원으로 알려진 유지아는 이 낯선 외국인 여자를 도저히 믿을 수 없다. 갑자기 찾아와서는 죽은 아들의 억울함을 풀어주겠다는 말을 하는 것 자체가 의심스럽기 때문이다. 지금까지 그녀에게 무엇인가 아들의 억울함을 풀 증거가 없느냐고 묻는 사람은 너무 많았다. 방송국의 오PD도 찾아왔었고, 한참 인연을 끊고 살았던 경찰이 된 동생까지 찾아와서 그녀를 설득했지만 차애원의 마음은 열리지 않았다. 그런데 이제는 낯선 외국인 여성까지 찾아와 그들과 같은 말을 자신에게 하고 있는 것이다. 차애원은 이 모든 것이 희재의 연인이었던 안레아가 자신에게 향할지 모를 칼날을 미연에 없애 버리기 위해 포기하지 않고 벌이는 수작이라고 짐작한다. 그래서 그녀는 아들의 결백을 입증할 자료나 증거가 남아 있는지에 대해서는 누구에게도 말하지 않았다. 그녀가 출소해서 직접 해결하지 않는 한 아무도 믿을 수 없다는 것을 느꼈기 때문에.

"아가씨. 헛수고 말고 그만 돌아가요. 누가 보냈는지 모르겠지만 추접한 짓은 그만하라고 전하세요."

그런데 이 여자는 자신을 찾아왔던 동생이나 오PD보다 의외로 끈질기다.

"여기로 보낸 사람… 우리 오빠. 지금 감옥에 있어. 당신처럼 한국 감옥에 있어. 오빠도 억울해."

발음은 어눌하지만 명확한 의미 전달과 왠지 모를 진심이 담긴 목소리에 차애원이 그녀를 자세히 살펴본다. 거짓말을 하는 것 같지는 않다.

"당신 오빠? 누구, 친오빠?"

"아니, 친구 오빠 아니고. 사랑하는 My love. 감옥에 있고. 억울해. 오빠는 희재, 당신 아들의 애인 아니야!"

차애원은 그제야 이 여자가 자신의 아들 차희재의 애인이자 동반 자살 파트너로 지목되면서 마약사범으로 수감된 강인한이 보낸 사람임을 눈치챘다.

"강인한? 난 그 사람을 만나본 적도 없어. 그런데 그 사람이 왜 당신을 내게 보냈지? 날 어떻게 찾고?"

"오빠는 몰랐어. 내가 다 본 거. 마약 안 한 목격자 있는 걸 몰랐어. 내가 필리핀으로 바로 쫓겨나서 이야기 못해서, 그래서 몰랐어. 나 그날 봤어요. Everything."

"당신도 그날 현장을 봤다고?"

에스더가 손가락을 입에 가져다 대며 조용히 말하라는 신호를 보낸다.

"Yes. 봤어요. 모두다. 지배인이 했어. 청소도 시키고 오빠랑 희재 hair 뽑아서 흘리고… 그리고 방 안에 여자 핸드백 있었어요. 사탕 같은 Drug

엄청 많았어요."

"당신 지금 나 속이는 거 아니지? 안레아가 보낸 거 아니야? 내가 어디까지 아는지 떠보려고."

"Andrea? Who is he? I don't Know. 그 사람 난 누구인지 몰라."

생각이 복잡해진 차애원이 손톱을 물어뜯는다. 뜻밖의 사람이 등장한 탓에 중요한 판단을 내리기 어렵다. 하지만 아들의 명예를 회복할 기회는 흔치 않다. 남은 증거도 많지 않다. 신중할 수밖에 없는 차애원, 아니 차희재의 엄마 유지아다. 그때 면회실 스피커를 통해 안내 방송이 흘러나왔다.

"접견 시간이 5분, 5분 남았습니다."

한참을 망설이던 그녀가 에스더를 바라보며 말했다.

"미안하지만 안 되겠어요. 당신에게 줄 증거자료는 없어요. 설령 있어도 알려줄 수 없어요."

그녀의 대답은 오늘도 같다. 담담히 결정하고 수감실로 돌아가려던 그녀가 에스더에게 물었다.

"그런데 대체 난 어떻게 찾았죠?"

"Your sister. 오빠가 말했어요. 유수아 형사 찾아가라고."

역시 그랬구나. 차애원, 개명 전 유지아는 유수아 형사의 언니다. 어린 시절 그녀의 아버지는 북한 이주 가정 출신인 가난한 남자 친구 한대성과의 교제를 극심하게 반대했고, 그녀는 그와 결혼하겠다며 아버지와 격렬하게 대립했다. 하지만 이런 그녀의 불행을 괴로워하던 한대성은 그녀의 곁에 남기보다 떠나는 선택을 했고, 그렇게 혼자가 된 유지아는 얼마 안 가 자신이 한대성의 아이를 가진 것을 알게 되었지만 도움의 손길을 청하기엔 이미 너무 늦은 상황이었다. 그렇게 인연이 끊겼던 유지아는 개명하며 연예계에 데뷔했고, 유수아 형사는 헤어진 언니의 안부를 브라운관을 통해서만 간간히 접할 뿐이었다. 하지만 이번에 차희재 사망 사건이 벌어지자 유수아 형사는 동생으로서, 이모로서 이 사건을 끝까지 파고들려 했다. 물론 거대한 벽에 가로막혔지만. 차애원은 동생이 에스더에게 이곳을 알려줬다는 말을 듣고 쓴웃음을 지었다. 에스더와의 접견을 마친 차애원은 미련을 남기지 않으려는 듯 서둘러 수감실로 돌아갔다. 에스더는 어쩔 수 없이 발길을 돌려야 한다. 역시 강인한이 말했던 그대로다.

"절대 아무 말도 안 할 거야, 그 사람은.
그래도 나와 너의 존재는 꼭 알아야 해. 포기하지 않도록."

저녁, 서울특별시 강남구 호텔블루야드 그린야드홀
 상기된 표정의 두 대표 이사가 기자들을 앞에 두고 테이블 위에 놓인 계약서에 서명을 한다. 박 대표와 시그마엔지니어링의 대표가 서명을 마치자 기자들에게 손을 흔들며 기념촬영을 했다. 여기저기서 플래시가 터지고 양사 관계자들의 박수소리도 요란하다. 기자들은 조인식 취재 후 호텔에 준비된 프레스 테이블에서 뉴스를 작성하기도 하고 호텔블루야드의 최고급 뷔페를 즐기느라 분주하다. 샴페인을 들고 인사를 다니는 박 대표에게 기자들이 다가와 질문을 쏟아낸다. 오늘만큼은 박 대표도 이 분위기를 한껏 즐기고 싶다.
 "대표님, 독과점 우려로 공정거래위원회에서 인수합병에 제동을 걸 것으로 봤는데, 의외로 빠르게 성사되었습니다. 소감이 어떠십니까?"
 "당국에서도 양사가 합병하며 일으키게 될 시너지가 국가 경제에 더 득이 될 것으로 판단했다고 믿습니다. 비산엔지니어링, 아니 이젠 비산시그마엔지니어링이죠. 크기만 커진 우리 비산시그마엔지니어링이 아니라 국가 경제 발전에 이바지하고 사회에 기여하는 모범 기업이 되도록 최선을 다할 것입니다."

"비산그룹 조 회장 일가의 미납 세금과 계열사 매각을 위한 자본금 확충에 나설 것이라는 추측은 사실입니까?"

"오늘은 양사의 통합을 축하하는 날이니 기자님들도 펜 대신 포크로 행사를 즐겨 주시면 어떨까요?"

박 대표가 정중히 추가 질문을 사양하고 샴페인잔을 권하자 기자들도 미소 지으며 물러난다. 안 대통령 당선 후 새 내각이 갖춰지면서 재계 30위권 밖이던 비산그룹도 그동안 지체되던 인수합병과 비효율 자산매각을 연이어 성공시키며 승승장구했다. 그 결과 비산그룹은 어느덧 국내 10위권에 걸치는 대기업 집단으로 진입하는 중이다. 조 회장이 이끌던 그 유구한 시절보다 괄목할 만한 전성기가 최근 몇 년 사이에 열린 것이다. 그때 박 대표의 비서가 조용히 다가와 귓속말로 무언가를 전달하자 박 대표도 서둘러 별도로 마련된 내빈실로 이동했다. 몇 년 전만 해도 본인이 조 회장을 이렇게 모시곤 했는데, 길게 뻗은 복도를 걸으며 박 대표는 또 한 번 격세지감을 느낀다. 내빈실로 박 대표가 들어서자 양복을 차려 입은 손님이 선 채로 아직 오지 않은 그를 기다리고 있다.

"박 대표님 축하합니다."

"아이고, 비서실장님."

박 대표가 깍듯이 허리를 숙여 인사한다. 양광석 청와대 비서실장이다.

"시끄러웠는데 잘 마무리된 거죠?"

"물론입니다. 도와 주신 덕분이죠."

"대통령께서도 잘 되었다며 대신 축하인사 전하셨습니다."

주변의 사람들을 모두 물린 두 사람은 그제야 편하게 앉아 본론의 대화를 나누기 시작했다.

"그건 그렇고 계약이 성사되었으니 조 회장이 약속한 대로….”

양 실장이 박 대표의 눈치를 살피며 말끝을 흐린다. 하지만 박 대표는 그가 올 것도, 요구할 것도, 내놔야 할 것도 이미 모두 알고 준비해 뒀다.

"물론입니다. 나랏일 하시는 데 쓰실 곳이 얼마나 많겠습니까? 조 회장이 약속한 이번 자금 지원 외에도 앞으로 저희가 국가에 이바지할 방법을 알려만 주시면 열심히 기여하겠습니다."

양 실장이 박 대표에게서 기다렸던 대답을 듣자 그제야 만족스러운 듯 미소를 보인다. 두 사람은 얼마 전까지만 해도 조 회장의 비서실장, 안일한 장관의 대민소통실장으로 온갖 허드렛일을 맡아 왔다. 그랬던 두 사람이 이제 어느덧 하나의 대기업 집단을 이끄는 수장과 국가 정책을 제법 주무를 수 있는 정치적 존재가 되어 서로를 마주하게 된 것이다.

"말씀 고맙습니다, 대표님. 대통령께도 그렇게 전해드리지요."

양 실장이 본론을 확인하고 일어서려 하자 갑자기 생각난 듯 박 대표가 말했다.

"아, 참 아가씨는…. 들어오셨나요?"

"네? 아, 레아양. 아뇨. 안 들어왔습니다. 안 들어올 겁니다. 상당 기간."

박 대표가 그럴 줄 알았다는 듯 고개를 끄덕이더니 말했다.

"왠지 그러실 것 같아서…. 혹시 저희가 얼마 전 유럽에 블루야드 호텔 체인을 늘렸는데 필요하시면 아가씨가 스위트룸을 레지던스처럼 이용하시도록 제공해드리는 건 어떨까요? 아무래도 보안도 그렇고 생활권도 그렇고…. VIP께서도 훨씬 마음이 편하실 텐데."

양 실장이 박 대표의 제안을 듣고 반색했다.

"아, 그럴 수 있다면 국정 운영에 매진하시는 데 분명 도움이 되죠. 따님 고민을 적지 않게 하시니까요."

"다행입니다. 말씀만 주시면 바로 준비시키겠습니다."

안레아는 그날의 스위트룸 사건 이후 유럽을 떠돌고 있다. 인플루언서답게 유럽 일주 일정으로 포장되어 있지만, 차희재 사망 사건의 여파가 가시지 않은 데다 그녀의 몸속에서는 여전히 다량의 마약 성분이 검출되는 기간이다. 안 대통령은 그런 딸이 국내로 들어오는 것을 상당히 불편해하면서도 장기간 이어진 해외 체류를 걱정하고 있다. 그런 가려운 부분을 박 대표가 귀신처럼 긁어주자 양 실장은 기분이 좋다. 양 실장과 박 대표가 만족스러운 악수를 나눈다. 각자 원하는 것을 모두 얻은 풍족한 밤이니까. 박 대표가 전화를 들었다.

"성 이사, 잤나? 그건 그렇고, 걔 거기로 보낼 테니 잘 관리해요. 또 사고 치지 않게 감시 잘 하고."

[10월 15일 금요일 오전] 경상북도 청송. 청송교도소 면회실

휴가까지 내고 한달음에 강인한을 찾아온 남자는 매우 당황한 모습이다. 하지만 강인한을 감히 함부로 대하지는 못하는 걸 보니 확실한 약점을 잡힌 것이 분명하다. 그렇지 않고서야 에스더의 메일을 받자마자 금요일에 휴가까지 내고 청송으로 달려올 리는 없기 때문이다. 강인한은 깍듯이 인사를 하며 그를 맞이했다.

"오랜만입니다. 놀라게 해드려 죄송합니다."

"이봐요. 뭐 하자는 겁니까, 지금? 이거 너무하는 거 같아요. 강 매니저. 원래 이렇게 무례한 사람이었나?"

"제가 사정이 급해서 염치 불고하고 결례를 범했습니다."

법무부 고위 공무원인 그는 불륜을 저지르는 동안 강인한의 도움을 받았다. 법인카드를 호텔에서 사용할 수 있도록 강인한은 센스 있게 숙박

영수증을 뷔페 등 식음료장에서 처리해줬고 하루 숙박을 결제하면 두 번의 대실을 사용하는 특혜를 그에게 제공하기도 했다. 강인한은 사실 이 사람이 주는 두둑한 팁이 고마워서 그를 도와줬을 뿐이다. 그런데 수년이 지나 그때의 인연이 이렇게 자신에게 간절히 필요한 동아줄이 되리라고는 그 역시 상상하지 못했다.

"그래서, 원하는 게 대체 뭡니까? 당신이 날 여기까지 부른 이유가 있을 거 아냐?"

"제가 앞으로 여기서 3년 넘게 지내야 합니다. 그 기간 동안 매월 책을 보내주시면 감사하겠습니다."

교도관이 두 사람의 이야기를 듣다 지루한지 하품을 한다. 강인한 앞의 남자도 어이없다는 듯 피식 웃었다.

"겨우… 그거 때문에 내 약점까지 잡아가며 날 청송으로 부른 거야?"

그에게서 경멸과 어처구니없는 미소가 번졌다. 하지만 그에게 강인한이 할 말은 남아 있다. 가장 중요한 말.

"그냥 책은 아닙니다. 꼭 선생님이 해 주실 게 있는 책이거든요."

강인한은 조용히 남자에게 몇 가지 설명을 더했다. 교도관은 둘의 대화에 별 내용이 없자 일어서서 기지개를 켠다. 하지만 조용히 이어지는 대화가 길어질수록 듣고 있는 남자의 표정은 심각해졌다.

"자세한 이야기나 방법은 이 사람에게 들으시면 됩니다."

강인한이 에스더의 메일 주소를 남자에게 알려줬다. 요구사항을 들은 그는 난처한 기색이 역력하다.

"강 매니저… 무슨 말인지는 알겠는데. 이건 무리한 부탁이야. 위험하고… 이건 너무 부담되지."

하지만 망설이는 이 남자를 그냥 돌려보낼 생각이 전혀 없는 강인한이다. 여기에 있으면 그렇게 된다.

"글쎄요. 가정을 지키는 것보다 더요? 공직에 계신 분이 법인카드와 예산으로 밀회를 즐긴 것보다 더?"

공손하게 대화를 이어가던 강인한이 남자의 반응에 날 선 대꾸로 맞선다. 이곳에 와서 강인한이 그나마 배운 것이 있다면 이런 단호함과 궁지에 몰렸을 때 살아남기 위한 발악일 것이다. 남자는 강인한의 말을 듣자 자신이 빠져나갈 수 없는 함정에 깊이 걸렸음을 인정했다.

"좋아요. 메일로 이 여자와 연락하고 결정하지. 대신 앞으로 절대 연락하지 마. 다시는 보지 맙시다."

남자가 자리를 털고 일어서자 강인한이 다짐을 받으려는 듯 말했다.

"책은 다음 달부터 바로 와야 합니다."

"알았으니까, 그만하라고."

법무부 고위 공무원인 남자는 교도관에게 신분증을 보여주더니 자신의 방문 기록을 지우도록 당부했다. 그가 떠나자 강인한은 방으로 돌아왔고 그런 그의 곁에 노새가 찰싹 붙어 앉았다.

"어떻게 됐어? 한대?"

"두고 봐야 해. 다음 달이면 확실히 알게 될 거야."

"그 사람이 그런 고급 정보를 정말 알 수 있을까?"

"그 정도 위치면 충분히 알 수 있어. 해 올 거야. 능력은 되고, 무엇보다, 잃을 게 너무 많거든."

강인한은 법무부에서 일하는 남자에게 비밀을 지키는 조건으로 매월 책 한 권을 보내라는 요구사항을 전달했다. 그리고 그 책을 보낼 때에는 책 가장 뒷면에 있는 바코드 밑에 그가 원하는 숫자를 아주 작게 순서대로 출력해서 붙이라는 단서 조항을 달았다. 당연히 남자는 이 부분을 받아들이기 어려워했다. 그도 그럴 것이 강인한이 그에게 요구한 숫자, 일련번호들은 각 지자체별로 그때까지 남아 있는 전입 거부권 수량이기 때문이다. 서울특별시가 올해 몇 장의 거부권이 남았는지. 부산시는 몇 장이 남았는지 매월 암호처럼 작성해서 책에 보일 듯 말 듯 붙여 달라는 것이다. 만약 그가 다음 달부터 이 부탁을 들어주기 시작한다면 강인한의 포지션은 이곳에서 확연히 달라질 것이다. 하찮은 먹잇감에서, 포식자. 그것도 천적을 찾아볼 수 없는 생태계 교란종으로 말이다. 이 작업이 성공한다면 강인한은 일단 우철식부터 작업할 것이다. 그래야 그 뒤의 계획이 이어질 수 있다. 강인한은 출소가 얼마 남지 않아 한껏 난폭해진 우철식을 처음으로 기분 좋게 바라봤다.

'두고 봐. 저 녀석은 곧 내 발이라도 핥을 테니.'

<Chapter 5> 2030년: 박사가 된 고아

[6월 10일 월요일 아침] 법무부 교정본부 미디어회의실

"지금부터 수감번호 파-2608의 거주지역 결정에 들어갑니다. 지자체에 거주가 허용될 경우 출소자에게는 보호관찰기간이 부여되며 지자체 내 전담경찰서는 감시책임과 수사권을 동시에 관할합니다."

설명이 끝나자 화면에는 전국에서 연결된 온라인 회의용 스크린이 오픈 된다. 각 지자체는 철저히 보안에 부쳐진 화상회의 시스템에 비밀번호를 입력하고, 참석 확인을 받은 뒤 회의에 참석할 수 있다. 화면에는 각 지역의 전입담당 주무관과 부시장급 핵심관리자들, 그리고 지자체별 경찰서장이 연결되어 있다. 진행을 맡은 법무부 미디어회의실에는 교정본부 관할 직원들이 나와 다음 달에 출소하는 강력 범죄자들의 희망 거주지역을 정리하는 중이다. 일부 출소 대기자들은 본인이 회의에 직접 참석할 것이며, 나머지 대기자들은 각자가 희망하는 지자체를 서면으로 제출해 둔 상태다. 회의 시작을 기다리며 각 지방 담당자들이 마이크를 끈 채 두런두런 대화를 나누고 있다.

"와, 이 새끼 이거 벌써 출소해요?"

대구 지역 담당자가 명단에 있는 네 번째 출소대기자를 보고 치를 떨자 경찰서장이 대답했다.

"그러게 말이다. 세월 참 빨라. 정작 이런 새끼야말로 감옥 안에서 죽어야 하는데…."

"그래도 얘는 무조건 천사도 아닐까요? 얘 그때 강간하려고 쇠망치 들고 뒤따라 가다가 머리 가격해서 식물인간 만든 놈이잖아요. 언론에서도 엄청 많이 다뤘고."

"맞아. 그래도 천사도를 갈지 아닐지, 그건 모르지."

"이놈을 누가 받겠어요? 얘 받았다고 소문나는 순간 거기 경찰서 민원 전화로 아마 폭발할 텐데?"

"그렇기는 한데 천사도도 인구관리 들어가서 지역별 거부권이 하필 올해부터 줄었잖아."

"아, 그러네. 그러면 그럴 수도 있겠네. 저 새끼 머리만 잘 쓰면, 천사도 안 갈 수도 있겠네요?"

"그러니까 말이야. 참…. 그것도 문제네. 이런 놈은 진짜 영구적으로 격리시켜야 하는데."

안 대통령이 취임한 지 3년밖에 지나지 않았지만 이제 강력 범죄자들은 형기를 마치고 출소를 해도 거주지역에 제한을 두는 것이 당연한 세상이 되었다. 오히려 그들이 일반인들 틈에 섞이면 그것이 사회문제가 되는 그런 세상이 된 것이다. 두 사람의 대화는 온라인 회의가 시작되자 잠잠해졌다.

"출소자 파-2608, 2005년 부산에서 연쇄강간 4건, 살인 1명으로 25년형을 마치고 이번에 출소합니다. 지금부터 수감자가 신청한 거주 희망 구역을 우선순위 순서대로 발표하겠습니다. 해당 지역은 전입허가 또는 거부권 사용을 결정해 주시기 바랍니다. 모두 아시는 바와 같이 이번 수감자는 1순위부터 3순위까지 총 세 군데의 거주 희망지역을 작성하였으며 세 지역이 모두 전입을 거부할 경우 특별행정구역인 천사도로 영구거주가 확정됩니다. 자 그럼 1순위."

화면 속 전입 담당자들의 표정에 긴장감이 역력하다. 제발 우리 지역을 고르지 말기를 바라는 듯.

"부산시 금정구."

"거부하겠습니다."

언급되기가 무섭게 부산시가 해당 범죄자를 거부한다. 그나마 부산은 인구가 많기에 거부권에 여력이 있는 편이다. 그리고 그가 범죄를 저지른 부산은 그를 절대 다시 받지 말아야 할 상황이기도 하다. 그에게서 첫 번째 거주 자유의 가능성이 사라졌다.

"부산시 전입 거부 확인했습니다. 2030년 부산시 거부권 30회 중 현재까지 총 12회 남았습니다. 참고하십시오. 다음은 거주 희망 2순위 지역입니다. 경상북도 울릉군."

두 번째 거주 희망 지역이 공개되자 법무부 사무실과 화면 속의 담당자들이 술렁인다. 울릉도는 인구가 적어 거부권 부여가 많지 않은데다 설령 전입하더라도 생활 터전을 잡기가 어렵기에 출소자가 거주 희망지역으로 선택하는 것도 극히 이례적이기 때문이다. 해당 지역 전입이 확정되면 10년이라는 보호관찰기간을 거쳐야 한다. 그래서 설령 전입이 허가돼도 직업을 구하거나 정착하기 어려운 지역은 출소자들도 기피하기 마련이다. 이런 복합적인 이유가 존재하기에 예상 밖의 선택을 받은 울릉도 담당자 역시 당혹스럽기는 마찬가지다.

"죄송합니다. 한 번 더 확인 부탁드립니다. 울릉도가 거주 희망지역 2순위 맞습니까?"

"네, 맞습니다."

울릉도 전입담당자가 마이크를 음소거로 전환하더니 경찰서장, 주민대표 등과 잠시 대화를 나눈다. 신중함이 더해지며, 고민의 흔적이 역력하다. 잠시 시간이 지나자 법무부 담당자가 말했다.

"울릉도 결정 대기시간 5분 남았습니다. 5분 안에 거부권 사용이 없으면 전입 허가로 인정됩니다."

안내가 끝나자 울릉도의 다시 켜진 마이크가 대답했다.

"울릉도 이번에 거부하겠습니다."

"울릉도 올해 부여된 거부권 3회 중 2회 소진됩니다. 알고 계시죠?"

"예, 알고 있습니다."

울릉도 담당자가 고민한 이유를 남아 있는 거부권의 수에서 모두 짐작할 수 있었다.

"좋습니다. 울릉도 전입거부 확인되었습니다. 마지막 거주 희망 3순위입니다. 서울특별시 금….'"

"거부하겠습니다."

서울특별시 담당자는 거주 희망 지역 공개가 채 끝나지도 않았는데 단칼에 거부권을 사용했다. 서울특별시. 그곳은 이제 강력범죄자들이 다시는 발을 붙일 수 없는 곳이다. 특별시다운 거부권 수량이 그들의 이웃에 흉악범이 거주하는 것을 허락하지 않기 때문이다.

"서울특별시는 올해 부여된 300회의 거부권 중 현재까지 134회가 남았습니다. 확인되시죠?"

"네, 알고 있습니다."

화면에 나타나는 여유 있는 서울특별시 담당자의 모습에 다른 지역 전입 담당자들의 부러움이 묻어 들어간다. 부러움일 수도, 불만일 수도 있는 그 감정은 아마 모든 지방이 느끼고 있을 것이다. 그런데 그때 전북 지역 담당자의 발언권 요청 빨간불이 들어왔다.

"전북 경찰청장입니다. 건의사항 있습니다."

예정에 없던 상황이지만 법무부 담당자가 규정에 따라 발언을 허락하자 경찰청장이 말했다.

"올해부터 지방 거부권이 전년도보다 많이 줄었습니다. 그런데 강력범죄자들은 계속 늘고, 서울은 오히려 거부권이 늘어나니까 출소자가 지방으로 쏠리는 경향이 있습니다. 그래서 말인데 천사도 자동 배정을 늘리거나 지방도 거부권 좀 늘려주면 안 됩니까? 이러다 동네 전체가 우범지역화될 것 같은데."

짜증이 섞인 전북지역 경찰청장의 건의에 다른 지방 전입 담당자들이 고개를 끄덕이며 무언의 공감 표시를 보낸다. 하지만 법무부는 앵무새처럼 지난달과 똑같은 원론적이고 무미건조한 대답을 내놓았다.

"네, 상황은 충분히 이해합니다. 그러나 아시는 바와 같이 현재 천사도 외의 특별행정구역은 아직 검토 단계에 있습니다. 우선 국회에서 예타 면제사업 선정 여부도 살피는 중이며, 설령 예산확보가 결정되어도 접근이 어려운 자연적 특징 등 천사도와 유사한 환경을 갖춘 섬을 발굴해야 하는 어려움도 있습니다. 무엇보다, 내년에 있을 대선 등 의사결정을 위한 주요 현안들이 해소되어야만 추가 예산편성 및 특별행정구역 확대에 대한 법무부의 명확한 결론을 내릴 수 있습니다. 그때까지는…."

법무부 담당자의 발언이 이어지자 마이크가 꺼져 있는 강원지역 담당자가 걸쭉하게 욕을 했다.

"저 새끼들 직접 대놓고 말만 안 했다뿐이지, 강력 범죄자 전입받기 싫으면 대선에서 안일한이 또 찍으란 소리를 지껄이는 거 아냐? 안 그러면 계속 지방에다 흉악범 꽂아 넣을 거라고. 지능적이네."

하지만 이런 불만이 있든 말든 법무부의 설명은 장황하게 이어졌다.

"전입거부권은 지역의 인구, 재정자립도, 세수 등 다각적인 여건에 대한 검토를 바탕으로 공정함과…."

법무부 담당자의 똑같은 설명이 이어지는 사이 두 번째 출소 예정자의 희망 거주지 신청서가 들어왔다. 현장에 등장한 두 번째 심사 대상자는 15년의 형기를 마친 당당한 체구의 60세 남자, 김팔성이다.

〈하루 전 청송교도소 운동장〉

"천 박사, 나 이번에 나가면 진짜 열심히 살 거야."

환갑이지만 근육으로 몸을 감싸고 있는 중년의 남자가 천 박사 앞에 무릎이라도 꿇을 기세로 찾아와 애걸복걸한다. 그 모습이 딱해 보였는지 옆에 앉아 있던 노새가 작은 목소리로 귀띔했다.

"15년 만에 나가는데 장애가 있는 아들이 하나 있대. 그거 뭐냐, 경력직 지능장애인가?"

"바까. 경계선지능장애."

"야, 난 외국인이니까 잘 모를 수도 있지!"

"그건 그렇고 이 아저씨 타이틀은?"

"폭행. 원래 연예인 경호원 하던 사람인데, 자기 아들 괴롭히던 애들을 학교에 찾아가서 작살냈어."

천 박사는 이해가 되지 않는 듯 고개를 갸우뚱했다.

"그 정도로 15년? 살인도 아니고 강간도 아니니까 천사도법 적용 예외 아니야? 이 아저씨 뭐지?"

"나도 자세히 못 들었는데, 아저씨한테 맞은 애들 중 하나가 손목이 꺾이면서 장애등급을 받았어…. 그런데 걔가 하필 엄청 유명한 변호사 아들이었나 봐."

김팔성의 아들은 어릴 때 소아마비를 겪어 다리를 저는 장애가 있지만 고교 시절 공부를 잘하는 우등생이었다. 하지만 같은 학년 남학생 세 명이 시비를 걸며 집단구타를 했고, 그때 머리를 심하게 다쳐 경계선지능장애까지 얻고 만 것이다. 그럼에도 학교는 가해 학생들의 부모 입김에 못 이겨 이 일을 쌍방폭행으로 흐지부지 덮어버렸고, 김팔성은 이런 불합리함을 참지 못하고 학교를 찾아가 자신의 아들을 폭행한 가해자들을 교실에서 똑같이 폭행해 버렸다. 그리고 이 일에 분노한 그들의 부모는 김팔성을 특수 폭행과 보복, 살인미수 등 무시무시한 죄목으로 고소한 끝에 그에게 15년이란 충격적인 형기를 선사하는 데 성공했다. 그들은 의사라는 자리를 이용해 장애등급이라는 증거를 얻어냈고 변호사라는 힘을 이용해 재판에서 우위에 섰으며 국회의원이라는 관계를 이용해 주변을 단속했다.

"저 양반도 더럽게 재수 없게 걸렸군."

천 박사가 김팔성을 향해 걸어갔다. 울상이 된 그가 고개를 들어 천 박사를 처연히 바라봤다.

"아저씨, 나가면 뭐 먹고살 건 있어요?"

"나야 아직 팔팔한데 노동판이라도 뛰면 되지."

"그럼 배도 탈 수 있어요?"

"배?"

김팔성이 당황한 표정으로 천 박사를 바라본다.

"네, 고깃배요."

"배는…."

"싫으면 말고요."

"아냐, 아니야. 탈 수 있지! 잠수함도 탈 수 있어. 나 천사도만 안 가게 좀 해 줘…. 우리 아들도 못 본 지 벌써 10년이 넘었어…. 부족하지만 이제라도 애비 구실 해야지. 어디서든 보호관찰기간 10년만 버티면 그때부턴 다른 데 가서도 살 수 있어. 그런데 천사도는 들어가면 평생 못 나간다 이 말이야…."

천사도는 한 번 전입하면 다른 곳으로의 전출이 영원히 불가능한 특별행정구역이다. 당연히 항구도 없고, 그 흔한 이동통신, 인터넷 서비스도 없다. 평범한 세상에서 누릴 수 있는 문명의 혜택이 전무한 그들 만의 섬이다. 천사도에 전입한 성 범죄자, 강력 범죄자. 나라가 버린 마약사범들끼리 그들만의 나라를 만들어서 그들의 규칙으로 자급자족하며 살아야 하는 교도소만도 못한 생지옥이 천사도라는 섬이다. 특히 전과가 10

범이 넘는 재범률 높은 범죄자들은 심사도 없이 천사도로 자동 거주 배정이 이뤄진다. 그만큼 악질들만 모이게 만들어진 구조다. 마치 인간 쓰레기 하치장처럼.

"좋아요, 어디 보자…. 아 그런데 아저씨 이름이…."

"아, 미안해요 천 박사, 내가 소개가 늦었네. 나 김팔성이라고 합니다."

"어, 김팔성? 아시안게임에서 동메달 딴 권투선수?"

천 박사의 옆에서 누군가 알아보자 부끄러운지 김팔성이 고개를 푹 숙인다. 천 박사가 골똘히 생각하다 자리를 털고 일어나 김팔성에게 따라오라고 신호를 보냈다. 김팔성이 벌떡 일어서 운동화도 제대로 못 신고 천 박사를 따라온다. 천 박사는 운동장을 걸으며 조용히 이번 달에 도착한 '성령으로 모든 것을 6월호'라는 서적을 펼쳐 읽기 시작했다. 김팔성은 영문을 모르고 천 박사를 졸졸 따르고 있다. 그런 그를 향해 천 박사가 말했다.

"1순위는 서울특별시 강남구."

"천 박사, 미안하지만…. 서울은 어차피 안 될 텐데?"

"2순위는 서울특별시 서초구."

천 박사가 자신을 놀리는 것 같다. 첫 두 번의 기회에 서울을 선택하다니…. 김팔성의 표정이 굳어진다.

"천 박사. 사람을 놀려도 유분수지. 내가 가방 끈은 짧아도 이걸 모르겠나? 내가 나이 육십 먹고 이렇게 부탁을 하는데…. 이건 아니지. 싫으면 싫다고 하지. 사람, 놀리는 것도 아니고 말이야! 서울이라고?"

흥분해서 화를 내는 김팔성을 무시한 채 천 박사가 말을 이어갔다.

"3순위는 경상북도 울릉도 울릉군."

천 박사의 마지막 말에 김팔성의 눈이 똥그래진다.

"이번에는 어차피 울릉도밖에 없어요. 그러니까 울릉도 하면 돼요."

"정말? 아니, 울릉도를 그동안 찍었던 사람이 있긴 있나 봐? 거기 생각은 한 번도 못해봤네. 울릉도만 가도 나야 감사하지. 천 박사 고마워…. 정말 고마워. 아니 그런데 그럼 서울은 뭐 하러 불러?"

"아저씨, 아저씨가 나가면서 그렇게 서울 거부권 두 장씩 날리게 만들어주면 나중에 다른 사람 나갈 때 좀 도움이 되니까…. 1순위, 2순위는 내가 말한 대로 서울로 해요."

그제야 이해가 된다는 듯 김팔성이 고개를 끄덕인다. 하지만 아직은 못내 불안해하는 눈치다.

"그런데 그러다가…. 혹시 울릉도가 거부권이 남아 있으면? 나 3순위에 울릉도 했다가…."

"아저씨. 저 못 믿어요?"

"아냐, 아냐 당연히 믿지! 무조건 고마워! 천 박사."

김팔성이 손사래를 치며 알겠다고 다짐한다.

"그리고…."

천 박사가 말끝을 흐리자 김팔성이 기억난 듯 밝게 웃으며 다짐을 했다.

"알지! 알아! 규칙은 당연히 지켜야지. 내가 천 박사가 말해 주신 건 반드시 비밀로 하고. 그리고."

"나가시면, 제가 부탁하는 일들은 두세 번 정도 도와주셔야 합니다."

"그럼, 물론이지! 천사도를 피하도록 도와주셨는데. 인간 김팔성이가 은혜는 꼭 갚아야지!"

김팔성이 감사해하며 떠나자 천 박사의 뒤를 따라오던 노새가 어리둥절한 표정으로 묻는다.

"천 박사. 지난주에 울릉도 거부권 남았다고 안 했어?"

"맞아. 남았어."

"뭐야, 그럼 저 아저씨는 그것도 모르고 3순위에 울릉도를 말하면 천사도 가는 거 아니야?"

"아마 그렇겠지."

노새는 천 박사의 행동이 이해가 안 된다. 조금 잔인한 그의 모습에 원망과 의구심을 담아 바라봤다.

"이건…. 너무하는데? 저 아저씨 사정 딱한 거 다 들었으면서…."

천 박사도 내심 마음이 불편한지 한동안 조용히 걷기만 하다 입을 열었다.

"천사도를 피하게 해주는 조건, 규칙이 뭔지 알지 노새?"

"물론, 네가 시키는 일은 반드시 한 번 이상 돕는다. 그래서 김팔성도 약속을 지킨다고 했잖아."

"그래…. 순서만 좀 달리할 뿐이야. 내가 저분에게 먼저 도움을 구할 일이 있어서. 어쩔 수 없었어."

노새는 여전히 그의 태도에 실망하는 눈치다. 천 박사가 김팔성에게 너무 과한 잘못을 했다고 생각하기 때문이다. 때마침 멀리서 그를 향한 교도관의 목소리가 들렸다.

"강인한! 면회다!"

그가 면회실을 향해 걷자 운동장에는 뿌연 먼지가 일어나면서 길이 열린다. 그렇게 그가 가는 곳에는 길이 생긴다. 어느새 그는 이곳, 청송교도소를 주무르는 천사도 박사가 되었기 때문이다.

그는 천 박사 강인한이다.

[6월 17일 월요일 정오] 서울특별시 청와대 영빈관 회의실

양광석 청와대 비서실장이 민국당 중진의원들과 안 대통령의 재선을

위한 대책회의를 이어가고 있다. 안 대통령은 여사와 함께 유럽 순방으로 약 보름간 자리를 비운다. 순방이라고 하지만 사실 한국에 아직 들어오지 못하고 있는 딸 레아도 만나고 답답한 청와대 생활에 스트레스를 토로하는 여사를 위한 가벼운 유럽 방문 일정이다. 양 실장은 예민한 시기에 이런 순방 일정을 잡은 대통령이 못마땅하지만 별수 없다. 2031년, 몇 달 뒤 다가오는 대선에서 그의 재선을 이끌어 내기 위해 민국당과 내각 참모들은 머리를 싸매고 있다. 대중적 인지도와 천사도법이라는 파격적인 공권력 강화를 통해 3년 전 대선에서 승리를 거머쥔 안일한 대통령이지만 재임 중 여러 가지 구설과 정책적 판단 실수가 중첩되며 재선 가도에 빨간불이 켜졌다. 그의 아내 역시 잦은 말실수와 외교적 결례로 국격을 훼손시킨다는 비난에서 벗어나지 못하는 중이다. 골칫덩이인 딸 안레아는 비산그룹 덕에 다행히 해외에서 조용히 지내고 있고, 일찌감치 캐나다로 유학을 보낸 아들도 시끄러웠던 어린 시절과 달리 아직 문제가 없지만 당내 분위기와 대중의 지지율은 재선을 장담할 수 없는 마지노선까지 떨어지고 있다. 그래서 정작 당사자 없는 재선 대책 회의에 모인 민국당 중진들과 내각 주요 인사들의 표정은 그다지 밝지 않다.

"양 실장, 이거는 말이죠. 이전과 너무 같은 방향으로 가는 것 아닙니까? 뭐 다를 게 없잖아요?"

회의자료를 보던 민국당 중진 오민관 의원이 입을 열었다. 그가 책상에 던지듯 내려 놓은 재선 대비 리포트에는 안일한 대통령이 4년 더 이 나라를 이끌게 만들기 위한 수십 가지의 공약과 선거 캠페인 전략, 홍보 방안, 상대 후보를 향한 네거티브 정보 등이 빼곡히 기재되어 있다. 하지만 정작 주요 내용은 4년 전과 크게 다르지 않아 보인다. 다른 참석자들의 표정에도 오민관 의원 말에 동의하는 듯 불신과 비아냥이 가득하다. 힘을 얻은 오민관 의원이 덧붙여 말했다.

"자세히 보면 말이죠…. 촉법소년 처벌연령 하향 및 보호자 연대책임 제도, 경찰관 실탄 사용 허가, 음주운전자 차량번호 빨간색으로 변경…. 참 나 양 실장. 솔직히 이게 문제가 아니잖아요? 지난 선거 때 대통령께서 공권력 강화로 재미를 본 건 맞는데 지지율이 바닥을 치는 건 경제도 안 좋고 외교 마찰도 많아서 아닙니까?"

"그렇죠."

양 실장이 어쩌면 조금 무책임해 보일 정도로 간단히 대답하자 오민관 의원은 한심하다는 듯 헛웃음을 짓는다. 다른 중진 의원들도 그런 양 실장에게 불신의 시선을 열심히 꽂아 넣는 중이다.

"지금 저쪽에서는 우리를 경제 무능, 외교불능, 삼청교육대 전문 정권이라고 싸잡아 비난하면서 지지율을 올리고 있습니다. 그런데 이렇게 어설프게 준비해서는 재선? 물 건너갑니다. 경선을 해야 할 수도 있다고요!"

잘난 척하며 오민관 의원이 떠드는 내용을 양 실장도 모르는 바 아니다. 하지만 어떻게 지금 당장 경제를 살리고 외교를 복원하겠는가? 일단 재선이 되고 내각 교체를 통해 자신의 앞날도 모르는 이 무능한 자들의 자리를 빼앗아 다른 이들에게 맡기는 혁신이 필요할 것이다. 그러기 위해서는 일단 안일한 대통령이 재선에 성공해야 한다. 야당이 정권을 교체한들 갑자기 침체된 경기를 띄우고, 실물경제를 빠르게 회복시킬 수 있을까? 글로벌경제가 하향 곡선인데 어차피 지금 정권을 잡고 있는 자들을 욕하기 위한 수단일 뿐 누가 와도 경제나 무역, 외교상황은 크게 달라지지 않는다. 그래서 지금은 누가 이기는가에 집중해야 할 뿐 경제상황이나 외교문제가 어떤지는 크게 중요하지 않다고 양 실장은 생각한다. 이 모든 생각들을 저들이 앉은 이 고급스러운 테이블 위에 싹 다 토해내 놓고 주워 담으라며 일갈하고 싶은 심정이지만, 그럴 수 없다. 지금은 적보다 동지가, 꾸짖음보다는 칭찬이 더 효과적인 시간이기 때문이다. 혼자 조용히 생각을 정리한 양 실장이 말했다.

"그거 아십니까? 개는 태생적으로 짖어요. 반가워도 왈왈, 화가 나도 왈왈, 배가 고파도 왈왈."

민국당 의원들이 양 실장을 기분 나쁘게 바라본다. 대통령의 지지율이 폭락하면서 당내에서는 양 실장을 하찮게 여기지만 만약 안일한이 재선에 성공한다면 그를 호락호락하게 여겨서는 안 되기에 서로 불편한 관계다. 비록 지금은 레임덕의 영향을 받고 있지만 안 대통령 체제하의 양 실장은 실세 중 실세이기 때문이다. 이제 더 이상 양 실장을 안일한 대통령의 단순한 하수인이나 그저 그런 똘마니 따위로 대접해서는 안 될 만큼 커버린 것을 여기 모인 사람들도 잘 알고 있다. 그런 그들을 여유 있게 둘러보며 양 실장이 말했다.

"그런데 말입니다. 이 짖어대는 개들 목에 채우는 조련기가 있어요. 음파감지기인데 소리를 내면 전기 충격이 가해지죠. 왈! 하는 순간 지직! 개들은 타고난 태생이 짖는 거지만, 고통을 느끼고 두려움을 느끼는 순간 짖는 태생마저 포기하기 시작해요. 소위 말해 길들여지는 거죠."

양 실장은 민국당 의원들을 둘러본다. 마치 강아지들을 둘러보듯. 안일한 대통령이 국회의원이던 시절 보좌관이던 자신을, 안일한 대통령이 법무부장관이던 시절 대민소통실장이던 그때의 자신을 한없이 무시하고 푸대접했던 사람들이 지금은 자신과 같은 테이블에 앉아 어떻게 하면 이 호의호식을 몇 년 더 연장할지 골머리를 앓고 해결책을 달라며 징징대고 있는 저 꼴이 우습다. 미소를 거둔 양 실장이 대화를 이어갔다.

"지금 우리는 앞에 있는 상대를 길들이지 않으면 반대로 우리가 한마디도 못하고 지지직! 당하게 될 겁니다. 대통령께서는 그 상황을 우려하시는 겁니다. 우리에게 주도권이 있음을, 저쪽이 쓸데없이 짖어 대면 지지직! 하고 누를 버튼은 여전히 우리에게 있음을 제대로 보여줘야 하는 거죠."

서당개 3년이면 풍월을 읊는다고 하지 않던가. 양 실장은 혀 하나로 대통령 자리까지 오른 안일한 대통령의 곁을 20년 넘게 지키는 중이다. 그런 그가 멈추지 않고 참석자들을 몰아붙이기 시작했다.

"말 나온 김에 재미있는 이야기 하나 들려드릴까요? 제가 실수로 사이비종교 행사장에 간 적이 있습니다. 스스로를 사이비라고 인정하지 않는 그들은 열심히 교회의 찬송가를 부르고 있었죠. 그런데 본디 아는 찬송가가 별로 없는 사이비들인지라, 준비 찬송으로 같은 곡을 다섯번이나 연이어 부르는 겁니다."

양 실장은 재미난 이야기라는 듯 흥미진진하게 떠들지만 나머지 사람들은 이자가 대체 무슨 이야기를 하려는 건지 불쾌한 표정으로 바라보고 있다.

"짜증은 나지만 이미 나가기는 너무 늦어서 별수 없이 저도 그들이 시키는 대로 노래를 따라 불렀지요.

'그의 뜻대로 살기로 했네, 죄 많은 영혼 구하신
그의 뜻대로 살기로 했네.'

그런데 그때 내 옆 사람 한 명이 훌쩍훌쩍 울기 시작했어요. 앞에 서 있는 진행자는 이미 눈물, 콧물범벅이 되어 있는 상태로 자신은 죄 많은 영혼이라며 다시 1절을 부르기 시작했죠. 그런데 말이죠… 내 뒷사람도 갑자기 따라서 울기 시작하더군요. 어이가 없었죠. 여기서 더 웃긴 게 뭐였는지 아세요? 나도 결국 다섯 번째 1절이 시작될 무렵 죄 많았던 내 과거를 떠올리며 눈물을 흘리기 시작했다는 겁니다. 그날 만약 내가 조금 더 그곳에 앉아 있었다면 아마 내 전화번호를 적고, 헌금까지 하고 나왔을지도 몰라요. 대통령께서 너 지금 어디에 있냐고 욕하면서 전화하시지 않았다면 말이죠. 그렇게 보니 저에게 대통령님은 대단한 은인이죠?"

그제야 양 실장의 농담에 참석자들이 함께 껄껄 웃는다. 함께 웃던 양 실장이 참석자들을 둘러보며 말했다.

"자, 농담은 접어두고 본론으로 돌아가서, 힘드신 거 알지만, 여러분과 저는 1절부터 다시 노래하러 가야 합니다. 어차피 듣는 사람들은 매번 똑같은 레퍼토리를 듣고 있습니다. 선거가 반복돼도 그놈이 그놈이고 무슨 이야기가 또 나올지는 어차피 모두가 알아요. 세금 깎아준다. 지하철 깔아준다. 지원금을 살포한다. 다 똑같죠. 매년 어떤 쪽에 돈을 써야 할지 고민할 뿐! 지껄이는 말은 거기서 거기입니다. 하지만 누가 얼마나 진심으로 눈물 흘리며 노래하느냐, 그것에 따라 그들도 함께 울며 지갑을 여느냐, 신고를 하느냐 달라지는 거죠. 사람들은 합리적 목표보다 무모한 희망을 사랑합니다. 대중들은 듣기 좋은 이야기에 열광하지 껄끄러운 이야기는 피하고 싶어 해요. 그런 그들에게 귀를 기울여 보세요. 웅성대는 여론 속에서 뭐가 들립니까? 맞아요. 바로 희망입니다. 무모한 희망. 해야 할 이야기를 하려 들지 마시고 저들이 듣고 싶어 하는 이야기를 들려주세요. 그게 여러분 역할입니다. 기다려 주시면 곧 재선 전략을 면밀히 보강해서 다시 뵙겠습니다. 분명한 건, 기세를 아직 우리가 쥐고 있다는 겁니다. 여전히 우리 정권입니다. 절대 잊지 마십시오. 지금도 우리가 주도권을 갖고 있다는 걸."

양 실장의 말에 민국당 의원들과 내각 참모들은 비록 속시원한 답은

얻지 못했지만 자신감과 기대감이라는 일말의 희망을 확인하고 자리에서 일어섰다. 덕분에 양 실장은 다시 시간을 벌었다. 물론 해결은 유럽 순방을 간 안일한 대통령이 돌아와서 해야 한다. 그때까지 양 실장의 머리는 터져 나갈 것이다. 비산그룹의 박 대표와도 논의할 것이 많다. 양 실장의 이야기를 끝으로 참석자들은 저마다 그와 악수를 나누며 회의장을 벗어나기 시작했다. 그런데 그 순간 양 실장의 스마트폰이 주머니 속에서 진동했다. 발신자가 표시되지 않는 번호지만 전화를 건 자가 누구인지 그는 이미 알고 있다. 목소리를 한껏 낮추고 그가 전화 속 남자에게 물었다.

"됐나?"

"안 되겠습니다."

"된다 안 된다 대답을 들으려 한 게 아니야. 되게 하라는 명령이지."

양 실장이 짜증 나는 표정으로 밖을 향해 걸었다. 잘 끝났다는 대답을 기다렸는데 결과는 영 딴판이다.

"저도 압니다. 그런데 그 녀석을 보호하는 세력이 너무 강해서 상당히 위험합니다. 되치기 당했다고요."

"그게 무슨 한심한 소리야. 왕 사장, 당신 이제 이런 일 하나 해결 못 하나. 배 불러?"

"제 말 좀 들어보십시오. 그 교도소가 오히려 녀석에게 득이 되고 있습니다. 홈그라운드라고요. 좋습니다. 가보시면 알걸요?"

"대체, 그 놈이 거기서 뭔데. 손도 못 댈 무소불위의 권력이라도 있다는 거야? 감빵대통령이라도 돼?"

양 실장의 질책에 망설이던 왕 사장이 기어들어가는 목소리로 대답했다.

"비슷하죠. 천 박사라면."

[6월 28일 금요일 오후] 경상북도 청송군 청송교도소

"강인한! 우편이다."

교도관이 바깥세상에서 온 소포를 전달한다. 소장실에서는 두 남자가 모니터 속 강인한을 뚫어지게 바라보고 있다. 하지만 강인한은 아랑곳 않고 카메라 아래 가장 밝은 자리에 앉아 자신에게 도착한 책을 꺼내 천천히 읽어 내려간다. '성령으로 모든 것을. 7월호' 10분… 20분… 30분… 모니터를 집중해서 관찰하던 교도소장은 지치는지 앞에 앉은 양 실장에게 조심스럽게 말했다.

"비서실장님, 뭐… 별게 없는데요?"

양 실장도 어이가 없다는 듯 웃었다.

"그러니까요. 뭐 별다른 게 없네요. 그나저나 저 책을 보낸 게 누구라고 했죠?"

"애인이요. 에스더라고 적혀 있던데, 미겔 에스더."

"외국인인가?"

"네, 가끔 면회도 옵니다. 필리핀 여자인데. 특별한 건 없습니다."

"면회를 온다고요?"

"네, 한국말을 곧잘 하더라고요. 그리고 강인한한테 영치금 좀 넣어주고."

"영치금 말고 그 여자가 넣어준 물건 중에 특별한 건 없었어요?"

"네, 전혀."

"아무것도?"

"네, 돈만 조금 넣고 가거든요. 여자도 조사해 봤는데 신원이 확실합니다. 필리핀 대사관 계약 직원이고요."

양 실장의 표정이 더 깊은 미궁 속으로 빠져든다.

"대사관 직원? 대체 둘이 어떻게 만난 사이일까…. 면회 내용 기록한 것도 특이한 게 없다는 말이죠?"

강인한이 그녀로부터 매월 소포로 받는 책은 평범한 월간 단위 종교 서적이다. 에스더가 보내는 저 종교 서적 말고는 강인한에게 통하는 외부로부터의 창구는 아무것도 없다. 결국 저 책 안에서 비밀을 찾아내야 한다. 그게 아니면 강인한 자체를 제거하거나. 양 실장은 더러운 일을 해결하는 왕 사장의 심부름센터를 통해 교도소 안에 있는 강인한의 제거를 지시했다. 재선을 앞두고 멀쩡히 살아 있는, 게다가 출소일이 대선에 앞서 다가오는 강인한은 안일한 대통령에게 상당히 불편한 존재기 때문이다. 그래서 사전에 싹을 잘라 두고 싶었다. 하지만 웬일인지 처음 강인한을 제거하려 했던 죄수 두 명이 역으로 교도소 안에서 치명상을 입었고 그 후 몇 차례 더 시도를 했음에도 아무도 강인한을 건드리지 못하는 실정이라는 소식을 접했을 뿐이다. 결국 화가 난 양 실장이 오늘 교도소를 직접 찾았다. 고아에다 끽해야 마약사범인 강인한이기에 쉽게 제거하리라 자신했지만 어찌된 일인지 그 쉬워 보이던 일은 그의 뜻대로 풀리지 않고 있다.

"저 친구가 박사라고 불린다고요?"

"아, 강인한이요? 네, 그렇죠. 천 박사요. 천사도 박사."

강인한은 교도소에서 출소하는 사람들에게 천사도를 피할 수 있는 희망거주지 선택 전략을 극비리에 제공하는 일명 천 박사로 통한다. 그런데 이런 강인한의 귀신 같은 도움도 아무나 받을 수 있는 게 아니다. 강인한은 철저히 그만의 규칙대로 사람을 골라가며 천사도를 피하게 도와주고 있으며 지금 밖에서 이뤄지는 강력범 거주지 선정 월간회의는 어처구니없게도 저 병약해 보이는 20대 죄수놈에 의해 좌지우지되고 있는 한심한 실정이다. 천사도법 집행이 이렇게 꼬이자 지자체에서도 서서히 불만이 터져 나오기 시작했다. 어디선가 중요한 정보 즉, 각 지자체별 잔여 거부권 정보가 새고 있다는 불신도 걷잡을 수 없이 증식하는 중이다. 천사도법은 재선에 도전하는 안 대통령에게도 상당히 중요한 의미를 지녔다. 대체 교도소 안에서, 강인한에게는 무슨 일이 있었던 걸까? 커피를 가져온 교도소장이 자리에 앉더니 마저 이야기를 시작했다.

"4년 전쯤, 강인한이 처음 수감되었을 때, 우철식이라는 골치 아픈 놈이 있었습니다. 조폭 두목인데 살인에 강도, 강간까지 저지른 중범죄자라 천사도법상 거주지 선택 기회가 한 번밖에 없는 말 그대로 인간 말종이었죠. 당시 녀석이 어디를 고르든 해당 지자체가 거부권을 행사할 게 뻔했던 데다 출소가 1월이라 각 지역에 거부권이 충분히 남아 있었어요. 그래서 우철식의 천사도 스트레스와 두려움이 엄청났죠."

"그런데?"

"네, 그런데. 이 녀석이 어느 날 아까 비서실장님이 말씀하신 수감자 두 명을 죽기 직전까지 폭행한 겁니다. 그것도 혼자요. 마치 무슨 귀신이라도 들린 놈처럼 운동장에 있는 두 놈에게 달려들더니 이목구비가 구분되지 않을 정도로 얼굴 전체를 짓이겨 놨죠."

그들은 양 실장의 지시를 받은 왕 사장의 심부름센터가 고용한 자들이다. 그때 당시, 강인한을 노리고 있었다.

"그 바람에 우철식 그 녀석은 형기가 늘어서 11월로 출소가 미뤄졌습니다. 징역 10개월이 추가되었거든요."

"고의로 출소일을 미룬 거군. 11월이면 지자체마다 보유한 거부권이 확 줄어들 테니. 영리하네요."

"네, 그렇게 보입니다. 그런데 그놈이 그럴 정도로 머리가 좋지 않아요. 게다가…. 그때부터 우철식이 강인한을 철저히 보호하기 시작했습니다. 그냥 챙겨주는 정도가 아니었어요. 웬만하면 아무도 강인한을 해코지할 수 없게 만들었죠. 티는 내지 않았지만…. 떠받든다고 해야 할까?"

"강인한을? 우철식이?"

"네, 말씀드린 것처럼 우철식은 조폭 실세라 교도소 안에 따르는 애들이 많았는데 그렇다 보니 우철식이 움직이면 다른 놈들이 강인한을 건드리기가 상당히 어려워지거든요. 그런데 더 놀라운 건 우철식이 강인한을 그렇게 싸고돌며 10개월이 지났을 때, 출소하면서 정말 천사도를 피한 겁니다. 딱 한 번인 기회였는데 말이죠. 그 바람에 유명한 천 박사가 탄생한 거죠."

양 실장의 눈이 조용히 커진다.

"솔직히 저희도 많이 놀랐죠. 그때부터 교도소 안에 소문이 났어요. 강인한이 천사도법 박사다. 강인한한테 잘 보이면 천사도를 피할 수 있다. 우철식도 출소하면서 교도소에 남은 동생들에게 강인한을 출소 때까지 철저히 보호하라고 당부를 하고 나갈 정도였죠. 그때부터였습니다. 강인한이 천 박사라고 불린 게."

양 실장이 볼펜 끝을 잘근잘근 씹고 있다. 서른도 안 된 애송이가 생명의 위협을 느끼다가 교도소 안에서 군림하게 된 방법이 기발하고 신기한 데다 위험하기까지 하다. 그렇다. 정말 위험하다.

"강력범들 입장에서는 납작 엎드려 구걸해야 할 왕이 나타난 거죠. 자신들의 여생에 대한 생사여탈권을 쥔."

양 실장은 골똘히 생각에 잠겨 있다가 전화를 걸기 시작했다.

"청장님. 수고가 많습니다. 네, 잘 지내죠. 그건 그렇고. 사람 하나 검거해 주십시오. 철식이라고…."

양 실장이 고개를 돌리자 교도소장이 조용히 대답했다.

"우. 우철식입니다."

〈Chapter 5〉 2030년: 박사가 된 고아

"우철식. 혐의는 뭐든 일단 잡아주십시오. 보호감찰 대상일 겁니다. 거기로 출소했다더군요. 아직 10년이 안 되었으니 관할구역에 있을 겁니다. 저희 쪽 친구들이 조사할 것이 있다고 하네요. 그래요. 수고하시고."

양 실장이 통화를 마친 뒤 교도소장실을 나서며 말했다.

"혹시 모르니 강인한에게 오는 물건 말고 교도소에 정기적으로 꾸준히 오는 물건이 있는지 감시해 주세요. 그리고 그게 강인한에게 전달되는지도요. 본인이 받지 않고 다른 놈을 통해 뭔가 받을지도 모르니까."

"네, 실장님. 연락 드리죠."

양 실장이 차에 올랐다. 기대와 달리 새로운 고민거리만 잔뜩 얻은 채.

"어디로 모실까요?"

"일단 청와대로 가지."

[6월 29일 토요일 아침] 강남호텔블루야드 뷔페 선셋테이블

박 대표가 조용히 앉아 조간신문을 보고 있다. 그는 신문을 좋아한다. 인터넷 기사는 언제든 다시 편집할 수 있고 광고를 겨냥한 무책임한 관심 끌기에 집중하지만 종이 신문은 역사에 남고, 수십만 부가 인쇄되어 세상을 떠돈다. 게다가 신문은 작성자가 누구인지 기자의 이름까지 붙은 채 책임감이라는 덕목을 안고 정보를 제공하기 때문에 믿고 취할 수 있는 거의 유일한 세상 소식이다. 더러운 소문과 무분별한 가십이 판치는 요즘, 이만한 정보의 바다가 없다고 박 대표는 믿고 있다. 여유 있게 신문을 읽으며 아침 식사를 즐기는 박 대표 앞에 낯익은 얼굴의 여자가 멀리서 다가온다. 모델처럼 큰 키와 탄탄한 근육, 아름다운 얼굴까지. 특급 호텔 조식뷔페에 나타난 그녀는 흡사, 공연을 위해 내한한 팝스타 같다. 하지만 그렇게 아름다운 그녀가 박 대표는 전혀 반갑지 않다. 또 무슨 말을 하려고 찾아온 건지 살짝 불안하기까지 하다. 경호원들이 다가오던 그녀를 가로막았지만 박 대표는 잠시 식사를 멈추고 그녀를 그냥 두라는 제스처를 보냈다. 그제야 경호원들이 길을 터 준다.

"형사님 부지런하시네요. 이른 시간인데 식사는, 하셨습니까?"

"아뇨. 목구멍에 모래알 같은 쌀이 까낄까낄해서 영~ 넘어가질 않더라고요."

"그럼 같이 하시겠어요?"

"신문에 뭐 재밌는 거 있어요? 또 누가 약 빨고 자살했나? 차라리 같이 안 하는 건 어때요. 식사."

유 형사의 대답에 박 대표가 웃으며 나이프와 포크를 내려놓는다.

"조강석도 죽고, 조 회장님도 돌아가시고. 저희 이제 볼 일 없는 사이 아닙니까?"

"나도 그럴 줄 알았죠. 그런데 여기서 살인 사건이 터지는 바람에 계속 이렇게 얼굴을 보네요."

박 대표가 답답하다는 듯 한숨을 내쉰다.

"후…. 형사님. 자살을 그렇게 말씀하시면 곤란합니다. 그것도 이미 종결된 지 3년 넘은 건을."

박 대표의 표정이 어두워진다. 하지만 유 형사의 눈은 이유를 알 수 없는 확신으로 가득하다.

"뭐, 할 말은 없어요. 증거도 없고, 증인은 죄다 약쟁이고. 정황은 백프로인데 정황은 아무 효과가 없으니까. 그런데 말이죠. 이제 살인사건은 공소시효가 없어졌어요. 신문 보시니까 그런 건 알죠?"

"정황이 백 프로라니 그것마저 뜻밖이네요."

여유를 찾은 박 대표가 다시 포크를 들고 식사를 시작한다.

"아들은 죽고, 엄마는 뽕쟁이에 몸 파는 년 소리 들으며 감옥 가고, 영문도 모르는 천생 고아 호텔 직원은 동성애자에 마약 빤 과실치사 피의자로 몰려서 감옥 가고…. 이 정도 정황이면 사건에서 냄새 나는 정도가 아니라 사실 이 바닥에서는 아예 상을 차려 놓은 거나 다름없거든요, 제사상."

다시 입맛이 떨어진 박 대표가 아예 식사를 마치려는 듯 냅킨을 빼서 테이블에 올린다.

"허하세요? 형사님?"

"뭐요?"

"그동안 미친듯이 쫓던 조강석이 죽고, 더 물고 늘어질 커다란 악마가 없어져서 허전하시냐고요."

유 형사가 박 대표를 노려본다.

"저는 월급쟁이일 뿐입니다. 어쩌다 오너 집안이 풍비박산 나서 운 좋게 전문경영인이 되었고, 다행히 조금 많아진 월급을 받게 되었지만 남들처럼 평범하게 아침이면 일어나서 옷 입고 출근하고, 퇴근하면 집에 가서 가족들하고 여가를 보내는 평범한 가장일 뿐이라고요. 허하신 건 이해하는데 저는 형사님이 기대하시는 그런 사람도 아니고, 이 사건도 연예계 뉴스에서나 회자될 에피소드에 불과하니 그만 찾아와 주십시오. 오늘 오신 건 제가 따로 어디에 이야기는 안 하겠습니다."

박 대표가 인심을 쓰듯 자리를 털고 일어서자 유 형사가 그를 노려보며 소리질렀다.

"내가 조강석 대신 새로 쫓는 게 꼴랑 박 대표 당신일 거 같아? 잔챙이 때문에 이러는 것 같냐고."

"아닌가? 그럼, 당신 언니 때문에 이렇게 집착하는 건가? 맞아요?"

언니 이야기에 유 형사의 눈에 분노가 맺혔다. 눈에 고인 화끈화끈한 것이 눈물은 아니라고 그녀는 믿고 있다. 이 작자 앞에서는 결코 눈물을 보이고 싶지 않다.

"이봐, 박창원 씨 당신 말 다 했어?"

"인연 끊고, 이름까지 바꾼 언니랑 얼굴도 모르던 조카가 죽었다고 십 수년 만에 없던 가족애가 되살아난 겁니까? 유 형사님, 정신 차리세요. 당신처럼 공적인 일에 사적인 감정 개입시키는 사람들 때문에 되려 나처럼 맡은 일에 집중해서 생업에 종사하는 애꿎은 사람들까지 피해 주지 말고!"

불쾌한 표정의 박 대표가 나가려 하자 유 형사가 말했다.

"당신을 이렇게까지 만든 사람. 내가 그 사람을 쫓는 거라면 어때. 그러면 체급이 좀 커지나?"

"대체 왜 이런 무모한 낭비를 합니까? 차애원, 아, 실명이 유지아라고 했나? 우리 유 형사님 언니. 그리고 당신 조카 차희재, 당신 조카랑 놀아난 우리 호텔 직원 강인한. 모두 현장에서 결정적 증거가 나왔고, 한참 전에 법적으로 끝난 일이에요. 그 끝난 일로 영업을 방해하고 협박하는 건 곤란합니다."

유 형사가 박 대표가 남긴 스테이크 접시를 자신의 앞에 끌어다 놓고 썰어 먹기 시작했다.

"이봐, 박 대표님. 내가 한민선이를 두 번이나 죽였거든? 물론 내 손으로는 아니지만. 당신이 싸고 돌던 그 개새끼한테…. 그때 내가 다짐한 게 있어. 다시는 같은 실수를 반복하지 않는다. 소중한 사람을 지킨다. 그리고 방금 당신 말처럼 나도 이번 사건에 지분이 좀 있거든. 다음에 내가 좀 확실해지면 그땐 식사 정식으로 같이 합시다. 경찰서 조사실에서. 뭐야, 스테이크 더럽게 맛없네."

유 형사가 나이프를 바닥에 던지더니 일어서서 나갔다. 그녀의 뒷모습을 박 대표가 경멸하듯 노려봤다.

"돌았네. 저 이쁘게 생긴 미친년."

같은 시각, 전남 목포경찰서 조사실

누가 욕을 하거나 때린다면 두려울 것이 없다. 이미 이 바닥에서 한참을 굴러 본 그에게 폭력과 폭언은 일상의 잡음일 뿐이다. 하지만 그보다 정말 힘든 건 아무 말도, 아무 행동도 하지 않고 이렇게 그냥 방치해 두는 것이다. 언제까지 이렇게 둘지, 왜 이렇게 두는지, 어떻게 하려고 그러는 건지 전혀 알 수 없다는 것은 불확실성이라는 공포를 안겨주기 때문이다. 우철식은 그 불확실성을 벌써 몇 시간 동안 체험하는 중이다. 그는 출소 후 10년이라는 시간을 죄 짓지 않고 살겠노라 굳게 다짐했다. 천 박사의 도움으로 그렇게 피하고 싶었던 천사도를 피했기에 개과천선의 계기를 맞이했다고도 볼 수 있다. 잘 나가던 조직의 유혹과 후배들의 지속적인 협박도 이겨내며 착실한 삶을 다짐하던 우철식에게 다시 한 번 찾아온 경찰의 호출과 조사는 그렇기에 두려움만큼 큰 의문을 안겨줬다. 그 순간, 정말 오랜만에 형사들이 아닌 양복을 차려 입은 남자 두 명이 조사실로 들어왔다. 불안하다. 좋은 징조가 아니라는 것을 그는 경험적으로 알고 있다. 경찰이 아니라면….

"우철식 씨. 맞죠?"

"그런데요."

퉁명스러운 그의 대답에 남자 두 명이 맞게 찾아왔다는 듯 우철식의 앞에 나란히 자리를 잡고 앉았다. 가방도, 서류도 없는 그들의 행색이 우철식은 더 근심스럽다.

"연고도 없을 텐데, 목포에서는 지낼 만해요?"

"그런데요."

"뭐하고 사는데요? 세발낙지 장사라도 하시나?"

우철식은 이들이 왜 자신을 찾아왔는지 못마땅하고 여전히 불안하다.

"바쁘니까 본론으로 갑시다. 출소할 때 원래는 조금 더 아래쪽에서 살게 될 거라고 알았는데. 아, 거긴 동쪽이라고 해야 하나? 하긴 뭐 그래도 둘 다 바닷가 근처지요. 아무튼, 용케 육지로 오셨네요?"

그들의 입에서 본론이 튀어나오자 우철식의 등에 식은땀이 흐른다. 왜, 천사도 이야기가 나오는 걸까?

"이번에는, 그런데요 하고 대답을 안 하시네요? 철식이 이 개새끼야."

두 사람이 우철식을 대하는 표정과 자세는 이제 완전히 바뀌었다. 그가 많이 겪어 본 장면이다.

"이 기생충 같은 새끼야. 어디 꼼수를 써서 공권력을 농락하고 선한 사람으로 사는 척 연기를 해!"

"검사님 무, 무슨 말씀이세요. 출소 후에 전 아무 짓도 안 했습니다. 맹세해요! 정말입니다!"

우철식이 겁에 질려 두 남자를 향해 자세를 바로 하며 울먹였다.

"그래? 철식아, 알아. 우리도 알지. 너 얌전히 지낸 거. 그거 모르면 그냥 뒀을까? 벌써 뭐라도 뒤집어 씌워서 콩밥공장에 보냈겠지. 맞다. 너 한 번만 더 들어가면 출소해도 바로 천사도 직행이지?"

남자들은 양복 안주머니에서 사진을 한 장 꺼내더니 두려움에 떨고 있는 우철식에게 툭 던졌다.

"사진 봐. 알지?"

"네, 네. 물론이죠. 압니다. 천 박사."

양복을 입은 남자들이 참지 못하고 피식 웃었다. 우철식이 두려움에 질린 채 두 사람의 얼굴을 번갈아 바라본다. 명색이 조폭 실세로 살인과 강도질을 일삼은 그도 천사도를 들먹이는 이들 앞에서는 한없는 약자일 뿐 그 이상도 이하도 아니다. 죄 지은 자들에게 천사도는 그런 곳이다.

"그래, 네가 그렇게 빨아대는 천 박사. 강인한이. 너 이 사짜 박사 새끼 덕에 목포로 온 거지?"

우철식은 쉽사리 대답하지 못하고 눈만 멀뚱멀뚱 뜨고 있다.

"대답 안 해? 너 이 새끼 불법적으로 강인한하고 공모해서 형기 연장하고 법 집행을 방해하고! 사적 이익을 취한 게 당장 구속 사유인 거 몰라? 평생 그 좆 같은 섬에서 노예처럼 살다 뒤지고 싶어?"

우철식의 눈에는 어느새 공포로 농도가 탁해진 눈물이 가득 고였다.

"아닙니다. 전 그냥 천 박사를 보호해 준 거고, 천 박사가 고맙다며 거주지 신청할 때 목포를 말해보라고 한 거 그게 답니다. 정말입니다."

우철식의 입에서 원하는 답이 나온 듯 남자 두 명이 마주 보며 웃었다.

"거봐…. 우리 말 맞네. 그래, 생각해보니 무식한 네가 무슨 잘못이냐 철식아. 그 여우 같은 놈에게 속은 등신일 뿐인데. 가만히 생각해보니 나쁜 놈은 강인한이. 그놈 한 놈이야. 안 그래?"

빠져나갈 구멍을 찾은 우철식이 힘차게 고개를 끄덕인다.

"자, 그럼. 철식아. 강인한이는 대체 그걸 어떻게 아는 걸까? 천사도로 안 가는 방법 말이야."

"그럴 리가 없는데…"

양 실장이 집무실 의자에 앉아 심각한 표정으로 보고서를 읽고 있다. 여전히 납득이 안 되는지 목포까지 내려가서 우철식의 조사를 마치고 온 두 사람을 뚫어지게 바라본다. 두 사람도 난처해한다.

"저희는 들은 대로 보고 드린 겁니다. 거짓말하는 것 같지 않았습니다."

"물론. 당연하지. 자네들을 못 믿는 게 아니야. 결과가 너무 예상 밖이라는 거지. 그래, 그만 가 봐."

우철식을 조사하고 온 검찰 두 명이 돌아가자 양 실장은 깊은 생각에 잠겼다. 교도소에 있는 강인한은 천 박사라는 별명을 얻고 그 누구도 위협하기 힘든 존재가 되어 수감생활을 지속하고 있다. 강인한으로부터 천사도 면피 티켓을 얻으려는 교도소의 실력자들이 그를 비호하는 이상 양 실장이라도 강인한을 제거하기는 어렵다. 그렇다고 마냥 강인한을 살려 두는 것도 찜찜하다. 강인한은 구속되는 그 순간까지 결백을 주장했으며 유 형사가 그의 마지막 진술을 확보한 사실도 양 실장은 알고 있다. 강인한이 입원한 병원까지 찾아간 유 형사는 강인한의 진술을 직접 듣는 데 그치지 않고 ABS의 오PD를 조사한 뒤 그가 소지했던 증거들을 훔쳐 간 소매치기의 행적을 추적하는 등 이 사건에 진심으로 매달렸다. 그런 상황에서 강인한과 유지아가 대선을 앞두고 출소하는 것은 안 대통령에게 결코 좋은 소식이 아니다. 안레아의 살인 의혹이 수면 위로 떠오르게 만들 수 있는 모든 증거와 증인은 세상에 존재하지 말아야 한다. 양 실장은 유지아는 해결할 방법은 준비해 놨지만 강인한을 제거하는 것에는 실패했다. 그리고 오늘 확보한 정보의 결론은 너무도 뜻밖이다.

"녀석에게 소스를 주는 이유가 뭘까… 이유를 모르겠군."

양 실장은 방금 들은 소식이 여전히 이해가 되지 않는다. 목포 조사 결과에 따르면 겁에 질린 우철식이 말하길 강인한에게 소스를 제공하는 방법은 모르겠지만 비산그룹의 높은 사람에게서 강인한이 도움을 받고 있다는 이야기를 들었다는 것이다. 호텔블루야드를 소유하고 있는 비산그룹. 그곳에 높은 사람이라면 많은 이들이 있겠지만 그날 안레아의 살인사건현장을 지우는 데 협조한 사람은 단 두 명이다. 호텔블루야드의 성 지배인과 박 대표. 박 대표는 성 지배인을 임원으로 승진시켜서 호텔의 유럽 지역 총괄 책임자로 이동시켰다. 그럼 남은 건 박 대표뿐이다. 양 실장은 이 문제가 더 이상 혼자 고민할 사항이 아님을 직감했다. 유럽 순방을 마치고 돌아와 피곤하겠지만 그는 즉시 대통령에게 향했다. 그게 누구든 자식 문제에 관심이 없는 사람은 없을 테니.

"대체 어떻게 된 건데?"

안 대통령이 이런 일 하나 혼자 처리 못하냐는 책망의 눈빛을 담아 양 실장을 바라봤다.

"강인한에게 천사도 정보를 넘기는 게… 아무래도 박 대표 같다고 합니다."

"비산그룹 박 대표? 아니, 자기도 공범인데 그놈을 보호한다고? 말이 돼?"

"저도 그게 납득이 안 돼서…"

"그리고 그 정보를 박 대표가 어디서, 어떻게 구해? 돈 주고 살 만큼 관리가 안 돼?"

"글쎄요…. 비산그룹은 돈이야 차고 넘치니 누구를 매수했을 수도 있고…."

"하여간, 공직 사회가 썩어가지고 말이야! 우리나라가 이래서 안 돼!"

안 대통령이 버럭 화를 낸다. 두 사람은 골똘히 생각에 잠겼다. 비산그룹 박 대표도 그렇게 멍청한 사람은 아니니 분명 무언가 이유가 있으리라 짐작하기 때문이다. 그렇다면 그 이유가 무엇일까?

"어쩌면 그놈이 협박한 걸 수도 있어. 자기가 출소하면 호텔에서 있었던 일 여기저기 들쑤시고 다닐 거라고. 박창원이는 지금 자기 자리 지키느라 정신없잖아. 그래서 일단 요구하는 걸 들어줄 테니 조용히 하라면서 강인한이가 원하는 정보를 제공하는 거지. 출소하면 돈도 좀 쥐여 준다 하고. 아냐?"

"듣고 보니 일리 있는 말씀 같습니다. 지금 박 대표 입장에서는 비산그룹 안에서 중요한 순간이죠."

"아니면…. 나중에 박 대표 그놈이 급할 때 나를 압박하는 데 쓰려고 강인한을 보호하는 건가? 그 망할 놈. 그럴 수도 있잖아? 아…. 갑자기 불안하네. 광석아, 차라리 네가 직접 만나서 박 대표한테 똑똑히 전하는 게 어때. 강인한은 네가 처리할 테니 쓸데없이 엮이거나 함부로 움직이지 말라고."

"제가 직접 나서서 해결해도 되겠습니까?"

"우리 이번 선거 제일 큰 자금줄이 비산그룹이야. 어차피 한 번은 만나야 하고 만약 거기서 헛발질하고 있는 거면 우리가 가르쳐야지. 그게 아니라…."

"그게 아니라 다른 꿍꿍이가 있으면 싹을 잘라 버리고요."

"그렇지."

"일단 제가 더 알아보겠습니다. 선불리 움직이기보다는 정확한 이유를 밝혀봐야 할 것 같습니다."

양 실장이 나가자 안 대통령도 생각에 잠긴다. 박 대표의 버릇을 초장에 고쳐주지 않으면 언제 자신의 뒤를 노릴지 모를 것이란 낯선 불안이 방금 엄습했기 때문이다. 생각해보니 박 대표가 선뜻 안레아의 해외 도피를 돕겠다고 나선 것도 못내 찝찝하다. 고민을 이어가던 안 대통령은 조용히 누군가를 호출했다. 그리고 곧바로 전화가 연결된다.

"아, 납니다. 수고 많아요. 다른 게 아니라 비산그룹 말인데…. 마지막 세무조사가 언제였죠?"

역시 장사치들의 버릇을 길들이는 건 이게 최고다.

[11월 4일 월요일 아침] 충남 공주여자교도소 화상회의실

　혹시 누가 알고 있을까? 공교롭게도 오늘은 그녀의 생일이다. 평소보다 중요한 의미를 담고 맞이한 생일을 맞은 그녀가 긴장한 표정으로 회의실에 들어섰다. 그녀가 어느 곳을 희망할지 각 지자체가 그녀의 목소리를 기다리는 중이다. 모니터로 연결된 회의실을 향해 신중히 생각에 잠겨 있던 유지아가 자신의 첫 번째 결정을 자신 있게 외쳤다.

　"경기도 광주."

　"거부권 사용하겠습니다."

　망설임도 없이 첫 번째 지자체가 거부권을 행사했다. 이제 두 번 남았다. 그녀는 초범이지만 마약사범이기에 천사도 법에서 규정한 거주지 제한 조치 확인 대상자다. 그래서 세 번의 거주 지역 신청 기회가 부여되었다. 하지만 첫 번째 시도부터 완강하게 가로막히자 적지 않게 당황스러운 눈치다. 마약 초범이기에 받아 주리라는 순진한 기대는 너무 자기중심적인 해석이었을까? 다시 그녀가 말했다.

　"충청남도…. 부여."

　"거부권 사용하겠습니다."

　다시 거부되었다. 의외다. 이제는 마지막이다. 벌써 두 군데의 지역에서 그녀는 거부 대상으로 지목되었다. 한때 스크린을 수놓았던 차애원이란 이름의 그녀는 이제 남은 단 한 번의 기회마저 날리면 물고기들도 피해 다닌다는 그 섬, 천사도로 향해야 한다. 유지아는 출소를 앞두고 진행하는 거주지 선정 절차에서 예상치 못한 거부권이 쏟아지자 당황한 나머지 결국 눈물을 흘리고 있다. 하지만 냉정한 법무부 담당자가 그런 그녀를 기다려 줄 리 없다.

　"빨리 진행하세요. 한 번 더 신청할 수 있습니다. 시간이 지나면 포기로 간주됩니다."

담당자의 재촉에도 불구하고 그녀는 쉽게 결정할 수 없다. 마지막 선택에 따라 남은 인생의 종착역이 확연히 달라지기 때문이다. 물론 그녀가 여생을 어디서 보내는지도 중요한 문제지만, 그보다 더 중요한 건 그녀의 아들 희재의 억울함을 풀어줄 기회를 얻느냐, 잃느냐의 문제이기에 감당할 수 없는 불안과 부담이 그녀를 짓누르고 있다. 그녀는 호흡을 가다듬으며 깊은 고민에 잠겼고 이윽고 한 군데를 떠올렸다. 마지막으로 기댈 수 있는 곳. 그녀가 태어나 자랐으며 한대성을 만나 사랑을 키웠던 추억이 서린 곳. 어린 시절의 추억이 잔뜩 묻은 그곳이라면 자신을 받아줄지 모른다. 더구나 화상회의 시스템으로 보이는 그곳의 전입 담당자는 이미 그녀가 잘 알고 있는 사람이다. 함께 학창 시절을 보낸 막역한 친구가 운명처럼 화면 속에서 그녀를 바라보고 있다. 그런데 웬일인지 그는 그녀의 시선을 외면한다. 날 잊은 걸까? 설마. 그게 아니라면 아는 사이라는 것을 숨기고 받아주려는 배려일까? 알 수 없지만 어차피 선택은 변하지 않는다. 그녀에게 남은 마지막 선택지는 그녀의 고향이다.

"강원도 춘천."

그녀가 어렵게 마지막 대답을 했다. 춘천 지역 전입 담당자가 즉답을 하지 못하고 망설이자 옆에 앉은 경찰서장과 부시장이 바라본다. 답답하다는 듯 기다리던 경찰서장이 대신 마이크를 잡고 크게 외쳤다.

"춘천, 전입 거부하겠습니다."

끝났다. 그녀의 친구는 결과가 나오자마자 자리를 털고 일어나 화면 속에서 사라졌다. 그 역시 미안함과 이렇게밖에 할 수 없는 여건이 가슴 아팠음을 무언의 행동으로 표시한 것이리라. 5분도 안 되는 시간 만에 그녀의 인생을 좌우할 행선지가 하찮을 만큼 성급하게 선고되었다. 천사도라고.

"아-7603. 유지아. 거주 희망 지자체의 3회 연속 거부로 천사도 전입을 결정합니다."

법무부의 확정 안내가 나오자 유지아는 회의실 바닥에 주저앉고 말았다. 단순히 천사도라는 지옥에서 여생을 보내야 한다는 두려움 때문이라고 저들은 생각하겠지만, 그건 눈에 보이는 작은 사실일 뿐이다. 그녀가 무너진 건 세상 밖으로 나가 아들 희재의 한을 풀어주려던 어미의 마지막 꿈이 유리 거울처럼 산산이 부서져 바닥에 흩어지고 말았기 때문임을 이곳의 그 누구도 모를 것이다. 아니, 어쩌면 그걸 알기에 그녀를 막고자 모든 지자체가 그녀를 전입받지 않기로 담합했을까? 상관없다. 이제 돌이킬 수 없는 결과가 나왔기에. 이로써 아무에게 말하지 않고 숨겨 둔 그녀의 비밀도 이제는 쓸모없는 쓰레기일 뿐이다. 천사도에 입도하면 다시는 세상과 소통할 기회가 없다는 것을 그녀는 잘 알고 있다. 지금 이 자리에 모인 누구에게 억울함을 호소해도 소용없다. 그녀가 교도소에서 보낸 4년의 시간 동안 아들 희재의 죽음은 수년 전 터진 동성연애자의 마약 자살 스캔들로 더럽혀진 채 사람들의 안줏거리로 가끔 등장할 뿐이다. 차희재의 죽음에 사활을 걸고 있는 것은 엄마인 자신뿐이다. 차희재의 엄마 차애원은 유지아가 선고받은 절망에 휩싸여 주저앉고는 다시 일어서지 못하고 있다. 하지만 다음 출소자에게 자리를 내주기 위해 그 시간마저 그녀에게는 충분히 허락되지 않았다. 부축을 받으며 그녀는 수감실로 돌아갔다. 이제 천사도로 가기 위해 출소할 준비를 해야 한다.

"희재야, 못난 엄마가 너무 미안해…."

같은 시각 청송교도소의 노새는 잔뜩 신이 나서 출소를 준비 중이다. 외국인이고 밀매 잡범인 그는 별도의 거주지 선택 절차 없는 일반출소자로 분류된다. 간단히 말해 그에게 출소는 진짜 자유인 것이다.

"잘 가, 노새. 보고 싶을 거야."

"고마웠어, 천 박사!"

"내가 도울 것도 없는 자유인인데 뭐. 오히려 내가 덕분에 외롭지 않고 고마웠지."

"너 아니었으면 나 같은 일본인은 어떻게 괴롭힘을 당했을지 사실 모르지. 아마…. 죽었을지도?"

노새는 재일교포로 일본과 한국 사이에서 마약을 포함한 다양한 밀매를 일삼다가 해경에 검거되었다. 하지만 운 좋게도 현장에서 발견된 마약은 모두 바다로 흩어져버렸고 단순 밀매 혐의만 인정받아 거주지 심사 단계를 거치지 않을 수 있게 되었다. 여러 번 적발되어 형기가 길기는 했지만 다행히 천사도 심사 대상은 아니다. 노새는 세상 밖으로 나가면 일본으로 돌아갈 계획이라고 했다. 그리고 그는 강인한과의 약속을 지킬 것이다. 강인한은 그렇게 믿고 있으며, 노새 역시 다짐했다.

"바로 일본에 가?"

"고럼! 전에 네가 말한 건… 그대로?"

"응, 그대로. 잊지 마."

강인한의 당부에 노새가 웃어 보인다.

"바까, 당연하지."

노새는 뭔가 생각났는지 강인한에게 조용히 물었다.

"그나저나…. 그 여자도 오늘인데 도와줬어야 하는 거 아니야? 에스더 통해서 도울 수 있었잖아."

강인한이 단호하게 고개를 가로저었다.

"그 아줌마가 나간다 한들, 혼자 상대할 수 있을까? 그리고… 내가 도와줬어도 어차피 못 나가."

"에에? 11월인데? 천 박사 이번 달 거부권 소진 지자체 리스트 있잖아. 그럼 충분히 승산 있지 않아?"

노새가 목소리를 잔뜩 낮추고 강인한에게 말했다. 하지만 강인한의 생각은 다르다.

"그 두 군데를 모두 알려줬어도… 그 여자는 아마 천사도로 갔을 거야."

"난다요~ 그게 말이 돼? 거부권이 없는데?"

강인한이 숨을 크게 한번 몰아쉬더니 노새를 바라봤다.

"거부권은 누가 부여하는데?"

"그거야 정부가… 설마?"

강인한이 고개를 끄덕이며 아직도 모르겠냐는 듯 노새를 바라보자 그의 눈이 휘둥그레진다.

"천 박사…. 정말 그렇게 생각하는 거야? 최소한의 정의도 안 남았다고?"

"백 프로. 정의 따위 기대할 만큼 세상이 온전하지 않다는 걸 우리도 여기서 몸소 느꼈잖아."

"아무리 그래도 거기까진 생각 못 했네."

"그래서 내게는 네 도움이 절실히 필요해."

강인한은 나갈 시간이 다 된 노새를 바라보며 악수를 청했다.

"걱정 마, 천 박사. 내가 나가서 자리 잡으면 바로 시작할 테니."

"오케이. 그럼 진짜 올 수 있는 거지?"

"그럼! 걱정 마, 나 아니면 그 구역에서 밀매할 수 있는 위인도 없으니까. 내가 가면 다들 반길걸?"

노새는 밀수로 검거되기 전 수차례 천사도에서 마약 거래를 해 본 경험이 있다. 항구나 등대도 없고 상선의 주요 해로 와도 겹치지 않는 천사도는 해경들조차 그다지 관심을 갖지 않는 방치된 밀매 요충지였다. 그걸 알 턱이 없는 정부는 그곳을 비산그룹으로부터 매입해 특별 행정구역으로 개발했고 노새는 한국 정부도 몰랐던 그 섬을 오갈 수 있는 풍부한 경험을 가진 소수의 사람 중 한 명이다. 노새는 어부이자 유명한 밀수꾼이었던 그의 할아버지에게서 천사도 가는 법을 틈틈이 배우곤 했다.

"내가 가는 건 걱정하지 말고. 네 계획대로 그 사람이나 잘 구워 삶아놔. 아무리 천 박사 너라도 첫 만남부터 실패하면 뒤는 없을 테니. 그가 널 돕지 않으면 나도 별수 없으니까."

"알았어, 걱정 마."

마지막 인사를 나누고 노새가 세상으로 나가자 강인한의 가슴 한 켠이 허전했다. 안전하지만 외로운 이 공간에 이제 정말 혼자 남았다. 혼자라는 기분을 다시 느끼자 문득 민선이가 너무 보고 싶다.

"미안해…. 너도 이런 기분이었겠구나.
기다릴 수 없고, 아무것도 할 수 없어서 죽고 싶은 기분…."

[12월 24일 화요일 아침] 경기도 과천시 법무부 회의실

"오늘 25명 중 마지막인 마-0956, 출소예정자 강인한에 대한 거주 지역 심사에 들어가겠습니다. 강인한은 마약 투약, 과실치사 등의 혐의로 4년형을 선고받았으며 총 3회의 거주 지역 선택권이 있습니다."

전국에 중계할 수만 있다면 시청률이 보장된 흥행카드다. 적어도 대한민국 모든 수감자들의 관심이 집중된 심사이기 때문이다. 본인 참석을 신청한 강인한이 현장에 등장하자 관계자들의 날카로운 시선이 그에게 박힌다. 한편, 다섯 시간 전, 올해 거부권을 모두 사용한 네 군데 지자체 담당자들이 법무부 사무실에 모였다. 사무실에는 이번 호출이 간단한 사안은 아님을 암시라도 하듯 법무부장관과 행정안전부장관, 경찰총장 등 핵심 인사들이 모여 있다.

"모두 오셨나 확인하겠습니다. 충청도 태안, 경기도 이천, 강원도 정선, 경상도 영천. 맞으시죠?"

호출된 지자체 담당자들은 자기 지역이 호명될 때마다 간단히 손을 들어 참석 여부를 확인해 줬다. 모두 모인 것이 확인되자 온화한 미소를 띤 법무부 장관이 이야기를 시작했다.

"아, 놀라지들 마세요. 뭐 잘못된 것도 없고, 오신 이유도 나쁜 일은 아니니까. 요즘 지방에 거부권이 많이 줄어서, 힘드시죠? 공교롭게도 오늘 오신 네 곳은 벌써 올해 거부권을 모두 쓰셨더라고요. 걱정이 많죠?"

법무부 장관이 본론을 숨긴 채 뜸 들이자 행정안전부 장관은 답답하다는 듯 끼어들었다.

"거두절미하고, 각 부처가 심사숙고한 끝에 오늘 모인 지역에 두 장씩 거부권을 추가 배정하기로 했습니다. 그러니 참고하시고, 만약 오늘 호명되는 지역이 있으면 배부된 두 장 중, 한 장은 꼭 오늘 집행하셔야 합니다. 자세히 말 안 해도 이해하시죠? 그리고, 다른 지역에는 절대 비밀을 지켜 주시기 바랍니다."

행정안전부 장관의 직설적인 말에 법무부 장관은 불만스러운 모습이다. 이렇게 대놓고 오늘 출소자가 전입하지 못하도록 신경 쓰라는 시그널을 보내고 싶지 않았기 때문이다. 두 사람의 상황이 어떻든 태안, 이천, 정선, 영천 담당자들의 표정은 한껏 밝아졌다. 이미 모두 소진한 올해 거부권을 예상치 못하게 얻어냈기 때문이다. 이는 주민들에게 희소식이다. 네 사람이 미소를 띠고 나가자 법무부 장관이 퉁명스레 말했다.

"최 장관, 너무 대놓고 말한 거 아냐?"

"아니 그렇게 돌려 말했다가, 무슨 뜻인지 모르고 덥석 그놈 받아 주기라도 하면? 법무부가 책임질 거야?"

"아무리 그래도, 너무 티 나니까."

장관 두 사람도 회의실을 나와 심사장이 보이는 별도의 공간으로 이동했다. 그리고 몇 시간 뒤, 심사실에 드디어 그 유명한 천 박사, 강인한이 등장했다. 자리에 착석한 강인한에게는 거주 지역 선택 기회가 세 번 주어졌고 그는 이제 세 번의 선택 안에 자신을 허락할 지역을 찾아내야 한다. 어쩌면 그는 이미 알고 있을지도 모른다. 어디에 거부권이 없는지, 어디를 선택하면 될지. 하지만 오늘은 다르다. 법무부와 행정안전부까지 나서서 그의 전략을 방어하려 애썼기 때문이다. 심사장에 들어선 강인한 본인보다 긴장된 표정으로 기다리는 법무부 직원들이 보인다. 그리고 반투명 유리로 가려진 사무실에 양광석 청와대 비서실장도 와있다. 한 명 남은 장애물을 오늘 반드시 치워야 한다. 그렇지 않으면 선거에 어떤 먹구름을 몰고 올지 예측이 어렵다.

"서울특별시 강남구."

모두가 긴장하고 기다리던 그 순간, 강인한이 별 고민도 없이 첫 번째 희망 지역을 외쳤다.

"거부하겠습니다."

서울특별시 담당자가 어처구니없다는 듯 웃는 모습이 화면을 통해 고스란히 방송된다. 천사도를 피하는 박사로 알려진 강인한의 첫 번째 선택이 의외로 허무맹랑하다. 부질없는 자신감의 표현이라도 하고 싶은 걸까? 그런데 그때.

"서울특별시 서초구."

강인한의 망설임 없는 두 번째 거주 지역 신청이 이어졌다. 고민 따위는 필요 없다는 듯 경솔한 선택이다.

"네? 거부하겠습니다."

서울특별시 담당자가 한 번 더 거부권을 행사한다. 의외로 빠르게 진행되는 거주 지역 결정 절차에 법무부도 당황한 눈치다. 저 녀석, 무슨 꿍꿍이일까? 법무부 장관, 행정안전부 장관, 양광석 청와대 비서실장 모두 의외의 상황에 놀라고 있다.

"서울특별시, 올해 남은 거부권 28회입니다. 확인되시죠?"

"네, 물론입니다."

"서울특별시 강동구."

서울특별시 담당자와 법무부 담당자, 두 사람의 대화가 끝나기도 전에 강인한이 세 번째 거주 희망지역을 외쳤다. 신중함이나 간절함은 찾아볼 수 없는 그의 무모한 선택에 심사장이 순간 고요해진다. 그를 지켜보기 위해 비밀리에 참석한 양 실장 역시 의아함을 감추기 힘든 표정이다. 양 실장은 거부권 상실 지역에 추가 거부권을 배부하면서까지 강인한을 천사도에 보내라는 지시를 했다. 그런데 그런 노력이 무색할 만큼 강인한의 선택은 빨리, 어처구니없이 끝났다. 그리고 결론은 원하는 방향으로 나왔다. 그들의 노력 여하와 상관도 없이.

"서울특별시 어서 대답하세요."

놀라서 멍하게 굳어 있는 서울특별시 담당자에게 법무부 담당자가 다급하게 소리쳤다.

"네? 아, 서울특별시…. 거절, 아니 거부, 거부하겠습니다."

강인한의 거주 지역 심사 절차가 일사천리로 종료되었다. 그리고 법무부 담당자의 최종 발표가 이어졌다. 그는 마치 이 상황이 빨리 확정되기를 바라는 듯, 말소리마저 이전보다 빨라져 있다. 하지만 정작 강인한은 그 발표조차 듣지 않고 평온한 표정으로 뚜벅뚜벅 대기실을 나가 버렸다. 주인공도 없는 빈 무대에 그를 향한 법무부의 냉엄한 결론이 공표되었다.

"출소예정자 강인한은 거주 희망지역 3회 연속 거부권 발생으로 천사도 전입이 확정되었습니다."

　반투명 유리로 가려진 사무실 안에서 정부 관계자들은 앓던 이가 빠진 듯 기쁘게 악수를 나눴다. 강인한이 천사도로 가게 되었다는 소식은 삽시간에 퍼질 것이다. 이제 골칫거리 천 박사는 없다. 그저 불쌍한 마약 중독자 한 명의 전설이 검증되지 않은 풍문처럼 남을 뿐이다. 이렇게 오늘 거주지역 선정 절차는 성공적으로 마무리되었다. 단 한 사람의 표정이 못내 께름칙한 것 빼고는. 양 실장은 즉시 안 대통령에게 연락을 취했다.

　"어떻게, 준비한 대로 잘 됐어? 삑싸리 난 건 아니지?"

　"네, 천사도로 확정되었습니다."

　"그래, 됐네. 지가 별수 있겠어? 고생 많이 했다."

　하지만 안 대통령과의 전화를 끊은 양 실장의 시선은 여전히 강인한의 뒷모습을 쫓고 있다.

　"저 녀석, 정말 무슨 꿍꿍이일까."

<Chapter 6> 2031년: 악마들의 섬

[1월 10일 금요일 오후]
경상북도 울릉군 천사도, 도지사 집무실

왜 이곳에 아무도 살지 않았을까? 선선한 바람과 구름 한 점 없는 하늘, 그 하늘을 거울처럼 담고 있는 투명한 바다를 보면 이 섬이 누구에게도 알려지지 않은 천사들의 비밀 낙원일 것 같다는 착각이 든다. 수십 년, 어쩌면 수백 년 동안 빗물을 담아 만든 섬의 지하수는 차갑고 달다. 아마 배를 접선할 항구가 있었다면 이곳은 세상 사람들에게 천혜의 관광지로 이름을 떨쳤을 것이다. 하지만 한대성 도지사가 집무실에서 내려다보는 지금 이 섬의 모습은 어쩌면 산 채로 경험할 수 있는 생지옥, 또는 그 이상이다. 처음 이 지옥에 왔을 때 그는 쉽사리 잠을 이루지 못했다. 아침이면, 어제 감은 눈이 다시 떠지지 않기를 바라곤 했다. 그런데 시간이 좀 지나자 가슴속에 응어리가 맺히면서 오히려 눈이 감기지 않는 자신을 발견했다. 속 편히 누워 잠을 청하는 자신이 경멸스럽고 딸을 잃고도 여전히 숨 쉬는 스스로가 부끄럽기까지 했다. 그날부터 한대성은 다짐했다. 잠들고 숨 쉬고 살아 있을 이유를 만들자고. 그런 생각에 미치자 그나마 이곳도 지낼 만한 곳으로 느껴지기 시작했다. 살아 있을 이유, 할 일이 생겼으니까. 차가운 천사도의 겨울 바람을 맞으며 바다를 바라보던 한대성 도지사가 나지막이 말했다.

"오늘 들어오나?"

"네, 두 명이요."

한대성은 이제 갓 서른이 넘어 보이는 남자를 물끄러미 바라본다. 그는 뭐가 그리 좋은 건지 연신 웃어 보인다. 이 섬에서 이렇게 속 편하게 웃을 수 있다는 건 모든 것을 포기하고 내려 놓았거나, 사소한 것의 소중함을 깨닫고 통달한 것이리라.

"여자면 좋겠지?"

"네, 되게 어린 여자요!"

한대성의 짓궂은 질문에 일강은 누런 이를 드러내며 밝게 웃었다. 순수한 목적도, 그렇다고 지독하게 사악한 심보도 아닌 그저 생물학적 욕망에 충실한 일강의 모습은 어쩌면 모든 것을 포기한 자의 인생이 아닌 아주 사소한 것의 소중함을 깨달은 자의 통달한 인생을 보여주는 것 같다. 지금 일강은 위장이 가득 차거나 고환이 텅 비거나 머리가 취해 온전치 않으면 행복하다. 사람이지만 짐승처럼 그럴 때만 행복하다. 여기선.

"요즘은 약 생각 아예 안 나니?"

"설마요, 맨날 나죠. 안 해 보셨죠? 약은 평생 못 끊어요. 죽어야 끝나요."

강렬한 유혹으로 그를 이곳에 오게 만든 마약은 여전히 그를 놓아주지 않고 있다. 그나마 이 섬에서 드문드문 자라는 대마가 일강의 유일한 위안거리다. 대화를 나누며 서 있는 두 사람의 머리를 쓰다듬듯, 차다 못해 따가운 바닷바람이 한 순배 스치고 지나간다. 한대성의 배려 덕분에 일강은 무서운 도민들의 손아귀에서 조금이나마 안전하게 지내고 있다. 물론 아무리 한대성 도지사의 부관이라고 해도 완전한 보호는 불가능하다. 실제로 앞서 부관이었던 형모의 시신은 아직 찾지도 못했기 때문이다. 고기가 부족한 이곳이라면 누가 먹었다고 해도 스릴러적인 농담보다는 진지한 소문에 가까워지기 마련이다. 그때 멀리서 헬기의 엔진소리가 들린다. 석 달에 한 번 오는 보급 헬기는 아니지만, 전입 주민을 태우고 날아오는 오랜만의 법무부 헬기다. 헬기장에 가기 위해 자리에서 일어서던 한대성이 갑자기 외마디 비명을 지르며 주저앉았다.

"또 허리예요?"

"응, 좀처럼 나아지질 않네."

"돌팔이한테 가 보라니까요."

"너나 가."

"그 양반이 여자한테나 그러지 잘 해요! 솜씨가 좋다고요. 물론 약에 취해 있지 않을 때 골라 가긴 해야지."

"정말 그렇게 잘 해? 돌팔이가 외과였나?"

"저 지난번에 조개 잡다가 갯바위에서 미끄러졌잖아요. 그때 팔꿈치 박살 났거든요? 그거 돌팔이 아저씨가 고쳐줬는데, 형들 말 들어보니까 원래 밖에서는 뼈박사라고 불렸대요. 명의라니까요. 명의."

"명의면 뭐해, 지금은 여기 있는데."

일강이 극찬하는 치료 솜씨의 돌팔이는 천사도의 유일한 의료인이다. 섬에 들어오기 전 유명한 외과 전문의였지만 마취된 여자 환자들을 상습적으로 강간한 것이 밝혀졌고 이는 그가 천사도의 유일한 의사로 평생을 살게 만드는 인생의 패착이 되고 말았다. 그새 멀리서 날아온 헬기가 한 대성과 일강의 머리 위를 잠에서 덜 깬 잠자리처럼 뱅글뱅글 돈다. 헬기는 거센 바다 바람 때문인지, 좁아 터진 헬기 착륙장 때문인지 쉽사리 착륙하지 못하고 있다. 그 후로도 5분을 넘게 내리다 말다 반복하던 헬기가 어렵사리 천사도의 헬기 착륙장에 자리를 잡았다. 검은색의 헬기에서는 법무부 교정당국 천사도 담당자인 공영만이 선글라스를 낀 채 내렸다. 여전히 짜증이 가득한 그의 인상은 변하지 않았다. 저 사람은 어쩌면 태어날 때부터 저 표정 아니었을까?

"아, 씨발 여긴 하여간 너무 좁아. 올 때마다 아주 그냥 추락해서 디질까 봐 겁난다니깐?"

올 때마다 불평이지만 그렇다고 그가 이곳의 환경을 개선시켜줄 생각은 절대 없다는 사실을 한대성은 잘 안다. 공영만과 함께 도착한 경찰 네 명이 헬기에서 두 명의 신규 입도민을 내려준다. 그들은 수갑을 차지도, 죄수복을 입고 있지도 않다. 이미 출소한 사람들이기에 당연하다. 하지만 그들의 표정은 수감되기 직전의 표정보다 더 어둡다. 마치 스무 살의 한창 피 끓는 청춘이 군대에 가기 위해 훈련소 앞에서 짓는 표정 같다. 하지만 실제 처한 상황은 그들보다 이 두 명이 훨씬 절망적일 것이다. 내리는 도민을 바라보던 일강의 표정이 갑자기 실망으로 가득 찬다. 신규 입도민은 두 명 모두 사내다.

"왜? 기지배가 올 줄 알았냐? 병신, 여긴 너처럼 나라 구석구석에서 죽어도 같이 못살겠다고 내놓는 악질 범죄자 새끼들만 기어 들어오는 데야. 여자가 올 리 있겠냐? 설령 여자가 와도 너는 취급도 안 해줄걸?"

공영만이 아쉬운 표정의 일강을 심하게 놀리며 깔깔거리자 한대성이 불편한 듯 인상을 구긴다.

"어우, 바다라 그런가 무지 춥네!"

한대성의 표정을 읽은 공영만은 재빨리 사무실로 걸어 들어가 자리를 잡고 본격적인 일을 시작한다. 그가 가방을 열어 저들의 과거와 현재가 들어 있는 두툼한 서류를 꺼냈다. 물론 저 서류에 이들의 미래는 없다.

"자, 서류는 나중에 도지사님이 천천히 살펴봐 주시고요. 일단은 보자보자, 저기 노란 티 입은 놈. 박현구. 살인 1명. 30년형인데 모범수로 25년 만에 나왔고. 거주지 신청 2회가 주어졌지만 광명, 천안에서 연속 거부권 행사로 천사도행. 앞으로 평생 여기서 자유인으로 살면 됩니다. 사회 있을 때는 중학교 기술 교사였고, 교도소에서도 전기 관련 공부도 계속 했더라고요. 어이구, 여기로 올지 몰랐나 보네?"

한참 어려 보이는 공영만이 반말로 놀리자 박현구는 그를 죽일 듯이 노려본다. 그들을 한대성이 중재했다.

"공 수사관님. 여기는 천사도입니다. 누가 어떻게 죽어도 이상하지 않은 곳이요. 그리고 이들은 출소한 자유인들이죠. 묶여 있거나, 투옥되어 있는 상태가 아닙니다."

그제야 섬뜩한 시선과 현실을 자각한 공영만이 박현구의 옆자리를 피해 만만한 일강 곁으로 자리를 옮겼다.

"섬에 전기 관련 손볼 거 있으면 박현구 씨에게 맡기면 되겠네요. 어차피 자급자족해야 하는 판국에."

한결 공손해진 말투에 박현구가 화를 삭인다.

"공 수사관님. 한 명을 죽였는데, 30년 형이나 받았다면 무슨 특별한 이유가 있나요?"

한대성 도지사의 단도직입적인 질문에 공영만이 험한 표정의 박현구 눈치를 본다.

"그건…. 서류를 보시죠."

"학생을 찔러 죽였소. 내 수업 시간에 기술은 과목도 아니라며 엎어져 자는 놈을 영원히 재워줬지."

공영만이 애써 대답을 피했지만 박현구가 담담하게 대답하자 그제야 공영만도 편하게 입을 열었다.

"우리 박현구 씨로 말할 것 같으면 싸이코패스 점수 26점. 26점이면 어느 정도인지 아시죠? 사형 선고받은 연쇄살인범 아저씨가 27점이니까 박현구 씨가 거의 삐까삐까하죠? 이곳에 아~주 잘 어울리는 분입니다."

어린 제자를 찔러 죽였다는 말에 한대성의 인상이 구겨진다. 이제 놀랍지도 않다. 여긴 이런 자들의 섬이다.

"공 수사관님."

"네, 말씀하십시오. 도지사님."

나이가 자신보다 열다섯 살은 많을 텐데 아직도 극존칭을 쓰는 한대성이 언제나 불편한 공영만이다. 하지만 딱히 친해질 필요도 없는 둘 사이이다 보니 공영만 역시 그를 편하게 대할 마음은 별로 없다. 그리고 이곳에서 외부인을 보호할 수 있는 유일한 책임자이기도 하다. 한대성이 자세를 고쳐 앉으며 공영만에게 말했다.

"아시겠지만, 입도민이 더 들어올 여건이 안 될 거 같습니다. 이제 곧 집도 다 차고, 보급도 빡빡하고요."

한대성의 말을 잠자코 듣던 공영만이 일강을 노려본다.

"야, 너 나가 있어."

공영만의 말을 듣고 일강이 혼자 나가려 하자 공영만이 대기하고 있는 신규 입주민 두명에게도 나가 있으라는 손짓을 한다. 그러자 일강이 박현구와 나머지 한 사람을 데리고 잠시 사무실 밖으로 나간다. 그들이 밖으로 나가는 것을 확인한 공영만이 한대성을 바라보며 말했다.

"도지사님 일단, VIP께서 섬 하나 더 준비하는 건 들으셨죠?"

"그건 VIP가 계속 VIP일 때죠."

한대성의 말에 공영만이 조금 불쾌하다는 듯 썩은 미소를 지어 보인다.

"아, 되시겠죠~ 어련히 연임하시지 않겠어요? 각하가 이룬 업적이 이렇게 많은데."

공영만이 자신의 앞에 다 식어 버린 믹스커피 잔을 들어 한 모금 마시더니 맘에 안 든다는 듯 남은 커피를 바닥에 뿌린다. 여기서나 귀하지 그에겐 하찮은 싸구려 커피니까.

"도지사님도 아시겠지만, 여기 사는 애들. 죄다 중범죄자예요. 살인, 납치, 강도, 강간, 마약. 출소 후 거주지 선정에서 지역구 거부가 평균 세 번이나 나온 놈들이죠. 여기서도 안 된다! 저기도 안 된다! 거기서도 안 된다! 우리는 같이 못산다! 세 번 헛스윙? 삼진 아웃! 즉, 나라가 버린 놈들, 국민들이 이웃으로 인정하지 않는 놈들입니다. 유복한 집 귀한 자제들이나 부잣집 어르신들이 콧바람 쐬러 놀러 오신 게 아니라는 거죠. 여기서 자기들끼리 살인을 하건 강간을 하건 동물의 왕국을 찍건 상관없습니다. 그러다 죽으면 그냥 도지사님은 사망 신고만 해주시면 되고. 좋은 여건을 마련하기 위해 괜한 고민하실 필요 없다는 겁니다."

한대성이 아무런 대답도 없이 창밖만 바라보자 공영만은 답답한 나머지 소파가 꺼지도록 푹 기대 앉는다.

"아, 혹시… 도지사님 본인 안전이 걱정되어서 그러시는 건가요? 쟤들 이상한 낌새 있어요?"

"아닙니다. 그런 거."

"그럼 그렇지. 그럴 리가 없죠. 어차피 쟤들도 알죠? 도지사님에 대해서."

"뭘요?"

"도지사님에게 문제가 발생할 경우 보급 헬기가 끊기고 여기서 그냥 지들끼리 알아서 살다 굶어 죽는 거."

"잘 알죠. 입도 첫날 교육에 포함된 내용입니다."

"그럼 별일 없겠네요. 그냥 좀 이해해 주십시오. 선거 끝나면 나아지지 않겠어요? 아, 여긴 투표하나?"

"국민도 아니라면서요."

공영만 수사관이 피식 웃는다.

"그건 그렇죠. 하긴, 도지사님은 나가서 하시면 되겠구나~"

거드름을 피우며 쓸데없는 잔소리만 늘어 놓는 그런 그를 한대성은 빨리 보내 버리고 쉬고 싶다.

"알겠습니다. 일단 기다려 보지요. 그나저나 바람이 더 심해지기 전에 출발하시죠. 잘못하면 못 가시겠는데."

　마침 하늘 저편이 곧 심술이라도 부리려는 듯 검게 꾸물대기 시작한다. 공영만의 마음도 덩달아 급해진다.

　"그런데 아직 전입인 브리핑이 한 명 남았잖아요. 저 새끼 요주의 인물인데."

　공영만이 입도서류와 당장 비라도 오려는 듯 어두컴컴해지는 하늘을 불안한 듯 번갈아 바라보며 나머지 한 명의 신상을 급하게 읽어 내려간다.

　"얘. 강인한… 어디… 하긴 얘는 뭐 특별한 기술도 없고 그냥 날뽕쟁이라 대충 풀어놔도 되겠네요. 금방 죽겠는데? 참, 지난달에 몇 명 죽었죠? 자리 많이 비었나요?"

　"네 명입니다. 실종자 한 명 포함."

　그 실종자는 강간범으로 입도했다가 한대성의 부관으로 근무했던 형모다.

　"오케이, 네 명 죽고 두 명 전입. 마이너스 이! 나쁘지 않네요. 그럼 서류는 직접 읽어 봐주시고요."

　공영만이 점점 어두워지는 먼 하늘을 바라보며 출발을 서두른다. 까딱해서 갑자기 날씨라도 안 좋아지는 날에는 헬기가 뜰 수도 없고 그럼 우범자들이 드글드글한 이 생지옥에서 하룻밤을 보내야 하기 때문이다. 공영만이 급히 짐을 챙기며 출발 준비를 하자 함께 온 경찰 네 명도 신속하게 헬기에서 보급품들을 내린다.

　"이건 선물입니다. 보급 헬기 오려면 아직 일주일 남았죠? 우리 도지사님 고생하시는 거 같아서 남는 공간에다 실어 온 거니까 저 짐승 새끼들 길들일 때 쓰십시오."

　공영만이 헬기에 싣고 온 라면, 세제, 과자, 비누 등을 내려 놓으며 온

갖 생색을 부린다. 한대성은 무미건조하게 고맙다는 인사를 건네고 법무부의 헬기를 보냈다. 멀리서 밭일을 마치고 들어오는 주민들이 보인다. 이렇게 한 걸음 떨어진 채 바라보는 천사도 풍경은 나름 평화롭다. 가까이 들어가보지만 않는다면 말이다.

저녁, 천사도 도지사 집무실
"더 궁금한 거 있나?"
그의 앞에 앉은 두 사람은 한 시간 정도 설명을 듣는 동안 단 한 번도 질문을 하지 않았다. 당연하다. 교도소 안에서 이미 이곳에 대한 이야기는 이골이 나게 들었을 것이다.
"다시 한번 말하지만, 여러분은 더 이상 죄수가 아닙니다. 여기서 자유롭게 살면 됩니다. 다만 이 섬의 특성상 병원이나 소방서, 경찰서 등 국가가 제공하는 공공 서비스는 전혀 없어요. 생존에 지장이 없도록 전기와 수도 정도만 제공되고 최소한의 생활용품과 식량 역시 정부에서 보급됩니다. 그러니 절약을 생활화하세요."
"여기가 북한이야?"
잠자코 듣고 있던 박현구가 짜증을 참지 못하고 불만을 내뱉는다.
"그럴 리가요."
한대성의 대답에 흥분을 참지 못하고 박현구가 대꾸했다.
"음식이랑 물, 전기는 줄 테니 이 섬에서 나갈 생각은 말아라. 이게 감옥이지 뭐야? 이게 자유야? 시바랄."
"그래서 세금도 안 걷잖아요. 그러게 왜 제자를 죽였어요. 이 미친 새끼야."
한대성은 이런 반응을 이미 여러 번 겪었기에 놀랍지도 않다. 그런데 오히려 놀라운 건 옆에 있는 침착한 젊은 남자의 반응이다. 강인한은 딴청을 부리며 시간을 때우다가 박현구의 불만이 끝나자 질문을 꺼냈다.

"우리는 출소한 거고 일반인과 똑같은 도민이니까, 법의 테두리만 벗어나지 않으면 무슨 짓이든 해도 되죠?"

이 신입 도민의 질문은 색다르다. 한대성도 그런 강인한에게 관심을 갖게 된다. 강인한이 한대성을 또렷이 바라봤다. 뭔지 모를 의욕에 가득한 눈빛을 실로 이곳에서 오랜만에, 아니 처음 마주하는 한대성이다.

"글쎄요, 안타깝지만… 법의 테두리를 벗어나도 상관없습니다. 살인을 하건 도둑질을 하건, 여긴 경찰도 군대도 없어요. 죽으면 그냥 사망신고만 이뤄지죠. 인구 관리는 해야 하니까. 대답이 되었나요?"

한대성의 섬찟하고 절망적인 설명에도 강인한은 유쾌하기 짝이 없다. 허세라도 부리려는 걸까?

"아름다운 곳이네요. 그야말로 천국이요."

한대성이 피식 웃었다.

"강한 사람들에게는 그럴지도 모르죠. 죽는 입장이 아니라 죽이는 입장에 가깝다면. 그런 면에서 자신 있나?"

자신보다 한참 어려 보이는 강인한에게 한대성이 먼저 자연스럽게 말을 놓는다. 강인한이 밝은 미소를 지으며 한대성이 따라 준 오렌지주스를 한 모금 마시고 말했다. 이 젊은이는 이 주스가 여기서 얼마나 귀한 건지 다음 달쯤 되면 알게 되리라. 만약 그때까지 용케 살아 있다면. 강간범이 아니니까 한대성이 손대진 않겠지만 기존 도민들은 이런 유약한 녀석을 군침 흘리며 기다리고 있을 게 뻔하다. 어떤 목적이든.

"도지사님 말씀대로라면 여기서 나가는 것도 불법은 아니겠네요. 내가 재주껏 나간다면 말이죠."

한대성은 이 젊은 남자의 의도가 궁금하고 조금씩 걱정된다. 이 젊은이의 무모한 자신감이 불러올 비극 때문에 자신이 귀찮아질까 봐.

"그래, 나갈 수 있다면 그렇지. 다만 천사도는 아까도 말했지만 항구도 없고, 공무 수행 목적으로 오는 헬기는 절대 주민이 이용해서는 안 돼. 지시를 위반할 경우 합법적으로 사살이 가능하니까."

"제가 뗏목을 만들어서 나가면요?"

한대성은 결국 피식 웃고 말았다. 이 초등학생 스무고개 놀이 같은 면담을 더 할 필요가 느껴지지 않는다.

"강인한, 넌 자유인이니까 마음대로 해. 그게 뭐든. 죽지 않고 할 수 있다면."

이미 박현구는 더 들을 것도 없다는 듯이 초기 보급물품을 챙긴 채 사무실 밖으로 나가 버렸다. 마지막 유의사항이 제일 중요한데 그걸 듣지도 않고 말이다.

"억! 으악!"

어두워진 사무실 밖에서 먼저 나간 박현구의 비명 소리와 신음 소리가 섞여 흘러 들어온다. 그럴 줄 알았다는 듯 한대성이 혼자 남은 강인한에게 마지막 유의사항을 설명했다.

"마지막 주의사항은 입도 첫날, 강도를 조심하라는 거야. 정착 초기에는 보급물품이 많아서 기존 도민들의 타깃이 되곤 하거든. 그래서 첫날 숙소까지는 내가 직접 바래다준다. 박현구는 하필 그걸 못 들었군."

박현구는 이미 초기 보급 물품을 모두 털린 채 문밖에 누워 정신을 못 차리고 있다. 그런 박현구가 이상할 게 없다는 듯 부관 역할에 충실한 일강이 그를 들쳐 업고 돌팔이의 집을 향해 낑낑대며 걸어간다. 돌팔이가 이미 약이나 술에 취해 잠들어 있다면 박현구는 운이 없게도 입도 첫날 죽을지도 모른다.

"역시 천사도네요."

"넌 여길 아직 몰라."

강인한은 궁금한 게 남았는지 다시 입을 열었다. 정말 말이 많은 녀석이 들어왔다고 한대성은 생각한다.

"그런데 말이죠, 한대성 도지사님."

숙소로 안내하기 위해 방한복을 겹쳐 입고 나갈 채비를 하는 한대성에게 강인한이 말했다.

"그때 말이죠. 어쩌면… 지킬 수 있지 않았을까요? 딸이요. 민선이."

예상 밖의 이야기다. 지금까지 침착했던 한대성의 마음에 녀석이 기름을 부었다. 아주 오래 잊으려 애써왔던, 그리고 조심스럽게 간직했던 시린 기억을 오늘 처음 본 이 개념 없는 어린 녀석이 들춰낸 것이다.

"너 뭐라고 했어."

"지킬 수도 있지 않았을까라는 후회가 되지 않으시냐고요. 전 정말 죽고 싶을 만큼 후회하거든요."

"너, 이 새끼 누구야. 뭐 하는 놈이야."

한대성의 눈이 십 수년 전 그날의 기억으로 잔인하게 번뜩인다.

[날짜를 알 수 없는 1월 어느 날]
경상북도 울릉군 특별행정구역, 천사도
"이, 씹어먹어도 안 아까운 쥐새끼 같은 놈. 내가 네놈에게 감정이 최악인 건 잘 알 텐데?"

"너무 잘 알죠."

"네놈이 도지사 치마폭에 싸여 있지만 않다면 넌 이미 찢긴 육신도 못 찾았을걸. 내가 씹어 먹었을 테니."

"맞아요. 그것도 알죠."

"그래? 알고도 왔다면 뒈질 각오도 되어 있지?"

강인한을 향해 서슬 퍼런 눈의 김팔성이 서서히 다가오지만 정작 그는 눈 하나 깜짝 안 하고 있다. 강인한이 천사도 김팔성의 집을 찾았다는 것은 정말 죽을 각오를 했다는 뜻이나 다름없다. 강인한에게 그토록 천사도를 피하게 도와달라고 했던 그였기에 결국 천사도로 오게 된 김팔성을 직접 찾아온다는 것은 강인한에게 자살 행위와 같다. 하지만 지금 강인한은 그와 마주 보고 서 있다. 모험을 해야 하는 순간임을 잘 안다. 마치 청송에서 우철식에게 그랬듯.

"그나저나 아저씨 주먹은 여전하신가 봐요. 여기서 아무도 아저씨를 건드리지 못한다는 걸 보면."

"꺼져, 그 입부터 찢어 죽이기 전에. 네놈이 장난 친 덕에 난 울릉도 대신 이 섬에 왔으니까."

김팔성이 애써 화를 삭이는지 강인한의 얼굴은 보지도 않은 채 중얼거렸다. 이유는 알 수 없지만 도지사의 각별한 당부가 있었다. 강인한을 손대지 말라는. 이곳에 살다 보면 도지사의 부탁은 거절하기 힘들다.

"도지사가 널 왜 감싸고 도는지 몰라도, 한 번만 더 찾아오면 도지사고 뭐고, 넌 내 손에 찢겨 죽어."

그런 김팔성이 전혀 두렵지 않은 듯 강인한은 김팔성의 집 여기저기를 구경하며 여전히 나가지 않고 있다.

"아들 소식은 들었어요?"

"날 이렇게 만들고 그걸 물어? 이 벌레보다 못한 놈. 안 되겠다. 너, 오늘 날짜 기억해라. 네 제삿날이니까."

아들 이야기에 흥분해서 주먹을 날리려는 그를 향해 강인한이 다급히 말했다.

"잠깐만요. 곧 만날 수 있어요. 아저씨 아들."

"뭐? 이 사기꾼 박사 새끼. 너같이 세치 혀로 남의 인생 가지고 장난질하는 놈을 내가 또 믿을 것 같아?"

김팔성의 말에 강인한이 품속에서 사진 한 장을 꺼내 내민다. 사진을 본 그의 동공이 놀라움으로 커졌다.

"우리 수범이…. 수범이가 어떻게…."

"제가 말했잖아요. 곧 만날 수 있다고. 그거 지난달에 찍은 거예요. 수범이는 잘 지내고 있어요."

"얘가 어떻게…."

"지금 울릉도에 있어요. 미리 말씀 못 드려서 죄송해요. 아저씨보다 수범이를 먼저 옮겼어요."

한참이나 아들 사진을 들고 서 있던 김팔성이 드디어 강인한에게 입을 열었다.

"내가 뭘 어떻게 도와야 하지, 천 박사?"

그제야 긴장이 풀린 강인한이 희미하게 웃었다.

"일단은 여기서 저랑 사람 한 명만 더 찾으시죠. 그것부터 시작하죠."

"아직 멀었어요?"

"거의 다 왔어."

천사도라는 섬 자체가 외진 섬이지만 그 섬 안에서도 그녀의 집은 상당히 후미진 곳에 있다. 강인한이 거친 숨을 몰아 쉬며 성큼성큼 걷는 김팔성의 뒤를 따른다. 1월의 한기 가득한 날씨임에도 이마에는 땀방울이 송글송글 맺혀 올라온다.

"팔성 아저씨. 그때는 죄송했어요. 걱정 마세요. 이번에는 약속을 꼭 지킬 테니까."

"수범이나 잘 챙겨 줘. 착한 녀석이야."

"당연하죠. 그건 그렇고, 그때는 왜 그랬던 거예요. 가해자 애들 셋이나 아주 곤죽을 만들었다면서요."

김팔성이 아무 말 없이 조용히 앞만 보며 걷는다. 숨겨뒀던 기억을 꺼내느라 오래 걸리는 걸까?

"우리 수범이는 눈에 세상을 가득 담고 사는 애야. 꿈이 많고, 밝은 아이였지. 소아마비를 앓았어도 그게 장애가 아니라 극복할 용기를 주는 신의 선물이라고 말할 만큼 착했어. 그 아이의 존재감은 나 자신을 가려버릴 정도로 컸지. 나한테는 그 녀석이 우주고, 세상이었어. 부모에게 자식은 그런 존재야."

숨이 찬지 김팔성이 잠시 멈춰 서서 강인한을 바라본다.

"아마 네 부모도 널 그렇게 생각했을 거야. 그런데 어느 날, 그런 소중한 아들이 지적장애가 생길 만큼 맞고 왔어. 그런데 그 못된 짓거리를 한 놈들은 애비들 빽 덕에, 어린 나이를 무기 삼아 아무런 처벌도 없이 평소처럼 지내더군. 멀쩡하게 교실에 앉아서 웃고 떠들었지. 정작 우리 수범이는 병실에 누워 한참이나 정신을 못 차렸는데도 말이야. 세상은 불공평했어."

"맞아요. 불공평하죠. 그래서 저도 바로잡아 보려고요. 그런데, 아직 멀었어요? 바로잡기 전에 걷다 죽겠네."

"다 왔어."

강인한과 김팔성이 거의 도착한 그때 그녀의 집에서 걸어 나오는 익숙한 실루엣의 한 남자가 보였다.

"젠장, 하필 지금 또 여기 있네. 오지 말라고 했는데."

유지아의 집에서 나오는 한대성을 보며 김팔성이 낭패라는 듯 중얼거렸다.

"어? 도지사님이네? 도지사님이 왜 저 집에서 나와요?"

"글쎄, 연애라도 하나 보지."

대수롭지 않다는 듯 김팔성이 앞서 걷는다. 세 남자의 거리가 점점 좁혀진다.

"안녕하세요."

한대성을 향해 강인한이 웃으며 인사를 건네지만 그의 표정은 이미 구겨져 있다.

"김팔성 씨, 제가 분명히 말했을 텐데요. 여긴 오지 말라고."

"네, 알죠. 저는 당연히 안 갑니다. 이 애송이가 하도 여길 알려달라고 안달해서 그저 길만 안내한 겁니다."

김팔성이 한대성의 허리에 채워진 권총을 보며 한 발짝 물러선다. 한대성은 강인한을 노려봤다.

"초대한 적 없는 손님이 자기 마음대로 들어오더니 이제는 모든 것을 자기 멋대로 바꾸려 드는 것 같군. 강인한, 내가 널 잠시 보호해 주기로 했지만 여기에도 엄연히 규칙이 있어. 이런 곳에 존재하는 규칙은 최소한이고 절대적이지. 그런데 넌 지금 그걸 카펫처럼 깔아 놓고 멋대로 밟고 있다는 거. 알아?"

"그럼 다른 사람들은 초대받고 여기 왔나요? 초대받은 건 도지사님이지 저나 저들은 아닐걸요."

"말대꾸 그만하고 돌아가. 그리고 다시는 이곳에 나타나지 마."

당황한 김팔성이 강인한의 팔을 잡아 끌었지만 강인한은 꼼짝하지 않았다.

"저분과 미래에 대해 이야기를 하고 싶을 뿐이에요."

"미래? 여기 미래가 있을 것 같아? 지금도, 과거도 지옥인 여기에?"

"없죠. 알아요. 그럼 아쉬운 대로 과거를 이야기하죠 뭐. 도지사님과, 차 여사님과, 제 과거. 아! 유 여사님."

한대성이 깜짝 놀라 강인한에게 한 발 다가섰다.

"너, 또 뭘 하려는 거야."

"궁금하시면 같이 들으세요. 그래도 괜찮으니까."

강인한이 겁도 없이 한대성을 지나쳐 유지아의 집으로 향한다. 한대성은 허리에 올렸던 손을 내리고 강인한의 뒤를 따랐다. 다시 자신의 집으로 돌아오는 한대성과 강인한을 창가에서 유지아가 바라본다. 잠시 뒤 그녀의 현관에 정말 오랜만에 노크 소리가 들렸다. 여기 온 후 누군가 노크를 한 것은 처음이다. 모두 그냥 들어오려 하거나 몰래 들어오려고만 했지. 물론 그러다 한대성의 총에 맞아 죽었지만.

"여사님, 안녕하세요? 저, 차 한 잔만 주시면 안 돼요?"

갑자기 찾아온 강인한의 부탁에 유지아는 잠시 멍해진다. 그녀가 어쩔 줄 몰라 한대성을 바라봤지만 그 역시 이야기를 들어보자는 듯 보일 듯 말 듯 고개를 끄덕인다. 그제야 그녀가 강인한을 집 안으로 들였다.

"여기서 차 한잔이, 얼마나 귀한 건진 알아? 새로 온 친구?"

유지아는 집 한가운데 놓인 식탁으로 한대성, 김팔성과 강인한을 안내했다. 주방의 찬장을 열자 그녀가 아껴 뒀던 믹스커피 네 개가 보인다. 차애원은 주전자에 물을 끓여 큰 대접에 믹스커피 두 개를 넣고 물을 붓는다. 그리고 컵 세 개에 나눠 담아 식탁으로 들고 갔다. 커피를 기다리던 김팔성이 맛있게 믹스커피를 한 모금 마셨지만 정작 차를 내 달라던 강인한은 커피에 손도 대지 않는다. 의심 어린 눈빛으로 바라보던 유지아를 향해 강인한이 입을 열었다.

"에스더… 기억하시죠?"

유지아가 깜짝 놀라 강인한을 바라봤다. 그녀의 머릿속에 또렷이 남아 있다. 그녀를 찾아왔던 낯선 젊은 여자, 한국 말이 어눌했던 그녀.

"네가 그 여자를 어떻게 알지?"

"그야 잘 알죠. 그 친구를 내가 여사님에게 보냈으니까."
"설마, 그럼 네가 강인한이야?"
유지아가 깜짝 놀라 한대성을 바라보자 한대성이 조용히 고개를 끄덕였다.
"맞아요. 제가 여사님 아들 희재의 동성 애인 강인한. 정확히는 애인이라고 알려진, 강인한입니다."
강인한의 밝은 미소가 진짜 미소인지 소름 끼치는 무엇인가를 숨기기 위한 연기인지 유지아는 알 수 없다.
"네가 여기는 왜 온 거지? 나를 찾아서 여기까지 오지는 않았을 거고. 세 번의 기회를 바보처럼 다 놓쳤나?"
"글쎄요. 저나 여사님이나 오고 싶어서 온 건 당연히 아니죠."
"좋아, 그럼 내게 무슨 말을 하고 싶은 거지? 우리 아들 억울한 거만큼 너도 억울하다는 말이라도 하게?"
"며느리라고 찾아온 건 아니니까 안심하세요, 여사님."
강인한이 그녀를 잠시 바라보다 한대성에게 시선을 옮겼다. 마치 둘이 함께 잘 들으라는 듯.
"여사님, 그날 에스더에게 했던 말…. 기억해요?"
"내가 했던 말? 글쎄, 무슨 말인지…. 모르겠는데?"
방금 전까지 미소를 짓고 있던 강인한의 표정이 차갑게 식는다. 화가 나거나 실망한 표정은 아니지만 알 수 없는 냉정함과 복수심이 엿보이는 표정이다. 강인한이 자리에서 일어서며 말했다.
"유 여사님. 아니, 희재 어머니."
한참만에 들어보는 아들의 이름에 유지아의 감정이 흔들린다. 유지아를 통해 희재가 자신의 아들임을 알게 된 한대성의 표정도 슬픔으로 일그러진다. 영리한 강인한은 일부러 희재의 이름을 꺼냈을 것이다.

"그때 에스더에게 말했잖아요. 당신 인생, 그리고 아들의 목숨까지 앗아가 버린 놈들에게 복수하고 싶다고."

침착했던 유지아의 감정에 주체할 수 없는 분노가 일렁였다.

"대답해요. 에스더에게 그렇게 말했죠? 그리고 숨겼죠. 아직 바깥세상에 남아 있는 당신의 비밀에 대해서."

유지아는 잠시 망설였지만 이윽고 아무 말 없이 고개를 끄덕였다. 어차피 이제는 쓸모없는 비밀일 뿐이다.

"그래, 하지만, 이제 그냥 쓰레기일 뿐이야…. 나는 결국 여기에 왔으니까. 죽어도 나가지 못할 곳에 갇혔어."

"만약 그것으로, 우리 모두의 복수가 가능하다면 어때요, 믿겠어요?"

"모두?"

"네, 나, 여사님, 도지사님, 심지어 팔성 아저씨까지."

강인한의 말에 유지아가 단호히 고개를 저었다.

"못 믿지. 그건 불가능해. 넷 다 여기서 믹스커피 두 개를 나눠 마시는 한심한 처지일 뿐이야."

이곳에서 얼마라도 지내본 사람이라면 그녀의 말에 동감하며 고개를 끄덕였을 것이다. 여기서 그녀가, 심지어 한대성이 할 수 있는 일은 거의 없다. 그런데 복수라니. 그러나 강인한은 포기할 생각이 전혀 없다.

"아뇨. 가능해요. 불가능한 건 없어요. 아직 시도조차 해보지 않았으니까요."

"시도하지 못하도록 우리를 여기로 보낸 거야. 원래는 없던 마약범죄자 천사도 조항까지 만들어가면서."

답답함에 화가 난 유지아가 강인한을 향해 소리 질렀다.

"그럴지도 모르죠. 그렇다고 시도조차 할 수 없다는 뜻은 아니에요. 실패든 성공이든 그 시도 뒤에 존재하는 거니까."

다시 밝은 미소를 보이며 웃는 강인한의 미소에 유지아의 마음이 흔들린다. 강인한은 그녀가 타온 믹스커피를 그제야 맛보며 아름다운 바다 풍경을 바라봤다. 천진함이 잠시 엿보인 그의 표정은 마치 소풍이라도 온 고등학생 같다. 실낱 같은 희망을 찾고 싶은 유지아가 강인한에게 물었다.

"너, 혹시 무슨 방법이라도 있는 거야? 정말 무슨 수가 있는 거냐고."

그녀의 질문에 한대성도 대답이 궁금한지 테이블로 다가온다. 김팔성 역시 강인한의 대답에 귀를 기울인다.

"모두 도와준다면 당연히 있죠. 특히 여사님은 꼭."

[1월 19일 일요일 자정] 천사도의 한적한 해변가

먹물을 부은 듯 시커먼 바다 저 멀리서 깜빡깜빡 반딧불 같은 작은 빛이 신호를 보낸다. 강인한은 반딧불을 향해 마치 답장 보내듯 손전등을 끄다 켜기를 반복했다. 이내 바다 저편 작은 불빛이 꺼지자 강인한은 경사가 험한 비탈길을 조심조심 내려갔다. 그리고 그곳에서는 잠수복을 입은 노새가 기다리고 있다.

"천 박사!"

"안 보고 싶을 줄 알았는데, 이렇게 반갑다니."

"당연하지! 그런데 너도 진짜 여기 오고 말았네. 지독한 녀석! 어때, 지낼 만해?"

"그럴 리가."

강인한의 싱거운 대답에 노새가 따라 웃다 진지한 표정으로 걱정했다.

"잘은 몰라도 너에게 악감정 있는 사람들이 꽤나 많을 텐데 멀쩡한 걸 보니 도지사를 잘 설득했나 봐?"

"일단은 그래. 하지만 네 도움이 절실해."

천사도에는 노새의 말처럼 강인한에게 악감정을 지닌 주민이 많다. 특히 청송교도소 출신 범죄자들은 그가 도와주지 않아서 이곳에 오게 되었다고 믿는 자들이 태반이다. 강인한은 모두를 도울 순 없었다. 그렇게 되면 법무부가 제도를 손보게 될 것이고, 그를 향한 신변의 위협도 그 수준이 높아질 것이 자명했다. 그래서 강인한은 정말 천사도에 들어갈 이유가 없는 억울한 사람. 또는 전략적으로 자신이 필요한 사람들에게만 천사도를 피할 수 있는 방법을 일러주곤 했다. 예를 들어,

"첫 번째도 전남 여수, 두 번째도 전남 여수,
세 번째도 전남 여수를 신청하세요.
올해 여수는 거부권 두 장만 남았으니 세 번째 시도에는
거부권을 행사할 수 없을 겁니다."

이런 식이다. 강인한의 전략들이 먹혀 들자 실제로 법무부는 한 명의 출소자가 같은 행정구역을 연이어 선택하는 케이스를 금지하기도 했다. 이유가 무엇이든 이곳 천사도에 사는 사람들은 최소한 강인한의 도움을 받지 못했거나 김팔성처럼 반대로 이용당한 사람들도 더러 있다. 당연히 그에게 감정이 좋을 리는 없다. 한대성이 특별히 강인한과 유지아를 보호하지 않았다면 그들은 벌써 어떻게 됐을지도 모른다.

"노새, 그때 부탁한 건 준비된 거지?"

"당연하지. 나오자마자 네 부탁대로 준비하느라 힘들어 죽을 뻔했어."

노새가 물에 젖지 않도록 이중 삼중 포장한 것도 모자라 비닐 진공 팩에 넣어 온 짐을 강인한 앞에 꺼내 놓았다. 전문 밀수꾼 노새가 아니면 이

렇게 천사도에 들어오는 것도, 이런 물건들을 구해오는 것도 절대 불가능했을 것이다. 노새가 가져온 봉지 안에는 총과 총알, 칼, 그리고 알약 형태의 신종 마약 두 봉지가 들어 있다.

"오~ 노새 돈 많이 썼는데? 이걸 어떻게 다 갚지."

"걱정 마, 요즘 나름 잘 나가는 거 알아? 열도 최고의 밀수 전문가 컴백이라고. 오카네는 충분해."

강인한이 웃으며 노새가 가져온 권총을 장전해 본다.

"그런데, 부탁해서 가져오긴 했지만 이런 걸 가지고 있어도 괜찮아?"

"잊었어? 여기 천사도야. 법이 없는 섬."

"하긴. 오히려 그럼 좀 더 들여와야 하나?"

"아니야. 이 정도면 충분해. 이걸 다 쓰기 전에 나가야지."

"오케이. 다른 부탁. 뭐 더 해줄 건? 약만 정기적으로 공급해주면 되는 거야?"

"아, 그리고 이거 좀 부탁해."

"전과 똑같이 에스더 메일로 보내 달라는 말이지?"

"응. 부탁해."

챙겨온 짐을 모두 내려 놓은 노새가 강인한과 악수를 나누고 다시 잠수복을 입은 채 먹물 같은 바다 속으로 사라졌다. 그는 강인한이 세상에 전달하고 싶은 소식을 받아 들고 안전하게 전달할 것이다. 반딧불같이 빛나던 노새의 배도 서서히 멀어지다 어둠 속으로 사라졌다. 여전히 파도 소리를 들으며 서 있는 강인한을 보호하기 위해 언덕 위에서 김팔성이 기다리는 중이다. 강인한은 오늘 밤 잠이 잘 오지 않을 것 같다. 그렇게 간절히 꿈꿔왔던 복수의 첫걸음을 뗀 오늘 밤이 무심하게 깊어진다.

"이제 본격적으로 초대장 쓸 시간이네."

[1월 21일 화요일 아침] 서울특별시 청와대 비서실장실

사람들은 어디선가 본 듯한 장면이 반복되는 경험을 데자뷔라고 한다. 그리고 믿고 싶지 않은 일이 꿈속에서 벌어지는 것은 악몽이다. 지금 양 실장에게는 악몽 같은 데자뷔가 찾아왔지만 안타깝게도 데자뷔가 아니며 악몽은 더더욱 아니다. 그저 외면하고 싶은 징그러운 현실이다. 아침 일찍 출근한 비서가 가지고 온 수많은 우편물 봉투 속에 그냥 버리기에는 찝찝한 작은 봉투가 섞여 있었다. 뭔가 만져지지만 검사실을 통과한 걸 보면 폭발물이나 위험한 소포는 아닐 것이다. 양 실장의 집무실에 평소와는 다른 긴장감이 흐른다.

"하…. 아…."

조용히 봉투를 개봉한 양 실장은 거의 들리지 않는 외마디 비명을 질렀다. 분명 4년 전, 왕 사장이 작업했고 그 물건은 양광석, 그의 손에 들어왔었다. 그리고 양 실장은 그 이야기들이 절대 세상 구경을 할 수 없도록 모조리 폐기했다. 하지만 청와대 컴퓨터에 연결된 USB는 그때 세상에서 지워진 이야기들이 전래동화처럼 깨어나 재생 중이다. 구속되기 전 차애원이 수집한 그날의 흔적들이 고스란히 소멸되지 않는 유산처럼 다시 등장한 것이다. 양 실장의 책상 위에는 삐뚤빼뚤 써진 의문의 협박 편지가 놓여 있다.

"이런 빌어먹을 새끼…."

누구인지 모를 발신자를 향해 양 실장은 욕을 퍼부었다.

양광석 씨. 이 USB도 폐기하려면 폐기하세요.
하지만 지금 보는 것처럼 이 USB는 또 복사본이 존재할 것이며 몇 개일지 알 수 없습니다.

안일한 대통령과 그의 딸에 대한 이야기는 절대 지워지지 않게 잘 보관 중이니까요.

그는 더 이상 회복할 수 없습니다. 하지만 당신은 다르죠.

자세한 이야기를 듣고 싶다면 천사도로 오세요. 혼자.

양 실장이 조용한 사무실에 앉아 생각에 잠긴다. 차희재의 엄마 차애원일까? 그녀는 유지아가 되어 천사도로 보내졌다. 그렇다면 어떻게 우편을 보낸 거지? 가장 큰 걱정거리였던 강인한도 얼마 전 천사도에 갇혔다. 그러면 그날 사건과 관계된 인물 중 이 세상에서 정상적으로 살아가는 사람은 당사자인 대통령과 자신. 그리고 그날 현장을 수습한 박 대표뿐이다. 대체 어디서 문제가 생긴 걸까. 유지아가 남긴 증거를 손에 넣고 자신과 대통령의 숨통을 죄여오는 존재가 누구일지 전혀 감이 잡히지 않는 양 실장의 고민은 해소될 기미가 없다. 안 대통령은 그에게 각종 장애물을 넘어 출세라는 목적지에 다다르게 해 줄 동아줄이자 사다리다. 그런데 그 사다리가 조금씩 썩어 들어가고 있으며 누군가가 성냥을 들고 기어이 태우겠노라 협박을 하고 있는 지금, 그는 너무도 절망스럽다. 지금까지 이룬 모든 것을 지켜내야 한다. 양 실장이 시계를 흘끗 보더니 망설이다 결국 전화기를 들었다. 결정이 늦어질수록 해결이 어렵다는 것은 그가 청와대에서 체득한 교훈이다.

"어, 미안한데 내일 출장용 헬기 좀 준비해주겠어요? 그러게, 명절인데 나도 참 생각해 보니 너무하네…. 행선지는 내일 출발할 때 내가 공유할게요. 그래요. 부탁 좀 합시다."

양 실장은 통화를 마치자마자 내일 날씨를 검색하기 시작했다.

'경상북도 울릉군 천사도: 미세먼지 양호, 날씨 맑음'

[1월 22일 수요일 아침] 경상북도 천사도, 헬기착륙장
"도지사님, 아직 일주일 넘게 남지 않았어요? 웬일이죠."
 멀리서 들리는 헬기 소리를 듣던 일강이 천진한 기대감을 드러냈다. 하지만 한대성의 표정은 궂은 날씨를 바라보는 어부의 표정보다 어둡다. 오늘 저 헬기에는 항상 오는 법무부의 공영만이 타고 있지 않다. 그렇다고 새로 천사도로 배정된 신입 입도민들이 타고 오는 것도 아니다. 어느새 천사도의 허름한 헬기장에 갑자기 찾아온 헬기가 언제나 그렇듯, 어렵사리 착륙했다. 헬기의 크기는 평소보다 큰데 안에서 내린 사람은 양복 입은 남자 한 명과 총기로 무장한 경호 인력 열 명이 전부다. 일강이 서둘러서 헬기 안을 들여다보지만 별다른 물자 지원은 없다. 일강이 아쉬운 표정으로 돌아선다. 오늘 온 사람은 여러모로 반가운 손님이 아니다.
"안녕하세요. 우리 초면이죠?"
 헬기에서 내린 양 실장이 한대성에게 먼저 손을 내민다.
"네, 처음 뵙겠습니다. 비서실장님. 한대성입니다."
"수고가 많으십니다. 도지사님, 청와대 비서실장 양광석입니다."
 어젯밤 11시. 섬에 하나뿐인 위성전화가 요란하게 울렸다. 그 시간 파도 소리 말고 다른 소리가 들린다는 것은 그다지 좋은 일이 아니기에 한대성은 기분 좋게 잠을 깰 수 없었다. 그리고 건너편에서 들려온 소식은 바로 오늘 청와대에서 중요 인사가 방문하니 아침 일찍 맞을 준비를 하라는 내용이었다. 물론 한대성은 이 소식을 미리 알고 있었다. 누구보다 제일 먼저 말이다.
"일단 들어가시죠."

같은 시각, 비산그룹의 역삼동 본사 사옥은 갑작스러운 세무조사 때문에 쑥대밭이다. 시무식 떡을 돌린 흔적도 채 가시지 않은 1월의 평범한 수요일, 아침 갑자기 들이닥친 국세청 직원들은 어느 때보다 불친절하게 비산그룹 재무팀과 기획실을 헤집고 있다. 검찰까지 영장을 가지고 들이닥친 모습은 마치 당장이라도 회사를 망하게 할 것 같은 서슬 퍼런 위세를 떨친다. 대표실에 앉은 박창원은 조용한 곳에서 청와대와 양광석 비서실장에게 통화를 시도했지만 오늘 그의 전화를 아무도 받지 않는다는 것이 내심 불안하다.

　"대표님, 어떡하죠? 예상보다 너무 심한데요? 최근 10년 치 자료를 달라고 합니다."

　직원들을 모두 내보내고 혼자 남은 재무담당 본부장이 걱정스러운 표정으로 물었다.

　"그냥 주세요. 설마 선거를 앞두고 별일 있겠습니까? 의례적인 쇼예요."

　"아무리 그래도 최근 십년 간 이런 적이 없었는데요."

　박 대표는 애써 태연한 척 본부장을 진정시켰지만 사실은 자신 스스로에게 주문을 걸듯 별일 아닐 것이라 위안하는 중이다. 이렇게 마인드 컨트롤을 하지 않으면 박창원 그 역시 당혹감에 쓰러질 지경이다. 그때 스위스 호텔블루야드 대표로 나가 있는 성 이사의 국제전화가 걸려왔다. 불안하다.

　"어, 그래 성 이사. 웬일이야. 그나저나 거긴 아직 새벽 아닌가?"

　"아 네, 그런데 그게 중요한 게 아닙니다. VIP가 갑자기 사라졌습니다."

　"뭐?"

　"그게, 경호팀이 별다른 안내 없이 오늘 레아 양 짐을 챙겨서 바로 한국행 비행기를 태웠습니다."

박 대표의 표정이 일그러진다. 안레아까지 한국으로 불러들인다는 것은 일종의 관계 청산 수순이다. 안일한 대통령이 갑자기 왜 이러는 것일까? 박 대표가 직접 대통령과 통화하는 것은 불가능하다. 양 실장을 통해야 한다. 도대체 그의 전화는 왜 묵묵부답일까? 그때 또 하나의 불안한 벨 소리가 들렸다. MPG파트너스 민 회장이다. 실질적인 비산그룹의 최대 주주.

"박 대표님, 이러면 곤란한데요?"

"민 회장님, 안녕하십니까? 세무조사 때문이라면 형식적인 것일 테니 염려 마십시오."

"아니, 지금 그 이야기가 아니잖아요."

"네? 무슨 말씀이신지….."

"시그마 엔지니어링 합병 건! 지금 공정위에서 재심의한다고 연락 온 거 모릅니까?"

세무조사, 안레아의 체크아웃, 인수합병 건 재심의. 동시다발적으로 안일한 정부는 비산그룹의 급소를 타격하고 있다. 대선을 앞두고 야당이 안일한 대통령을 공격하는 주재료인 비산그룹과의 유착관계설에 대한 보여 주기식 체벌이라고 하기에는 너무 아프다. 그리고 심하다. 치료할 수 준의 상처가 아닌 치명상이니까.

"돌겠네."

오전, 천사도 도지사 집무실

한대성 도지사는 쌀쌀한 바람에도 불구하고 입에 담배를 문 채 사무실 밖으로 나와 두 사람의 대화가 끝나기를 기다리는 중이다. 양 실장은 무장한 경호원들을 사무실 주변에 세워 둔 채 강인한과 대화 중이다. 저 둘의 대화는 한대성도 그 내용을 알 수 없다. 대신, 그는 얼마 전 자신에게 강인한이 했던 말을 곱씹으며 그의 미래가 어떻게 될지 짐작하려 애쓰고 있다. 며칠 전, 갑작스러운 폭풍우에 휘말린 자신의 미래.

"너, 뭐야."

한대성의 눈이 십 수년 전 그날의 기억으로 번뜩였다. 하지만 강인한은 아랑곳하지 않았다.

"도지사님도 억울하시잖아요. 민선이가 그렇게 죽은 거 복수하고 싶잖아요. 아닙니까? 그래서 비록 조강석은 아니지만 같은 죄를 짓고 온 놈들을 벌하고 싶어서 여기까지 온 거잖아요. 그 알량한 죄책감을 덜어보려고 말이죠. 민선이가 원한 것도 이런 아빠의 모습일까요? 광기어린 강간범 살인마의 모습이요."

"네가 뭘 알아!"

한대성이 부르르 떨며 강인한의 멱살을 잡았다.

"알 만큼은 알죠. 법무부에서 당신에게 이곳 도지사직을 맡긴 거. 그리고 그게 안일한 대통령의 뜻이었고 그건 순전히 자신의 지지율과 여론몰이를 위한 쇼일 뿐이라는 거. 당신은 여기서 유난히 성범죄자들의 죽음을 방조, 방조가 맞을까요? 사실상 독려하고 있다는 거. 이게 진짜 민선이를 위한 걸까요?"

한대성이 아무 말도 못하고 강인한을 노려보다 한참 만에 물었다. 그는 허리에 찬 총을 손에 쥐고 있다.

"너, 진짜 누구야."

"당신 부관. 형모도 그래서 죽였습니까? 강간범이라?"

한대성이 참지 못하고 강인한의 얼굴을 주먹으로 내려쳤다. 강인한의 코에서 피가 터져 나온다.

"그래, 맞아. 그런데 오늘부터는 약쟁이도 좀 죽여야겠군. 한 번만 더 내 딸 이름을 들먹인다면 말이야."

"그만하세요. 민선이가 이걸 바랄까요?"

"내 딸 이름 더러운 입에 함부로 올리지 마!"

'탕' 한대성이 발사한 총알이 강인한의 오른발 바로 앞에 처박힌다. 실수가 아닌 그의 살벌한 경고다.

"아저씨, 아니 민선 아버님. 진짜 죽여야 할 사람은 나도, 부관도, 잔챙이 성범죄자들도 아니잖아요."

한대성의 총구가 부들부들 떨리지만 하나하나 맞는 말만 하는 강인한의 목소리가 차가운 겨울날 시린 바람처럼 그의 가슴에 서려 든다. 복수를 하고 싶지만 강간범들을 마음껏 죽이는 것 말고는 그가 할 게 없었다.

"어떤 죽음은 남은 사람들에게 힘든 숙제를 남기기도 해요. 그리고 저와 아저씨는 같은 숙제를 받아 들었죠. 민선이에게서."

"난…. 난 아무것도 할 수 없어…."

한대성이 후회와 분노에 떨며 눈물을 떨궜다. 그런 그의 손을 강인한이 다가와 잡아줬다.

"저도 그렇게 생각했어요. 방법이 없다고. 할 수 없다고. 하지만 할 수 있어요."

"여기서는 아무것도 못해. 난 이미 죄를 짓고 여기 갇혔으니까."

"맞아요. 죄를 지었으면 벌 받는 게 당연하니까요. 하지만 저들도 죄를 지었잖아요. 그럼 벌을 받아야 하죠."

아무 말도 없이 고개를 든 한대성을 향해 강인한이 다짐했다.

"저들에게 벌을 줄 때까지 너무 오래 걸려서 지치기도 하지만 그렇다고 포기하면 안 돼요. 오히려 그 오랜 기다림만큼 자유로웠던 저들의 과거가 아주 이기적인 거니까요. 어때요, 같이 저들에게 벌을 주는 게."

한대성은 그날부터 강인한이 하고 싶은 대로 하게 그냥 뒀다. 그리고 다른 범죄자들이 그를 공격하지 못하도록 철저히 보호했다. 연인인 유지아에게 그랬듯. 생각에 잠겨 있던 그 순간, 드디어 사무실의 문이 열렸다. 양 실장의 표정은 말할 수 없을 만큼 굳어 있는 반면 강인한은 여유로운 표정으로 그의 뒤를 따르고 있다.

"이런, 많이 추운데, 밖에 계셨군요? 오늘 너무 실례가 많았습니다. 도지사님."

"아닙니다. 말씀은 잘 나누셨나요."

"아, 네. 뭐 의례적인 상담입니다. 이번에 제가 UN인권위원회 대비를 해야 해서 직접 왔습니다."

쓸데없는 거짓말을 늘어놓는 양 실장을 한대성이 바라본다. 대화를 마친 강인한은 인사도 하지 않고 도지사 사무실로 다시 들어가며 '아우 추워!'라고 소리를 냈다. 그런 강인한의 뒷모습을 양 실장이 노려본다.

"전 이제 그만 가 보겠습니다. 이렇게 험지에서 고생하시는데, 부디 건강 하십시오. 또 뵙겠습니다."

"또 오시게요?"

"네? 아…. 글쎄요. 하하하. 건강하십시오."

"네, 감사합니다."

양 실장이 경호원들과 헬기에 탔다. 차가운 겨울 먼지 바람을 일으키며 헬기가 떠오르더니 몇 분 만에 작은 점이 되어 서울 방향으로 사라졌다. 한대성이 몸을 녹이기 위해 난로 앞에 앉아 강인한에게 물었다.

"잘 끝났어?"

"네. 거부할 수 없는 제안을 했어요. 영화처럼."

"실장님, 정말 너무하시는 거 아닙니까? 이렇게 나오시면 곤란합니다."

시끄러운 헬기의 소음도 지울 만큼 격앙된 박 대표의 하소연이 헤드폰을 통해 전해진다. 양 실장이 천사도에 오느라 잠시 자리를 비운 사이 안 대통령이 직접 비서실을 통해 비산그룹의 버르장머리를 고치려 든 것이다. 하지만 박 대표와 통화를 나누면 나눌수록 이번 안 대통령의 조치는 단순한 경고가 아니라 꼬리 자르기일 것 같다는 추측이 짙어졌다. 안 대통령은 재선이라는 중차대한 목표 앞에서 부쩍 판단력이 흐려진 듯하다.

"박 대표님, 미안합니다. 오늘 통신이 안 되는 곳에 있어서 상황을 전혀 전달받지 못했어요. 일 마치고 헬기로 서울 가는 중이니 잠깐 만나시죠. 저도 가면서 상황을 파악해 보겠습니다."

양 실장은 박 대표를 달래고 통화를 끝냈다. 그리고 그의 머릿속에는 지금까지 세워 본 적 없는 지상 최대의 대선 전략이 자리 잡기 시작했다.

"오길 잘했네. 이 빌어먹을 섬. 버러지 같은 놈들."

[1월 25일 토요일 밤] 경상북도 울릉군 천사도 해안

일강이 고개를 갸웃거린다. 정말 이상한 일이다. 바다 멀리서 배가 한 척 다가온다. 이곳에 온 지 수년이 흘렀지만 배가 이렇게 섬 가까이 다가오는 것을 본 적 없는 일강이다. 부두도 항구도 없는 천사도에 배가 다가온다는 것은 애초에 발생할 수 없는 일이다. 하지만 배는 마치 급한 약속이라도 있는 것처럼 속도를 높이고 있다. 이곳에 자주 드나들기라도 한 듯 정해진 곳을 향해 돌진하는 뱃머리에는 심지어 낯선 일장기가 펄럭이고 있다. 도지사에게 특별히 보급된 야간 투시 망원경을 내려놓은 일강은 서둘러 한대성이 근무하고 있는 집무실로 뛰어 올라갔다.

"도지사님, 보셨어요? 지금 배가 들어와요. 그것도 일본 배요. 저 쪽바리들 뭘까요?"

"글쎄, 그냥 둬. 길 잃은 어선이겠지."

일강은 다시 잡은 투시 망원경에서 눈을 떼지 못한다. 일장기를 펄럭이는 배를 유심히 보니 배가 연안에 멈추자 정박한 배에서는 작은 고무보트를 내리는 것이 보인다. 보트에는 두 명의 사람이 올라타는 중이다.

"도지사님, 일하시는데 죄송하지만…. 사람이 들어오려는 것 같은데요? 쟤들 보트를 내리고 있어요."

"길을 잃었나 보네."

천사도가 생기고 분명 처음 발생한 일인데 한대성은 마치 당연한 일을 듣기라도 하는 듯 무관심하다.

"도지사님?"

'그냥 둬. 알아서 내쫓겠지."

"네? 내쫓아요? 누가요?"

미리 알고 있던 일이라는 듯 대수롭지 않게 치부하는 한대성의 모습에 일강은 어느 때보다 긴장한다. 그는 한대성이 위험한 상황일수록 침착하다는 것을 부관으로서 아주 잘 알고 있기 때문이다. 일강은 고무보트에 탄 사람들이 다가오는 천사도의 해안가를 긴장한 채 바라봤다. 그때, 투시 망원경 속 작은 원 안에는 마치 침입자들을 무찌르려고 기다렸다는 듯 천사도 주민들이 벌써 해안가로 내려가서 기다리는 모습이 보였다.

"아니, 저 사람들은 어떻게 알고 벌써 내려가 있지? 팔성이 형, 망치 형, 그리고 쟤는…. 뭐지, 강인한?"

의외의 조합에 일강이 깜짝 놀랐다. 어느덧 해안가에 도착한 고무보트에서는 낯선 방문객 두 명이 내렸다. 그러자 천사도 주민 세 사람이 일제히 달려들어 그들에게 무자비한 주먹질을 시작했다. 마치 여기가 어디인데 감히 일반인이 들어왔냐는 듯 살벌한 폭행이다. 그들은 모두 대한민국이 버린 범죄자 먹이사슬 최상위의 존재들이다. 법이 있어도 무법자였던 그들이기에 무법천지인 이곳 천사도에서의 그들은 통제 불가능한 포식자다. 잘은 몰라도 길을 잃은 저 일본인들은 오늘 임자를 잘못 만난 듯하다. 고향에 돌아갈 수 있을까?

"아이고, 저러다 쟤들 모조리 죽겠는데요…. 팔성이 형 애 하나 잡겠네."

"안 죽어."

한대성은 마치 투시 망원경 렌즈 안에서 벌어지는 일들을 보고 있기라도 한 듯 중얼거렸다. 일강은 오늘 벌어지는 이 모든 일을 이해하기 어렵다. 그때 렌즈 속의 김팔성이 보트로 다가간다. 그리고 보트에 걸려 있던 일장기를 떼어내더니 기어이 불을 붙이고 침을 뱉었다.

"저 형, 자기가 독립운동가 자손이라고 떠들더니 결국 성질 나왔네…. 어? 그런데 저건 또 뭔 상황이야…."

일강의 렌즈에 보트 구석에 숨은 한 사람이 더 보인다. 그는 작은 스마트폰을 들고 이 상황을 촬영 중이다.

"도지사님. 어떡하죠? 누가 이걸 다 찍고 있는데요?"

"그게 왜."

"아니…. 쪽바리 보트에서 내린 놈들을 우리 형들이 개 패듯 패는데 찍는 놈도 쪽바리 쪽 사람 같아요."

일강은 자기가 말해놓고도 이 상황을 직접 보지 않는 누군가가 들었다면 과연 이해할 수 있을까, 라는 생각이 들 만큼 어수선하다고 생각했다.

"그게 어때서. 여긴 어차피 대한민국 헌법과 무관한 특별 자치 구역인데."

"아, 그러네요. 그럼 저렇게 다 찍혀도 상관없는 거겠죠?"

렌즈 속 또 다른 렌즈를 들고 있는 일본인은 여전히 이 모든 상황을 열심히 촬영 중이다. 하지만 망치도, 김팔성도, 강인한도, 그곳의 누구도 그를 공격하진 않았다. 아직 못 본 걸까? 그럼 알려줘야 하나? 마치 지금 이 상황이 영화 촬영 현장 같다고 일강은 생각했다. 잔뜩 두드려 맞고 불탄 일장기마저 빼앗긴 일본인들이 더는 못 버티겠는지 고무보트로 달아나 타고 온 어선을 향해 돌아갔다. 그제야 일강은 마음이 놓였다.

"도망가네~ 역시 한일전은 이기고 봐야지. 쟤들 된통 얻어터지고 가네요. 다시는 안 오겠어요. 저 쪽바리들."

"모르지. 또 올지도."

심드렁하게 대꾸하는 한대성을 일강이 멍청한 표정으로 바라본다. 오늘 그가 너무 이상하다고 생각하면서.

[1월 26일 일요일 아침] 서울특별시 청와대 회의실

"이번 폭력 사태에 대해 일본 정부는 강한 유감을 표명하며
천사도 무단점유를 비난하고 나섰습니다.
일본 외무성은 국제 해상분쟁지역인 천사도를 대한민국 정부가
무단 점유해 범죄자들을 수용하는 불법 시설로 사용하고 있다며
국제 인권단체와 국제사법재판소에 회부하겠다는 입장입니다.
천사도는 지난 2010년 일본이 한 차례 영유권을 주장한 바 있는 무인도로 외교부
는 천사도가 이미 경상북도에 행정구역으로
편입되어 있다는 기존의 입장을 고수…."

모니터가 꺼지자 안일한 대통령이 장관들을 둘러보며 말했다.

"어떻게 대응할 겁니까? 안 그래도 일본이랑 관계가 개판인데."

대통령이 외무부 장관을 노려보지만 그도 뾰족한 수는 떠오르지 않는지 묵묵부답이다.

"법무부 장관. 저기 천사도잖아. 거기 관할 아니야? 어떻게 할 겁니까? 고민해봤을 거 아니야."

"사건 장소가 천사도긴 하지만 벌어진 문제가 외교적 사안이라 대응은 외무부가 나서야 할 것 같습니다."

외무부 장관이 어이없다는 듯 법무부 장관을 바라본다. 장관들은 이번 책임을 서로에게 미루느라 정신없다.

"이렇게 서로 미루기나 하니까 외교든 천사도든 죄다 시끄럽지. 에라이 씨, 아 꼴 보기 싫어. 다 나가!"

안 대통령이 소리지르자 두 장관과 실무자들이 서둘러 자리를 뜬다. 혼자 남은 안 대통령은 머리가 아픈지 자리에서 일어나 창가로 걸어갔다. 그때 양 실장이 노크를 하고 들어와 그에게 다가갔다.

"조금 기다려 봐. 장관들 조져 놨으니 뭔가 방안을 찾아오겠지. 일단 우리 대사는 초치되었지?"

"네, 우리 외무부도 일본 대사를 불러서 항의할 예정입니다."

"아 짜증 나네. 양 실장. 어떻게 하면 좋겠냐?"

"글쎄요. 하필 주민도 강력범들이다 보니 사건이 커진 것 같습니다. 일장기를 불에 태우는 장면부터 일본인들을 심하게 구타하는 장면까지 고스란히 녹화가 된 상태라…. 일본도 쉽게 물러서지는 않을 겁니다."

"아 씨, 더럽게 엮였네…. 선거도 다가오는데."

안 그래도 재선 가도에서 지지율이 역전을 당하며 궁지에 몰린 안 대통령은 이번 사태로 천사도의 위험성과 자신의 무능함이 공격당할까 봐 전전긍긍하는 중이다. 여기에 비산그룹과의 관계도 정리해 버린 터라 자금줄도 쉽사리 마련되지 않을 것이다. 선거 자금 경색, 여론 악화, 지지율 하락, 아무리 날고 기는 안일한이지만 재임 이후 최대의 위기이자 너무 자세히 보이는 레임덕을 겪게 되었다. 그때, 양 실장이 입을 열었다.

"형님."

얼마 만일까? 안 대통령이 깜짝 놀라 양 실장을 바라본다. 그가 자신을 형님이라고 부른 지 벌써 10년도 넘은 것 같다. 여기까지 동행하면서 그는 항상 안일한을 변호사님, 대표님, 장관님, 후보님, 대통령님이라고 깍듯이 불러왔다. 깜짝 놀란 안일한 대통령이 양광석 비서실장을 새삼스럽게 바라본다.

"그래 광석아. 말해 봐."

"어차피 이번에 재선 안 되면 우리도 끝입니다. 지금 지지율 보면 오차한도 안에 있다고 하지만 그건 우리가 아직 언론을 잡고 있어서 그런 거고 실제로는 오차 밖으로 벗어날 만큼 격차가 벌어져 있습니다."

"협박하냐? 겁은 그만 주고, 그래서."

양 실장의 말에 안 대통령이 크게 한숨을 쉰다. 한 번 맛본 권력은 결코 놓기 힘든 마약과 같다. 그리고 그에게는 아직 쥐고 흔들어야 할, 축적하고 싶은 많은 목표가 남아 있다. 양 실장도 마찬가지다.

"재선에 실패하면 저쪽은 장기집권을 위해 비산그룹부터 파고들 겁니다. 그리고 지금까지 잘 숨겨왔던 레아 양의 스캔들도 자극적으로 도배될 겁니다. 결코 명예롭게 마지막을 장식하긴 어려우실 겁니다."

"진짜 겁주려고 들어온 거야? 어디서 관 짜는 소리가 우렁차게 들리네?"

안 대통령의 옆에 선 양 실장이 창밖을 보며 잠시 숨을 고른다. 생각을 정리한 그가 다시 말했다.

"그럴 리가요. 그냥, 한번 생각해 봤어요. 제가 형님이라면 어떻게 할까? 처음 조강석 사건을 맡았을 때 안일한 변호사가 어떻게 했는지, 조강석이 출소 후 또 대형사고를 쳤을 때 안일한 장관님이 어떻게 했는지, 따님의 충격적인 일로 궁지에 몰렸을 때 안일한 후보님이 어떻게 했는지…. 생각해 봤죠."

안 대통령이 그의 눈을 바라본다. 뭔가 대답이 들어 있을 것 같은 그 눈. 눈을 빛내며 양 실장이 말했다.

"형님 그거 잘 하시잖아요. 판 키우는 거. 매번 그랬죠. 판을 키워서 흔들었어요."

"판?"

"네, 저들과 내가 비등비등한 판이라면 아예 판을 내가 더 키우는 겁니다. 쟤들 지분은 안 주고 나만 지분을 늘리면서 판을 키워버리는 거죠. 그럼 내가 더 유리해지니까요. 기왕 이렇게 된 거 이번에도 판 키워서 세게 나가시죠. 일본과의 관계는 어차피 틀어져 있으니 강경하게 대응하며 반일 감정을 자극하는 겁니다. 以夷制夷죠. 적은 적으로 처리하는 겁니다."

안 대통령의 눈이 반짝이기 시작한다. 조금씩 해결의 기미가 느껴진다. 어두운 터널의 끝이 보이는 듯하다.

"좋아, 그렇다면…. 어떤 무대를 꾸며야 할 것 같아? 네가 생각해 본 무대. 판을 키운 무대 말이야."

"대통령께서 천사도에 직접 방문하시죠. 군 통수권자로서, 우리 영토를 꼭 지키겠다는 담화와 함께 말이죠."

"뭐? 천사도에?"

깜짝 놀란 안 대통령의 표정이 벌겋게 상기된다. 그러다 밝게 웃으며 양 실장의 뺨을 가볍게 쳤다. 양 실장은 긴장해서 자기도 모르게 침을 꿀꺽 삼켰다. 역시 너무 무리한 전략을 제안한 것일까?

"하여간 자식…. 내가 잘 가르쳤네. 좋아. 스케줄 잡아봐. 판 키우기에는 좋은 무대야. 기발하네."

집으로 돌아간 노새는 뜻밖의 바쁜 시간을 보내고 있다. 극성 우익 인사들이 아침부터 집 앞에 찾아와 위로를 건네는가 하면 각종 언론 매체들이 인터뷰를 해달라며 집 앞에서 줄지어 기다리기 일쑤다. 그가 천사도에서 꾸민 일은 정작 당사자들에게 별일 아닌 패싸움 정도였지만 다음 날 아침 일본 조간 신문에는 당장이라도 한국과 일본이 동해상에서 전쟁을 벌일 것 같은 국가 간 영토 분쟁으로 비화되어 있었다.

"어떻게 동영상 제보를 하자마자 이렇게 삽시간에 일이 커지지? 천 박사 말대로네. 하여간 귀신 같은 놈."

어젯밤 노새와 천사도에 함께 다녀온 카마다도 놀란 눈치다. 노새는 어젯밤 친한 동생 카마다와 천사도를 찾았다. 여느 때와 다름없이 천 박사와의 마약 거래를 위한 방문이었지만 평소와 다른 점이 하나 있다면 말 잘 듣는 녀석 한 명을 더 고무보트 후미에 태우고 있었다는 점이다. 노새는 녀석에게 말했다.

"섬 녀석들이 깎아 달라며 행패를 부릴 거야. 나중에 녀석들 협박할 영상이 필요하니까 조용히 찍어 놔."

처음 밀수 거래에 참여하게 된 신참 녀석은 잔뜩 긴장한 표정으로 고개를 끄덕였고, 마치 중요한 VIP를 암살하라는 지령을 받은 특수요원이라도 된 것처럼 비장함마저 엿보였다.

"이봐, 너무 그렇게 긴장하지는 말라고. 그래봐야 술 취한 어른들의 주먹다짐 정도 수준일 테니."

그렇게 일행과 도착한 천사도에서 노새는 강인한과 미리 약속된 주먹다짐을 벌였다. 그리고 신참은 이 모든 장면을 부지런히 영상으로 담아냈다. 집으로 돌아온 노새는 촬영한 동영상을 확인하며 깜짝 놀랐다.

"스고이… 잘 찍었는데? 이 정도면 진짜 커다란 사건 현장인 줄 알겠어. 섬 친구들 정말 흥분한 것 같잖아?"

화면 속 강인한과 김팔성, 망치는 비록 때리는 시늉이기는 했지만 실감 나게 폭행을 저지르고 있었다. 게다가 칠흑처럼 어두운 한밤임에도 기름을 붓고 불을 붙인 일장기는 보름달보다 환하게 불타고 있었다.

"자극적이네. 정말 자극적이야. 스고이…."

노새는 만족스러운 표정으로 고개를 끄덕이며 동영상 파일을 컴퓨터로 옮긴 뒤 가장 우익 성향이 짙은 방송사 NHS에 제보 메일을 보냈다. 그리고 이 메일 한 통은 순식간에 한일 관계를 망가트리더니 노새를 우익계의 유명 인사로 만들어 버렸다. 그들은 노새가 왜 고무보트까지 타고 그 섬에 접도를 시도했는지는 궁금해하지도 않았다. 그저 불타는 일장기와 한국의 격리된 죄수들에게 일본의 선량한 젊은이들이 얻어맞는 화면 속 장면 그 자체면 충분했다. 이제 천 박사가 그에게 부탁한 일들도 서서히 끝이 보인다.

"형, 형은 그런데 그 친구를 왜 도와주는 거야?"

이번에 천사도에 같이 다녀온 카마다가 멍하니 뉴스를 보던 노새에게 물었다.

"천 박사 말이야? 그야, 녀석이 나를 살려줬으니까. 나도 은혜를 갚는 거야. 그 친구의 은혜."

"형을 살려줬다고? 한국 감옥에서?"

"그래. 천 박사가 들어오기 직전에 내가 일본 마약 밀수꾼인 걸 거기 애들한테 들켰거든? 그런데 그때 빵잡이가 하필 부산에서 유명한 조폭 중

간보스더라고. 우철식이라는."

노새는 그때를 떠올리자 치가 떨리는지 잠시 몸서리를 쳤다.

"그런데 그놈 동생도 조직에 같이 있었는데, 부산에 놀러갔던 우리 쪽 애들하고 시비가 붙어서 아마 사시미에 맞아 비명횡사를 당했나 봐."

"에에~? 그게 진짜야?"

"그래, 왜 한동안 우리 쪽 애들이 부산 가서 놀다 사고 치고, 누구를 죽이고 오는 바람에 못 간 적 있잖아."

"아…. 기억 나. 그때 우리 조직에서 당분간 부산 가지 말라고…. 그게 그 녀석이었구나…. 그래도 형은 그 일이랑 무관하잖아?"

"그렇지. 그런데 그건 내 생각이고. 그날부터 호시탐탐 빵잡이는 날 죽일 궁리를 했어. 일종의 보복인 거지. 그렇게라도 동생의 복수를 하고 싶었나 봐. 그때 마침 천 박사가 들어온 거야. 그날부터 둘이 같이 죽을 고비를 여러 번 넘겼지. 천 박사는 밖에서 사주한 사람이 보내는 심부름꾼들이 노리고 있었고 나는 빵에서 언제 맞아 죽어도 안 이상할 상황이었으니까. 그런데 천 박사가 얼마간 머리를 쓰더니 그 무서운 빵잡이를 자기 손바닥위에 올려놓고 삼장법사마냥 가지고 놀기 시작하더라. 마치 손오공을 부리는 듯."

"맙소사, 그게 어떻게 가능해?"

노새가 싱긋 웃으며 카마다에게 답했다.

"강인한이라면 불가능했지만 천 박사는 충분히 가능했어."

마침 일본 아침 뉴스에는 노새를 패고 있는 강인한의 얼굴이 또렷하게 잡힌 동영상 제보파일이 방영되고 있다. 그의 표정은 분노에 가득 차 일그러져 있지만 노새에게는 아주 익숙한, 자주 보던 표정이다. 그가 잡아먹히지 않기 위해 억지로 지어내던 저 잡아먹을 듯한 표정.

오전, 천사도 강인한의 숙소

　사회와 격리된 출소자들의 섬 천사도. 이곳에 도착한 후 얼마간 지내보니 강인한은 왜 수감자들이 이곳을 그렇게 피하고 싶어 하는지 어렴풋이 알던 것을 명확하게 배웠다. 천사도에는 정기적으로 정부가 공급하는 보급품이 들어오지만 턱없이 부족하다. 세제, 비누, 치약, 의약품, 쌀과 가공식품 등 최소한의 생활에 문제는 없지만 절대 넉넉하지 않은 수준이다. 게다가 이 섬은 도지사 외의 어떤 공무원도 존재하지 않고 별도의 법 집행을 하지 않다 보니 각자가 지닌 욕망에 충실한 매일을 살고 있다. 보급된 물품이 떨어지면 훔치고, 안 되면 빼앗으면 된다. 그러다 보니 폭행은 다반사고 살인은 월례 행사다. 몇 안 되는 여성 주민들은 자신의 몸을 지키기 위해 각자의 방법을 간구하거나 누군가에게 의탁하는 원치 않는 양자택일의 갈림길에서 하루를 시작하기 마련이다. 물론 일부 주민들은 자신의 기술을 이용해서 나름대로 사업을 벌이기도 한다.

　천사도의 유일한 의료인 돌팔이나, 건축가 담쟁이, 이발사 가세손처럼 구속되기 전 자신의 직업을 활용해서 가게를 운용하거나 섬의 가려운 곳을 긁어주는 이들도 있다. 이곳에서 가장 인맥이 탄탄한 사람은 술집 주인 망치다. 싸이코패스 진단을 받고 천사도행이 결정된 그는 자경단 유튜브 채널을 운영하며 막 출소한 흉악범들이나 돈으로 자신의 죄에서 불공정하게 빠져나온 부유층 범죄자들을 응징하는 사적 제재 전문가로 유명세를 떨쳤다. 망치는 콘텐츠를 뽑기 위해 출소한 조강석의 한올동 빌라도 찾아갔었고 당시 구독자가 150만 명이었다고 하니 나름 이곳에서도 제법 유명한 존재다. 처음 이곳 주민들은 흉악범 응징 콘텐츠를 운영하던 유튜버란 이유로 꼴 보기 싫은 망치를 초기에 없애 버리려고 했지만 그가 돌팔이에게서 나오는 알콜로 술을 주조할 수 있다는 사실이 알려지면서 그를 금세 이웃으로 인정하게 되었다.

이곳은 구성원들에게 기여할 것이 있다면 존재의 가치를 인정받는, 날것의 전쟁터인 것이다. 덕분에 망치는 천사도 유일의 술집 주인이자 최대 인맥 보유자가 되었다. 다행히 강인한은 이곳에서 김팔성, 망치, 돌팔이와 빠르게 친분을 쌓는 데 성공했다. 물론 강인한이 아무 도움이 되지 않았다면 그 역시 언제 죽었을지 모른다. 하지만 강인한은 돌팔이에게 노새를 통해 공급받는 일본산 마약을 나눠줬고 돌팔이는 이제 강인한에게 약물을 공급받는 가장 든든한 후원자가 되었다. 유일한 의사인 그의 지지는 강인한이 이곳에서 안전을 확보하는 데 매우 용이했다. 그리고 천사도의 유명 인사 망치는 강인한에게 이미 자신의 모든 것을 바칠 준비가 되어 있다. 그는 여전히 난폭한 싸이코패스지만 한 가지 특이한 아킬레스건이 있다. 그리고 강인한은 그의 아킬레스건을 단단히 쥐고 있다. 망치가 건네는 독한 술을 한잔 받은 강인한이 망치에게 물었다.

"언제지?"

"내년 8월."

"얼마 안 남았구나. 걱정하지 마. 잘 될 거야."

"고마워. 천 박사."

유튜브를 함께 운영하다 구속된 망치의 동생은 아직 교도소에 남아 있다. 똑같이 살인죄로 구속된 망치의 동생은 출소를 앞두고 있으며 당연히 천사도행이 유력하다. 망치는 천 박사가 섬에 들어오자마자 동생에 대해 간절히 부탁했다. 동생만은 이곳에 오지 않게 해달라고…. 사람들은 강인한이 천사도에 들어오자 신기가 떨어지거나 동아줄이 끊어진 거라며 비아냥거렸지만 망치는 직접 마주한 강인한의 모습에서 그가 천사도마저도 직접 택했을 것이라는 알 수 없는 확신을 갖게 되었다. 그래서 그는 강인한에게 동생을 위해 무엇이든 해 줄 준비가 되어 있는 것이다. 이렇게 얼마 안 되는 시간 동안 강인한은 든든한 후원자들을 만드는 데 성공했다. 물론 한대성을 설득하는 데 오래 걸리긴 했지만 그도 강인한의 계획에 결국 동참하기로 했다. 아침 해가 괴롭히는 바람에 침대에서 일어난 강인한이 기지개를 켜곤 신발을 신었다. 기지개를 한 번 켜고 옷을 대충 챙겨 입은 뒤 터덜터덜 발걸음을 유지아의 집으로 옮겼다. 그녀의 현관에 노크를 하자 한결 밝아진 표정이 그녀가 강인한을 맞이했다.

"부지런해졌네?"

"할 게 없으니까요."

"그럼 더 게을러져야지. 준비한 일은, 어떻게 됐어?"

"잘 된 거 같아요."

"정말 올까?"

"그럼요."

"확실해?"

"백프로."

강인한이 싱긋 웃는다. 그가 감옥에서 복수의 칼을 갈며 준비한 계획이 차곡차곡 진행 중이다. 이제 남은 건 손님맞이뿐이다. 그와 섬이 기다리는 진짜 손님.

낮, 서울특별시 강남구 호텔블루야드

박 대표는 심각한 표정으로 커피잔을 쓰다듬고 있다. 중요한 결정을 내리기 전 보이는 그의 오래된 습관임을 양 실장은 알고 있다. 그 역시 잠을 설쳐서 피로가 풀리지 않았지만 박 대표를 만나 대화를 하지 않으면 일이 크게 틀어질 것 같아 일요일임에도 불구하고 그를 끌어냈다.

"어려운 결정이군요."

박 대표가 여전히 결정을 내리지 못하고 망설이자 조급한 표정의 양 실장이 바짝 다가와 속삭였다.

"그렇게 어렵지는 않습니다. 그저 목적어가 바뀔 뿐이니까요."

"하지만 실패하면요?"

"실패라…. 이미 실패한 거 아닌가요? 대표님, 우리 솔직해집시다. 안일한 대통령이 재선에 성공하겠습니까?"

예상치 못한 양 실장의 말에 박 대표가 흠칫 놀라며 그를 바라봤다. 양 실장의 표정은 진지하다.

"그야…. 아직 알 수 없죠."

상황을 파악하지 못해 아직 조심스러운 박 대표의 대답에 양 실장이 자세를 고쳐 앉으며 말했다.

"대표님, 어차피 안 돼요. 이미 실패한 겁니다. 그런데 그 실패를 성공으로 바꿀 옵션이 생긴 거니 두려워할 필요가 없죠. 다시 한번 말하지만 실패는 이미 했어요. 지금은 그 실패를 되돌릴 수 있느냐 없느냐죠."

박 대표가 다시 둥그런 커피잔을 쓰다듬는다. 어차피 안 대통령과의 관계는 돌아올 수 없는 강을 건넜다. 안레아까지 귀국시킬 만큼 안 대통령과 비산그룹 두 협력체 사이의 신뢰는 깨져버린 것이다. 그렇다면 양 실장의 제안이 최후의 방법이기보다 그의 말처럼 최선의 선택이 될 수도 있다.

"그런데 대체 왜 이렇게 갑자기 기류가 바뀐 겁니까? 제가 뭐 실수한 것도 없는 듯한데."

박 대표가 답답하다는 듯 양 실장에게 물었다. 아직 안 대통령은 박 대표가 강인한을 도와서 응징하는 것이라는 이야기를 직접 한 적 없기에 박 대표도 영문을 몰라 답답할 법하다. 양 실장은 이것도 강인한이 꾸민 함정임을 잘 알고 있다. 하지만 거래가 성사되기 위해서는 침묵을 지켜야 한다. 물론 그럴듯한 이유는 주고 갈 것이다. 그래야 박 대표가 더 파고들지 않을 것이고 확실히 그가 안일함을 포기할 것이기 때문에.

"아무래도 야당에서 비산그룹과의 유착관계를 세게 물고 늘어지니까…. 이제는 불가피하셨을 겁니다."

"그렇다고 다 된 인수합병을 깨고, 세무조사를 해요?"

"박 대표님, 그래서 제가 왔잖아요. 지금부터 잘 생각해야 해요. 시간이 많지 않으니 결정되면 전화 주세요."

양 실장이 더 말할 것도 없다는 듯 자리를 털고 일어서 호텔 밖으로 나왔다. 천사도에 간 그날 양 실장은 왜 박 대표가 강인한을 도왔는지 당사자로부터 정확히 들었다. 놀라운 그 이야기는 그가 강인한의 제안을 결국 받아들이는 결정적 이유 중 하나가 되었다.

"누가 그래요?"

"우철식."

"우철식? 하하하! 진짜 속았네?"

박장대소하는 강인한의 앞에 앉은 양 실장의 눈썹이 성난 표정으로 잔뜩 구겨졌다.

"실장님, 생각해보세요. 비산그룹이 날 뭐하러 도와줘요. 죽이려다 용케 살아서 되려 전전긍긍일 텐데."

"하지만 네가 우철식에게 말한 건…."

"네, 우철식에게 말했죠. 분명 누가 찾아와서 물을 거다. 내가 어떻게 천사도를 피하는지 방법을 말하라고."

이 영악한 녀석이 그 상황까지 대비했다니, 양 실장은 깜빡 속았다는 모멸감에 얼굴이 달아올랐다.

"그래서 생각했죠. 그 상황에 우철식이 어떻게 말하면 좋을까? 내게 도움이 되려면, 어떻게 말하라고 시킬까? 어차피, 우철식은 내가 시키는 대로 말할 거니까요. 그러다 떠오른 게 이간질이에요. 비산그룹과 대통령을 이간질하자…. 그러면 비산그룹은 갑자기 경영위기에 빠질 거고 대통령 역시 제일 중요한 자금 줄을 잃겠죠. 그 다음은? 탁! 바로 대선 준비에 빨간불이 들어오는 거예요."

또다시 이 풋내기에게 놀아났다는 사실에 양 실장은 피가 거꾸로 솟았다.

"실장님, 진짜 눈 먼 사람이 누구인지 알아요? 시각 장애인이 아니라 보이는 것을 외면하고 싶어 하는 비겁한 눈을 가진 사람들이에요. 아니면 욕심에 눈이 멀어 코앞에 마주한 진실도 못 보는 바보들이나."

"들으라고 하는 말 같아서 한 대 치고 싶군."

"이해해요. 그런데 너무 화내지 마세요. 이건 나에게만 좋은 일이 아니니까. 아까 내가 한 제안을 한번 잘 생각해봐요. 안 대통령을 잃은 비산그룹은 그럼 이제 누구를 믿고 따를까요? 이 사태를 수습해줄 사람."

강인한이 미소를 지으며 양 실장을 바라봤지만 양 실장은 그런 강인한을 노려볼 뿐 동의할 의사는 전혀 없다.

"설마 내가 안일한 대통령을 배신할 거라고 생각해? 미안하지만 사람 잘못 봤어. 넌 아직 세상을 몰라."

"거짓말. 실장님 거짓말하는 걸 부끄러워하지 마세요. 사람은 누구나 거짓말의 유혹에 빠지니까. 그 유혹에 방아쇠를 당기는 건 열등감이래요. 우리 양광석 실장님은 어떠세요? 혹시 본인도 모르는 열등감에 사로잡혀 있지 않아요? 예를 들어…. 평생 2인자. 해결사. 똘마니?"

"닥쳐."

호텔을 나온 양 실장이 차를 출발시키자 박 대표도 사무실로 돌아왔다.

〈Chapter 6〉 2031년: 악마들의 섬

그는 여전히 심각하게 고민 중이다. 하지만 얼추 결론은 나왔다. 양 실장 제안에 대한 거절이라는 경로는 어차피 막다른 길이기 때문이다.

"자기를 믿어달라…. 안일한은 끝났다? 그래, 밑져야 본전이지. 기왕 여기까지 온 거. 끝은 봐야 하겠지."

밤, 서울특별시 월계동 허름한 카페

에스더는 퇴근하면 노트북을 제일 먼저 확인한다. 습관처럼 그녀는 새로 도착한 메일이 없는지 살피다 낯익은 노새의 이메일이 보일 때면 설레는 마음으로 메일을 읽어 나간다. 노새가 보내는 이메일에는 그녀가 그리워하는 강인한의 소식이 들어 있고 그가 부탁하는 중요한 일들이 담겨 있기 때문이다. 에스더는 지금까지 묵묵히 그의 부탁을 수행했다. 하지만 만약 그녀 혼자였다면 낯선 이국 땅에서 까다로운 부탁을 모두 들어 주기란 사실 불가능했을 것이다. 다행히 에스더의 곁에는 뜻밖의 조력자가 존재했고, 덕분에 섬에서 실려온 부탁을 육지에서 들어주는 게 가능했다.

"이번엔 또 뭐야?"

유수아 형사가 커피숍에 나와 에스더에게 퉁명스럽게 물었다.

"오빠가 감사하대요."

"됐어. 그 자식이 이뻐서 도와주는 거 아니야. 우리 언니 때문이지."

불친절한 말투지만 에스더에게 유 형사는 유일하게 의지할 수 있는 한국 사람이다. 에스더가 오늘 노새에게서 도착한 이메일을 유 형사에게 내밀었다. 천천히 메일을 읽어 내려가던 유 형사가 갸웃거린다.

"이거? 이게 왜. 이건 이미 지난번에 비서실에 보낸 거 아냐?"

유지아는 아들 희재의 타살 증거 자료가 담긴 하드디스크를 지인이 운용하는 허름한 PC방 한곳에 몰래 보관했다. 그녀는 자신이 출소한 뒤 직접 아들의 억울한 죽음을 밝히려 했지만, 천사도행이 결정되면서 모든 것이 무용지물이 되었던 것이다. 하지만 세상과의 연결고리가 있는 강인한이 천사도에 입도하며 상황은 역전되었고 그에게 PC방의 위치와 하드디스크 정보를 넘겨 양광석과 안일한을 압박하는 데 성공했다. 에스더 혼자라면 자칫 위험했지만 그녀의 곁에는 차애원, 아니 유지아의 동생인 유수아 형사가 함께 있었고 에스더에게 그녀를 찾아가도록 한 강인한의 모험은 신의 한수가 되어 지금까지 그를 돕고 있다. 노새를 통해 다시 전달된 강인한의 이메일 내용을 보며 의아하다는 듯 유 형사가 중얼거렸다.

"이 자료는 지난번에 복사해서 양광석에게 이미 보냈고 원본은 잘 숨겨 놓았잖아."

"네, 그런데 거기 메일에 쓰인 대로 한 번 더 해 달래요."

"이걸…. 유튜브에 올릴 준비를 하라고?"

"네, 거기 그 계정이요."

"이 새끼는 또 뭐야?"

유 형사가 유튜브에 강인한이 보내 준 채널을 입력한다.

"망치자경단? 뭐야, 돌아이인가? 그런데 무슨 구독자가 이렇게 많아? 사적 제재로 어그로 끌던 놈이구만."

노새의 이메일에 적혀 있는 건 아직 폐쇄되지 않은 망치의 유튜브 계정이다.

"하…. 얘 일을 너무 크게 만드는 거 아니야? 섬에 있어서 사고 판단력이 흐려진 것 같은데…."

에스더가 아무래도 상관없다는 듯 어깨를 으쓱해 보인다. 유 형사도 이메일을 내려놓으며 피식 웃었다.

"이 녀석, 애초에 법의 테두리 안에서는 복수를 할 생각이 없었구나. 더 크게 갚아주고 싶은 거야."

[1월 27일 월요일 아침] 서울특별시 청와대 회의실

안 대통령은 선거 준비 현황을 점검하며 벌어진 지지율을 근심스럽게 바라본다. 지금 그의 앞에서 여러 가지 대안을 쏟아내는 저들의 노력은 자신이 재선되었을 때 떨어질 콩고물을 위한 것이지만 그들의 노력이 점차 성의가 없어지는 것 또한 외면하기 힘든 요즘이다. 이미 포기한 패잔병들 같은 저들의 모습이 안 대통령은 안타깝다 못해 화가 났다. 아직 포기하지 않은 자신마저 물들이고 유약하게 만들까 봐 분노까지 치밀어 오른다.

"그래서, 네거티브로 저쪽 치부를 드러내자고? 딸의 입시 비리 의혹, 예산 사적 활용, 부동산 투기…. 맞아요?"

"네 그렇습니다. 추가로 지금 아버지의 친일 행적까지 조사하고 있습니다."

안 대통령이 크게 한숨을 내쉬었다.

"좋아요. 그럼 저쪽에서 나에 대해 공격하는 건 대비가 잘 되고 있어요? 내 문제가 더 크지 않은가? 비산그룹 유착과 비자금, 딸의 마약 의혹, 외교마찰과 경제지표 하락. 어때, 이거는 진짜 잘 대비되고 있어요? 우리 아버지는 북파 공작원 양성하는 비밀 군사 시설에서 고문 기술자였다는 의혹도 있던데. 그것도 준비되어 있나?"

"네, 최선을 다해…."

안 대통령이 앵무새 같은 답변에 짜증을 내자 선거 캠프는 일제히 어두운 침묵에 잠겼다. 이제 자신이 직접 나서지 않으면 안 될 지경이다. 이미 지지율은 바닥을 치기 시작했다. 상대 진영은 마치 당선이라도 된 듯 승

전보를 울리며 벌써 새로운 정부 출범 시 누가 요직을 맡고 장관직에 오를지 하마평을 퍼 나르는 중이다. 하지만 안 대통령은 아직 포기하지 않았고 포기할 생각도 당연히 없다. 이번에도 그는 절호의 반전카드를 쥐고 언제 던질지 타이밍을 재는 중이다. 그때, 그 타이밍을 알려줄 전화가 울리기 시작했다. 양 실장이다.

"대통령님, 다음 주 월요일, 아침 일찍 출발하시면 좋을 듯합니다."

날짜를 보고 받은 안 대통령의 얼굴이 한껏 밝아졌다. 이제야 일다운 일이 되어간다는 눈치다.

"다 알아봤고 준비는 마쳤습니다. 독도에 먼저 들르시고 바로 천사도로 가시면 됩니다."

"좋아. 그리고 국방부는 뭐라고 해. 독도에 배치한대?"

"네, 소속사에서도 오늘 동의했습니다."

안 대통령은 소수의 청와대 인력들과 양 실장을 통해 직접 자신의 대선 전략을 준비하고 있다. 현재 훈련소에서 자대 배치를 준비 중인 K-POP 아이돌 그룹 MIC7의 리더 재훈을 독도 수비대에 배치하기로 한 것이다. 대신 소속사와 협상을 해서 복무 기한을 1년으로 단축해 줬고, 한류 돌풍을 일으키고 있는 그의 팬레터 주소지를 독도로 홍보하면서 독도는 한국 땅임을 효과적으로 전 세계에 알릴 예정이다. 이런 정부의 도발적인 외교 대응은 대중들의 관심과 지지를 끌어 낼 것이다. 안 대통령은 자대 배치를 받는 아이돌 재훈을 만나러 독도에 들른 뒤 곧장 천사도로 이동할 것이다. 그곳에서 최근 벌어진 폭력 사태에 대해 직접 언론 브리핑을 하고 태극기를 고쳐 달며 천사도는 엄연히 대한민국 영토임을 환기시킬 것이다. 특히 그와 한대성 도지사의 특별한 인연은 한민선의 비극적인 죽음을 다시 들춰내며 미디어에게 좋은 요리 재료가 될 것이 분명하다. 그리고 살인마 조강석에게 살해된 한민선의 아버지 한대성과 대통령의 각별한 인연은 강하게 연결되던 비산그룹과 대통령의 관계에 정서적인 물음표를 던지게 만드는 효과도 있다. 재벌 2세 연쇄 성폭행범에게 딸을 잃고 그 범인을 살해해서 살인범이 된 남자와 그를 변호해서 천사도 도지사로 임명한 대통령의 막역한 인연. 안 대통령의 머릿속은 다시 바쁘게 계산기를 두드리기 시작했다. 이제 D-day는 결정되었다. 최종 실행에 옮기기만 하면 된다. 전화기를 향해 그가 양 실장에게 말했다.

"양 실장, 자네가 그럼 잘 준비해줘. 정말 중요한 이벤트니까 직접 해. 사소한 부분까지 만전을 기하고."

전화를 마친 양 실장은 대통령의 독도, 천사도 방문 프로젝트를 치밀하게 준비하기 시작했다. 그의 주변에는 소수의 청와대 실무자가 모여 일사불란하게 명령을 기다리는 중이다.

"대통령님 이동 수단은 전용 헬기로 하고, 전용 헬기에 동석할 인사들 명단 준비해."

"네, 비서실장님."

"경호 인력과 언론 브리핑용 기자단은 어떻게 할까요?"

"헬기를 한 대 더 준비하고 일부는 대통령 헬기에 태워. 독도 헬기 착륙장 상태는 확인했나?"

"네, 독도는 문제없습니다. 다만 천사도가 문제죠."

독도 헬기장은 지난 2019년 겨울, 소방 헬기 추락 사고가 발생하면서 대대적인 보수가 이뤄졌다. 독도 동도 정상 주변에 있는 이 헬기장은 대형 수송용 헬기 시누크 등 최대 25톤 중량의 헬기가 24시간 이착륙할 수 있다. 하지만 무인도였고, 입도가 제한된 천사도의 상황은 극히 다르다.

"비서실장님, 독도에서 천사도 이동은 어떻게 준비하죠?"

양 실장이 골똘히 생각에 잠긴다. 대통령 전용 헬기는 시코르스키

VH-92이다. 이 헬기의 탑승 인원은 14명이지만 대통령 전용 헬기로 개조하면서 지금은 8명만 탑승이 가능하다.

"전용 헬기에는 대통령님과 언론인 두 명, 비서관 한 명, 경호인력 네 명을 태워."

"독도에 가는 나머지 기자단과 경호인력은 모두 시누크로 이동합니까?"

"시누크는 서른 명 정도 탈 수 있지? 좋아. 그렇게 해."

"그럼 천사도에 갈 때는 어떻게 하죠? 시누크가 천사도에는 착륙을 못 할 겁니다. 착륙장 여건이 안 됩니다."

"알아, 그래서 전용 헬기만 간다."

"네? 괜찮을까요? 경호가 불가능한데."

방문 일정을 준비하던 청와대 사무관들이 일제히 우려를 표하며 양 실장을 바라봤다.

"천사도에는 어차피 대형 헬기가 착륙할 수 없어. 그러니 전날 대통령 경호팀을 미리 보내. 무장시키고."

"아, 그렇게 준비하겠습니다."

양 실장의 깔끔한 정리에 사무관들은 바쁘게 그의 지시를 행동으로 옮긴다. 대통령의 동선은 기밀이다. 특히 이번처럼 위험지역에 갑자기 방문하면 평소보다 더 철저히 비밀에 부쳐야 한다. 대통령 경호처장의 만류에도 불구하고 안 대통령이 직접 승인한 이번 독도-천사도 방문이 양광석 청와대 비서실장의 주도로 비밀스럽게 추진 중인 이유다. 이번 방문을 위해 대통령경호처 소속 전문특수무력팀인 CAT(Counter Assault Team)는 위험 요소를 점검하고자 하루 먼저 천사도에 들어가 섬을 살필 것이다.

"그리고, 국방부 장관 연락해서 혹시 모르니까 일본에서 반응할 걸 대비하라고 해."

"경계태세 말씀이십니까?"

"SS068-이순신이랑 기타 해상 병력 출격 대기시키라고 미리 말해 둬."

사무관들이 강경한 그의 주문에 놀라 눈치를 보며 전화를 들었다.

"네 알겠습니다. 그럼 전용기에 타는 기자 두 명은 언론사 어디로 할까요?"

"내가 한 군데 정해 줄 테니, 기자랑 사진 담을 친구랑 두 명 타라고 해. 어차피 더 타지도 못해."

그 이후에도 자잘해 보이지만 중요한 사안들을 양 실장이 주도하여 준비했다. 대통령과 그가 가장 신뢰하는 비서실장이 함께 기획한 재선 승리용 지상 최대의 정치쇼가 또 한 번 착착 준비되는 것이다. 이번에는 아이돌 멤버까지 투입된 회심의 전략이다. 안 대통령은 벌써 승리의 냄새를 맡기 시작했다.

[2월 2일 일요일 아침] 천사도 도지사 집무실

대통령의 천사도 방문을 앞두고 하루 먼저 도착한 경호팀은 섬 주변을 수색하며 VIP의 위험한 외출을 대비하는 중이다. 천사도의 입주민 숙소 두 군데는 하루 묵게 될 경호팀에게 내줘야 한다. 숙소를 내 주는 입장도, 받는 입장도 그다지 원치 않는 거래가 성사된 기이한 장면이다. 내일 누가 오는지 알 턱이 없는 천사도 주민들은 누구 때문에 이 수선인지 짜증 나지만 한대성 도지사가 신신당부했기에 범상치 않은 일이 이곳에 있을 것이라는 정도만 짐작하고 있다. 숙소를 점검하던 경호팀장에게 다가간 한대성 도지사가 말했다.

"통신이 되는 제 사무실에서 가장 가까운 숙소 두 군데를 비운 것입니다. 그러니 급한 연락은…"

"저희도 위성 통신장비가 있습니다. 걱정 마세요. 도지사님."

경호팀장의 말에 고개를 끄덕인 한대성은 그들을 더 귀찮게 할 생각이 없다는 듯 숙소 문을 닫고 나왔다. 방탄 조끼와 기관단총까지 준비하고 들어온 저들의 모습에 천사도 주민들은 혹시나 사법당국에서 이곳에 무언가 법 집행을 위해 온 건 아닌지 민감한 반응을 보였다. 한대성 도지사가 사무실로 돌아오자 먼저 와서 기다리고 있던 강인한과 돌팔이가 보인다.

"총 몇 명이죠?"

"스무 명. 모두 중무장했고, 위성통신 장비까지 챙겨왔어."

"와…. 스무 명?"

돌팔이가 깜짝 놀란다.

"그 정도도 예상 못 했어?"

"이렇게 장사가 잘 될지는 몰랐지. 스무 명이면 약이 조금 더 필요하겠는데?"

"미리 여유 있게 좀 준비하지. 이제 와서 그럼 어떻게 해. 당장 가능해?"

"재료만 있으면. 가능하지."

돌팔이의 말에 강인한이 대답했다.

"재료는 걱정 마세요. 지난주에 노새가 동영상 촬영하러 왔을 때 받아둔 게 좀 남아 있긴 해요."

"오케이, 정확히 뭔데?"

"약간의 필로폰이랑 캔디 몇 봉지."

"이야, 그거는 소량만 있어도 추~웅분히 가능하지! 그럼 제품 만들고 나 좀 빼서 써도 되지?"

돌팔이의 얼굴에 음흉한 미소가 활짝 번진다. 돌팔이와 강인한을 걱정스레 바라보던 한대성이 말했다.

"자, 내가 할 일은 끝났어. 이제 너희들 몫이야. 빈틈없이 준비하는 게 좋아. 목숨이 걸린 문제니까."

"에이, 뭘 겁을 그리 줘? 설령 실패한들! 여기서 이렇게 사는 게 사는 거야? 재미 한번 보면 좋지 뭐!"

약을 너무 많이 해서 머리가 돌아버린 걸까? 돌팔이가 신나는 듯 웃으며 추가로 약을 만들기 위해 자리를 털고 자신의 병원으로 돌아갔다.

"괜찮겠어? 저 친구에게 믿고 맡겨도?"

"돌팔이 솜씨는 의심할 여지가 없어요. 게다가 의외로 복수심이 남다르거든요. 돌팔이 아저씨도."

"그랬나? 그럼 너는 어때. 준비됐어?"

"당연하죠, 기다리기 지루할 만큼."

강인한이 한대성을 물끄러미 바라본다. 한대성이 그런 그에게 망설이다 말했다.

"고맙다."

갑작스러운 감사 인사에 강인한이 잠깐 놀란 표정을 지어 보인다.

"뭐가요."

"내가 못한 걸…. 네가 해줘서."

강인한이 한대성의 말에 옅은 미소를 보였다.

"아저씨, 딸이기도 했지만…. 제가 사랑했던 친구예요. 그리고 이제 시작이죠. 아직 성공한 것도 아니고."

강인한이 한대성의 눈을 바라본다. 유난히 민선이와 닮은 눈이다. 강인한은 반드시 복수를 하겠다고 다짐했다. 자신의 인생을 망친 것도 모자라 그토록 사랑했던 민선이에게 두 번의 돌이킬 수 없는 좌절과 죽음을 안겨준 그들에게 말이다. 강인한은 민선이가 보육원으로 봉사활동을 올 때부터 사랑을 키웠다. 처음에는 보육원에서 지내던 그가 그녀에게서 위로와 안식을 찾았지만, 조강석 사건 뒤부터는 그녀가 그에게 기댔고 그는 그런 그녀의 든든한 버팀목이 되어주곤 했다. 학교를 마치고 늦게 귀가하던 그녀를 매일 집 앞까지 데려다주던 것도 먼저 취업에 성공한 자신이었다. 민선이와 이야기를 나누며 집에 바래다주고 야간 근무를 출발하던 평범한 일상이 그에게는 이제 가장 행복했던 시간이자 몇 안 되는 지키고 싶은 추억이다. 하지만 민선이를 평소보다 조금 늦게 데려다 준 그 여름날. 악마의 손길은 다시 그녀에게 뻗쳤고, 두 사람은 결국 그녀를 잃고 말았다. 그리고 그날 딸을 잃고, 연인을 보낸 두 남자는 지금 공통된 목표를 이곳에서 품었다.

"가끔 그런 생각을 해요. 그날 내가 바로 돌아가지 않고 집 앞에 조금 더 서 있었다면 어땠을까⋯. 그런데, 그렇게 후회하다 정신을 차리니 언뜻 다른 생각이 들더라고요. 후회할 시간에 그 악마를 무책임하게 풀어놓은 당사자들, 진짜 악마들에게 벌을 줘야 한다는 생각."

한대성 도지사가 아무 말 없이 비장한 표정으로 지평선 끝을 바라보며 강인한에게 대답했다.

"그래, 벌을 줘야지. 그 주인공은 반드시 여기로 날아올 거야. 우리가 간절히 기다리니까."

[2월 3일 월요일 아침]
경상북도 울릉도 인근 해상, 해군 순양함 갑판
"충성!"
"충성! 그래 앞으로 멋진 군생활, 용감하게 하길 바란다."

군복 상의를 착용한 안 대통령이 손을 내밀어 악수를 청했다. 전 세계 K-POP 팬들에게는 아이돌 그룹 MIC7의 리더 재훈이라고 알려진 신병, 김재훈 이병의 첫 독도경비대 근무가 시작되는 순간이다. 일부

외신들도 날아와 독도에서 1년 간 군생활을 하게 될 슈퍼스타의 첫날을 취재하느라 바쁘다. 지금 이 순간, 모든 것이 완벽하다. 완벽하다 못해 기대 이상이다. 대통령이 군함에 올라 해군들을 격려하고 전용 헬기를 통해 독도로 직접 날아간 장면에는 국민적 관심이 쏠렸다. 게다가 인기 아이돌 그룹 MIC7의 리더 재훈이 독도수비대로 복무를 시작하고 대통령과 격려의 악수를 주고받는 장면은 외신에서도 집중하는 드라마틱한 글로벌 이슈가 되기에 더할 나위 없이 좋은 소재였다. 독도 일정을 성공적으로 마친 안 대통령의 표정은 만족감으로 잔뜩 상기되었다. 마침, 일본은 이런 정치적 의도가 다분한 대통령의 독도 방문에 강력히 항의하며 군사적 조치를 언급하는 등 동해상의 긴장감을 한껏 고조시켰지만 그건 오히려 안 대통령이 바라는 바다. 설령 무력 도발이 발생하든, 외교적으로 해결이 되든 그건 어차피 그가 대통령이 되고 난 뒤에 생각할 문제이며, 그런 일본의 날 선 반응은 유권자들을 더 똘똘 뭉치게 할 것이기 때문이다. 모름지기 선거란 어차피 모두를 만족시킬 수는 없다. 그렇다면 대통령은 자신에게 꼭 필요한 50%의 국민만 자신에게 열광하도록 확실한 이미지를 심어주면 그만이다. 독도 방문에 동행한 청와대 비서진은 인터넷 뉴스 댓글창의 여론을 실시간으로 체크하고 있다. 때마침 진행된 대선후보 실시간 여론 조사 결과는 오늘 쇼의 성과를 즉각 반영한 듯 최근의 부진을 말끔히 씻고 안 대통령의 재선 가능성을 높게 점치기 시작했다. 그의 쇼는 또 다시 흥행에 성공하는 듯하다. 이제 천사도 일정까지 소화하면 그의 프로젝트는 절정을 찍게 된다. 하지만 그 절정을 시샘하는 듯 멀리서 시커먼 먹구름이 꿈틀댄다. 헬기가 흔들릴 만큼 바람이 거세지자 수행원들이 조심스럽게 말을 꺼냈다.

"대통령님, 기상 상태도 안 좋고. 현지 사정도 열악하니 천사도 일정은 취소하시면 어떠실지요."

현장수행팀장이 조심스럽게 권했지만 안 대통령의 생각은 확고했다. 이런 기회에 그가 물러설 리 없다.

"천사도가 코앞인데. 이제 와서 안 갈 이유가 있어? 경호팀은."

"어제 스무 명 미리 진입해 대기 중입니다."

"좋아, 해군은?"

"혹시 몰라서 공군 편대까지 준비되어 있습니다."

"야, 이 답답한 사람아. 그런데 뭐가 걱정이야? 지금 우리가 반장선거해?"

안 대통령의 질책에 수행팀장은 합죽이가 되었다.

"천사도를 조성한 게 난데, 정작 한 번도 안 가 봤다는 게 저쪽에 공격거리를 제공하는 거야. 내가 이번에는 반드시 가서 일장기 방화사건, 일본인 구타 사건 대응하고 현지 시찰도 해야 되겠어. 더 이상 선거에서 이 섬이 문제가 되지 않게 말이야. 두고 봐, 오히려 오늘 이후 저 섬은 우리에게 의지할 언덕이 되고 저쪽에게는 넘지 못할 산이 되어 줄 테니."

같은 시각, 경상북도 포항 호텔블루야드

양 실장은 호텔블루야드포항의 스위트룸에서 박 대표와 조용히 만남을 갖고 있다. 날씨는 당장이라도 비가 오려는 듯 초저녁 같고 파도는 성난 들소처럼 연안을 때려 댄다.

"이 날씨에 진짜 가셨네요?"

"그럼요. 안 가시고는 못 배기죠."

"실장님도 곧 출발하시죠?"

"네, 바다가 더 험해지기 전에 가야지요."

양 실장이 냉수를 한 잔 마시더니 박 대표를 향해 말했다.
"이제 마음의 준비는 끝나셨습니까?"
"네, 그런데, 정말 시나리오대로 될까요."
"어차피 이대로 가면 비산그룹은 세무조사에서 탈탈 털리고, 대표님 자리도 온전치 못할 거… 아시죠?"
"알죠. 그래서 저도 양 실장님 뜻에 따른 겁니다. 이젠 실장님만 믿습니다. 잘 되겠죠?"
"네, 됩니다. 그러니까 차분히 기다리다 신호하면 철저히 준비해주세요."
"알겠습니다. 그리고…. 시나리오대로 되면, 민국당에서 비서실장님을 진짜 내세우려 할까요?"
"그건 제가 알아서 처리하겠습니다. 그 순간 박 대표님의 절대적인 도움이 필요합니다."
"알겠습니다. 우선 세무조사부터 꼭 막아 주십시오. 그리고 인수합병은 모두 진행되어야 합니다."
박 대표는 양 실장의 다짐을 다시 한번 받고 나서야 긴 한숨을 쉬며 자리에서 일어섰다. 긴장했는지 그가 일어선 의자에는 땀자국이 고스란히 남아 있다. 오늘은 바다에서도 육지에서도 바쁘게 대통령 선거 준비가 진행 중이다. 특별한 두 사람을 위한 대통령 선거.

오전, 천사도 인근 해상 대통령 전용 헬기 안

독도 일정을 마치고 천사도로 출발한 대통령 전용 헬기는 갑자기 불어대는 강풍과 좁은 천사도 헬기장 면적 탓에 한참을 돌다 어렵게 착륙에 성공했다. 천사도법으로 대통령에 당선된 안 대통령이 정작 처음 천사도에 발을 딛는 인상적인 순간이다. 대통령의 방문을 맞이하기 위해 한대성 도지사가 나와 대기하고 있다. 안 대통령은 마치 오랜 친구라도 만난 듯 반가워하며 크게 두 팔을 벌려 인사했다.

"이름처럼 정말 아름다운 섬이네요. 반갑습니다. 한대성 도지사."

"영광입니다. 대통령님."

포옹과 악수를 나누는 두 사람의 모습을 한일일보 김종명 기자가 카메라에 담느라 분주하다. 양 실장과 오랜 인연인 김종명 기자는 이미 차희재 자살사건, 차애원 마약 투약 특종사건을 취재하고, 안레아의 구설수가 터지면 다른 사건으로 덮는 등 현 정권에서 궂은일을 마다하지 않는 안일한 패밀리의 언론 담당 전문가다. 인류에게는 닐 암스트롱의 달 착륙 첫걸음이 역사적인 순간이었지만 오늘만큼은 이 섬에 발자국을 찍은 안 대통령의 첫걸음이 더 큰 하이라이트를 받아야 한다. 그리고 김종명 기자가 그렇게 만들 것이다. 안 대통령이 도지사 사무실로 걸음을 옮기자 전용 헬기를 타고 온 현장경호팀이 한대성 도지사를 불러 세웠다.

"도지사님, 어제 사전 배치된 경호팀이 안 보이는데요? 방금 전까지 연락이 되었는데."

경계를 늦추지 않고 경호팀장이 주변을 둘러보며 말했다.

"아, 지금 주민들 경비를 위해 내려가 있습니다. 아시겠지만 여기 주민들은 출소했지만 우범자들이고 테러리스트나 싸이코패스도 많거든요. 안전을 위해 한곳에 모아 두었습니다. 대통령께서 떠나시기 전까진 경호팀이 그곳을 통제한다고 전해왔습니다. 그리고 거기가 통신이 잘 안 돼요. 날씨도 이렇고."

"그래요? 저는 처음 듣는데요?"

현장경호팀장이 미심쩍어 하며 허리에 찬 총에 손을 댔다. 한대성 도지사가 안 대통령에게 말했다.

"대통령님, 천사도 주민들은 인터뷰에 응할 두 명만 제외하고 모두 감시를 위해 강당에 모았습니다. 지금 그들을 지키는 경비 병력이 연락이 잠시 안 되는 것 같은데 혹시 추가 경비병력 없어도 괜찮으시겠습니까? 사무실엔 대통령님, 저, 비서진, 기자분들, 그리고 주민 두 명이 전부입니다."

"그래요? 역시 교도관 출신이시라 일처리가 명쾌하네. 그 정도면 되겠네요."

안 대통령의 말에 현장경호팀장은 어쩔 수 없이 인터뷰를 그대로 진행하기로 했다.

"우리 셋이 여기 남을 테니 강당이 어디인지 가 봐. 경호인력 이상 없는지. 확인하고 바로 돌아와."

현장경호팀장이 한 명을 강당으로 보내고 대통령을 따라 들어갔다. 안 대통령이 도지사 사무실로 들어가자 깨끗하게 정리된 인터뷰용 테이블이 보였다. 그리고 그 앞에는 두 명의 주민이 앉아 대기 중이다. 뒷모습을 보니 남자 한 명, 여자 한 명이다. 안 대통령과 비서진이 그들 앞에 마주 앉자, 한대성 도지사는 주민들의 가운데 앉아 총 여섯 사람이 테이블에서 마주보게 되었다. 기자와 청와대 홍보실 담당자는 그들의 대화를 받아 적고, 화기애애한 모습을 카메라에 담느라 여념이 없다. 한대성 도지사가 대화 중 잠시 일어나 커피포트로 다가가자 현장경호팀장이 가로막았다. 한대성 도지사는 믹스커피 여섯 개를 들어 보이며 물었다.

"경호팀장님도 같이 드릴까요?"

경호팀장이 비켜서자 한대성 도지사는 커피포트로 뜨거운 물을 끓이기 시작했다.

"대통령께는 드릴 수 없습니다. 검수된 식품만 드실 수 있습니다."

"그래요? 그럼 어쩔 수 없죠. 생수라도 드릴까요?"

"물도, 저희가 실어왔으니 그걸 드리겠습니다."

현장경호팀이 가져온 생수를 받은 안 대통령은 성공적인 일정에 기분이 좋아져 만면에 미소를 띤다.

"도지사님 헌신 덕에 천사도도 안정적인 여건이 갖춰지고 있다는 이야기를 들었습니다. 감사합니다."

"천만에요. 주민들이 고생이죠. 그래도 다들 잘 살아보고자 애쓰는 중입니다."

"다행입니다. 비록 법령에 의거해서 거주제한 조치가 내려지긴 했지만 주민분들이 노력하시면 이곳도 이름에 걸맞는 섬으로 탈바꿈하지 않을까요? 혹시 모르죠. 여기가 유명한 관광지가 될지도."

안 대통령의 덕담에 양옆에 앉은 비서관들만 함께 끄덕이며 웃는다. 어색해진 안 대통령이 말했다.

"주민 대표 두 분도 얼굴이 좋아 보여서 마음이 놓입니다. 어떠세요, 섬 생활에 적응은 좀 되셨나요?"

안 대통령이 기분 좋게 질문했지만, 대답은 돌아오지 않는 메아리다. 아무런 말도 없이 주민 두 사람 모두 차가운 눈빛만 가득 담아 보낼 뿐이다. 잠시 당황한 안 대통령이 이야기를 이어 나갔다.

"물론… 여건이 꼭 좋으실 수는 없겠죠. 하지만 국민들의 안전과 정의를 바로세우기 위해서는 일부의 희생과 강한 규정이 필요합니다. 여러분이 마주한 이곳에서의 삶이 결코 호락호락하지는 않겠지만…"

그때 한대성 도지사가 물을 올려둔 커피포트에서 치이익 물 끓는 소리가 들려왔다.

"레아는 요즘도 약을 하나요? 그거 끊기가 힘들 텐데."

갑자기 튀어나온 질문에 집무실 분위기는 얼음물이 끼얹어진 듯 얼어

붙었다. 비아냥거리며 잔혹하게 내던진 유지아의 질문에 집무실엔 수습할 수 없는 긴장감이 흐른다. 지금까지 밝았던 안 대통령의 표정 역시 돌처럼 굳어버렸다. 예상치 못한 상황이다. 하지만 그는 이런 일을 수없이 겪어봤다.

"아, 신문에서 보셨구나. 무언가 오해가 있으시군요. 그럴 수 있죠. 가짜뉴스가 판치니까. 제 딸은…."

"살인자이기도 하죠. 용케 빠져나갔지만."

이번에는 강인한이 입을 열었다. 그제야 불길함을 느낀 안 대통령은 자신을 마주하고 있는 주민 두 명의 얼굴을 자세히 들여다보기 시작했다.

"안일한, 당신은 원래 그런 사람들 변호해서 세상에 풀어 놓는 거 전문이지. 안 그래?"

잠자코 있던 한대성 도지사의 말에 안 대통령이 참지 못하고 일어서며 소리를 질렀다.

"이게 지금 뭣들 하는 짓이야? 당신들 돌았어?"

안 대통령의 고성이 들리자 현장경호팀장과 경호원 두 명이 무기를 꺼내며 가까이 다가섰다. 그런데 다가오던 경호팀은 마치 무엇에 걸리기라도 한 듯 갑자기 다리가 꺾이더니 그대로 넘어져버렸다.

"뭐야, 최 팀장, 왜 그래? 최 팀장!"

비서관이 현장경호팀장을 불렀지만 한번 쓰러진 그는 쥐 죽은 듯 조용히 누워 있다.

"일어나, 이봐. 최 팀장! 최 팀…"

그리고, 경호팀장을 애타게 부르던 비서관도 무슨 영문인지 스르르 쓰러져 버렸다. 안 대통령이 깜짝 놀라 주위를 둘러봤다. 경호팀과 비서관, 한일일보 김종명 기자까지 모두 갑자기 잠에 빠진 듯 쓰러지더니 미동조

차 없다. 방금까지 치밀던 분노가 두려움으로 전환된 안 대통령이 일어서서 자기도 모르게 뒤로 물러났다. 뭔가 자신의 계획에 없던 이벤트가 발생하기 시작했음을 감지했다.

"당신들 지금 뭐하는 거야! 왜 이래!"
"아저씨, 질문이 틀렸어. 뭐하는지, 왜 이러는지보다 우리가 누군인지부터 물어야지. 답을 찾으려면."

강인한이 재미있다는 듯 웃으며 일어섰다. 안 대통령은 뒷걸음치다 자신도 무릎이 꺾이는 것을 느꼈다. 황급히 다시 일어서려 했지만 웬일인지 몸에 힘이 들어가지 않는다. 그리고 이내 스르르 눈이 감기는 게 느껴졌다. 직감적으로 그는 생각했다.

이번 쇼는 해피엔딩이 아닐 것 같다고.

같은 시각, 서울특별시 청와대, 대통령비서실

"아직도 연락 없어?"

"네. 아무도 안 됩니다."

급하게 불려 온 안보실장이 자리를 박차고 일어서며 인상을 찌푸렸다. 천사도로 날아간 대통령 수행팀의 연락이 모두 두절되었기 때문이다. 헬기가 무사히 착륙한 것은 확인되었지만 착륙 후 급격한 기상 악화로 이후의 상황이 전혀 보고되지 않고 있다.

"위성 전화는?"
"신호는 가는데…."
"아니 다들 대체 뭐 하는 거야! 무슨 일이라도 생긴 건 아닌지 당장 알아봐야 할 것 아냐."

"국방부 장관께 연락 드렸고 해군 참모총장이 근처에 대기 중이던 경비정을 바로 보낸다고 합니다."

"언제 확인 가능한데?"

"항구가 없고 태풍으로 파도가 너무 높아서 구명정으로 접근해도 대략 삼십 분은 걸린다고…."

"당신들 미쳤어? 10분 간격으로 체크해야 할 대통령 동선이 벌써 20분째 두절되었는데 뭐? 더 기다리라고? 지금 이 상황이 어떤 건지 알아? 국가 비상사태야 이 자식들아!"

안보실장은 더 망설일 수 없다는 생각이 들자 직접 국방부 장관에게 전화를 걸었다. 어떻게 하든 대통령의 안전을 확인해야 한다. 그때, 그의 스마트폰으로 전화가 걸려왔다. 양광석 비서실장이다.

"네, 비서실장님!"

"아, 안보실장님? 대통령께 연락이 닿았어요."

"네?"

뜻밖의 소식을 전해들은 안보실장은 그제야 마음이 놓인다.

"지금 여기 포항인데 여기 오니까 그래도 가까워서 그런지 최 팀장이랑 잠깐 연락이 되네요."

"아, 다행입니다. 어떻게 된 겁니까?"

"기상 악화로 통신이 너무 불량해서 연락 안 된 거라고 하시네. 헬기는 당장 못 뜰 거 같은데?"

"네, 해군 참모총장한테 연락해서 모시러 갈 예정입니다."

"어떻게?"

"일단 순양함을 최대한 가까이 붙이고, 구명정으로 접근하려 합니다."

"구명정이면 너무 위험하지 않나?"

"그래도 일단 저희가 직접 들어가야 안심이 될 것 같아서요. 안되면 경호 병력이라도 더 붙이죠.”
"그래요. 그럼. 계속 연락 취합시다.”
 양 실장은 안보실장과 통화를 마쳤다. 예상대로 삼십 분 정도 허락되었다. 양 실장은 노새가 몰고 있는 쾌속정에서 비바람을 맞으며 전화기를 바다에 던졌다. 이제 이 일을 끝내기 위해 그도 들어가야 한다. 문제의 그 섬, 천사도로.

"어때, 효과 죽이지?”
"그러게, 수증기만으로 이렇게 바로 쓰러져 버리다니….”
 돌팔이가 만든 마취제는 끓여서 호흡할 때 들이켜기만 해도 바로 효과가 나타났다. 물론 한대성과 강인한, 차애원은 그 마취제에 취하지 않도록 미리 돌팔이로부터 예방주사를 맞아 뒀다. 정신을 잃고 쓰러진 안 대통령과 비서진들을 보며 한대성이 말했다.
"시간이 그다지 많지 않아.”
"십 분이면 충분해요. 해묵은 일들을 끝내기엔.”
 김팔성과 망치는 돌팔이의 마취제에 정신을 잃은 전날 도착한 경호팀을 모두 숙소에 눕혔다. 그리고 돌팔이가 준 주사기를 가지고 돌아다니며 그들이 더 깊이 푹 잠들 수 있도록 추가 마취제를 주사했다. 오늘 도착한 비서진들과 기자, 경호팀장도 같은 숙소로 옮겨 똑같이 처리했다. 갑자기 나타난 경호인력이 한 명 더 있어서 당황하긴 했지만 김팔성의 주먹은 무난히 상황을 정리하기에 충분했다. 헬기에서 대기 중이던 조종사들 역시 유지아가 타 준 따뜻한 차를 마시고 정신을 잃은 채 숙소로 옮겨졌다.
"아무리 날씨가 안 좋아도 일, 이십 분 이상 경호팀과 연락이 안되면 들이닥칠 거야.”

"알았으니까 어린애처럼 재촉 좀 그만하세요. 시간은 충분하니까."

한대성의 독촉에도 강인한이 여유를 보였다. 그렇게 대통령의 일행들은 모두가 곤히 잠든 채 숙소로 옮겨졌지만 단 한 사람, 안일한 대통령만은 여전히 헬기착륙장에 묶여 있다. 돌팔이가 다가와 그의 팔에 주사를 놓자 그가 조금씩 정신을 차린다. 기다리기 짜증 나는지 유지아가 찬물을 힘껏 뿌리자 안일한 대통령이 깜짝 놀라 드디어 눈을 떴다. 가뜩이나 추운 날씨에 바닷바람까지 매서운 천사도는 오늘 체감기온이 영하 10도에 이른다. 힘겹게 정신을 차린 안 대통령은 아찔할 정도의 강추위에 몸서리를 쳤다. 그리고 그의 앞에는 방금 전까지 인터뷰를 나누던 한대성 도지사와 강인한, 유지아가 서 있다. 안대통령은 직감적으로 자신이 매우 위험한 상황임을 눈치챘다.

"자, 여러분. 천사도법에 많은 불만이 있는 거 잘 알고 있습니다. 모든 일이 그렇지만, 처음에는 오류가 생기죠. 대통령인 내가 나가서 이곳 천사도를 살 만한 곳으로 만들 수 있게 추진해 보겠습니다. 아니, 필요하다면 여러분의 천사도 거주를 종료하거나, 다른 방안을…."

추위와 당혹감으로 말까지 더듬는 안 대통령의 목소리를 들은 강인한이 크게 웃었다.

"이봐요, 우리가 이런 대형사고를 친 게 고작 천사도에 우리를 가둬서 그런 거라 생각해?"

안 대통령은 도무지 영문을 모르겠다는 듯 세 사람을 번갈아 바라봤다. 웃음을 멈춘 강인한이 말했다.

"쓰레기를 재활용하건, 태워버리건 관심 없어. 대신! 쓰레기인지 아닌지 잘 골라낼 순 있어야지."

"자초지종은 모르겠지만, 법은 공명정대하고, 모두에게 똑같이 적용됩니다, 만약 억울한 게 있다면…."

"아직 정신 못 차렸네. 자기가 가지고 놀던 법으로 해결하자고 여전히 술수를 부리다니."

"이봐! 젊은이. 난 대통령이야. 내게 문제가 생기면 당신들 모두 결코 살아남을 수 없어. 알기나 해?"

이런 상황에서도 절대 굽히지 않는 안일한이다. 조용히 그를 지켜보던 한대성 도지사가 입을 열었다.

"당신은 이유가 너무 많아서 모르는 걸까, 아니면 양심이란 걸 버려서 모든 죄책감이 사라진 걸까?"

"이봐요, 한대성 도지사, 당신 딸 일은 내가 사과했잖아요. 선미, 선미도 하늘에서 이런 결과를 원치 않을 거야. 나도 딸 키우는 입장에서 조강석에게 당신이 한 짓 다 이해해요. 아비로서 이해합니다!"

"이해한다고? 이건 이해로 해석할 일이 아니야. 겪어보지 않으면 이해, 공감 그런 말 나오지도 않아! 왜냐면 그저 널 죽이거나 내가 죽어서 잊고 싶을 만큼 괴로우니까. 그리고 내 딸 이름은 민선이야. 선미가 아니라. 네가 그 짐승새끼를 세상에 그렇게 빨리 풀어 놓지만 않았으면! 최소한 추적장치라도 채웠다면! 설령 그것도 안 된다면…. 적어도 우리 근처에는 오지 못하게 거주지 분리라도 시켰다면 모든 것이 달라졌겠지. 그런데 아무것도 해주지 않았어. 그래…. 법이 안 지켜주면 어쩔 수 없어. 법 밖으로 나갈 수밖에. 자식 잃은 부모는 뭐든 할 수 있거든. 그 새끼를 총으로 쏴 죽여버린 것처럼. 물론 그래서 나는 여기 갇혔지만."

"갇히다니! 천사도행은 당신이 선택한…"

"선택? 선택 안 했으면 수십 년을 딸과 떨어져 감옥에서 보내게 했을 거잖아. 결국 그 아이는 그 짧은 순간도 기다리지 못하고 세상을 포기했어! 네가 푼돈을 받으려고 그 괴물을 풀어준 덕분에 민선이는 꽃 같은 인생을 펴 보지도 못하고 떠났다고! 그리고 내가 이곳을 선택하지 않고 감옥에 수감되었다면 넌 나도 죽이려 들었을 거야. 저 친구, 강인한에게 했던 것처럼."

안 대통령은 소름 끼치는 표정으로 그제야 강인한을 바라봤다. 그제야 강인한이 싱긋 웃어보였다.

"우린 초면이죠? 그 댁 따님이랑은 구면인데. 요즘도 잘 지내는 거 같더라고요."

안 대통령은 이제야 강인한 옆에 서 있는 여자의 얼굴도 알아볼 수 있었다. 차애원… 자신의 딸 안레아가 죽인 영화배우 차희재의 엄마. 그리고 자신의 딸을 대신해 감옥에 가고 천사도까지 들어온 강인한, 게다가 권력을 얻기 위해 훈훈한 이야깃거리로 희생시켜야 했던 한민선의 아버지 한대성. 복수심으로 뭉친 이들이 모여 있는 섬에 자신이 너무 쉽게, 겁없이 들어왔다는 후회가 그제야 뒤늦게 찾아왔다. 경호팀도 보이지 않고 비서진도 보이지 않는다. 살려면 혼자 이 난관을 헤쳐 나가야 한다.

"그래, 다들 옹기종기 여기 모여 파도 소리 즐기며 작당을 하고 계셨군?"

그가 정신을 차리고 세 사람을 천천히 훑어본다. 나는 대통령이다, 이들은 그저 전과자일 뿐이다.

"좋아. 그래서 이젠 어쩔 거지? 날 죽이기라도 할 건가? 그럼 화가 풀려? 난 현직 대통령이자 유력한 재선 후보야. 내가 정말 죽기라도 한다면, 너희 포함해서 이 섬 안에 버려진 쓰레기들 순식간에 다 흔적도 없이 세상에서 지워질 텐데 그걸 원해? 그런 거야? 이건 내란이야! 어디 해봐!"

안 대통령은 설마 이들이 대통령인 자신을 죽이지는 못할 것이라 믿고 있다. 이들이 자신을 죽일 거였다면 벌써 죽였을 것이다. 이렇게 추운 날씨에 밖에 세워 두고 훈계 따위를 하기보다는 칼이든, 돌이든, 주먹이든 자신을 죽여도 골백번은 죽였을 것이다. 하지만 그저 주절주절 하소연을 늘어놓으며 추위에 떨고 있을 뿐 저들은 자신의 몸에 감히 털끝 하나 건드리지 못하고 있다. 그는 그렇게 생각하고 싶다. 안 대통령의 가슴 한 켠에 합리적인 자신감이 자라기 시작했다. 하지만 지금 당장은 너무 춥다. 빨리 이 위기를 끝내지 않는다면 저들 의도와 무관하게 저체온증으로 죽을 거 같다.

"맞아, 당신은 대통령이야. 함부로 죽일 수 없지."

강인한의 말에 안 대통령의 한쪽 입꼬리가 슬쩍 올라간다. 역시, 이들은 뭔가 협상을 위해 자신을 압박한 것이라는 확신 때문이다.

"그래. 강인한 넌 머리가 좋다고 들었어. 천사도 거부권 티켓장사로 목숨을 부지했다고? 돌대가리가 아닌 건 확실하니 네가 원하는 조건을 말해봐. 대체 바라는 게 무엇인지. 나를 이런 험한 꼴로 여기 세워 두지 말고 사무실로 들어가서 몸이라도 녹이며 차분히 대화해 보자고."

이 상황을 끝낼 작은 틈이 눈에 들어오자 그는 그 틈을 빠르게 헤집고 들어가려 한다. 하지만 이 정신병자 같은 녀석들은 여전히 그를 밖에 세워 둔 채 원하는 것을 말하지 않고 화만 돋우고 있다.

"대체 원하는 게 뭐냐고! 돈? 사면? 아니면 둘 다? 어서 말을 해, 시팔! 이렇게 궁상 떨지 말고!"

"일단 사과해."

갑자기 터져 나온 유지아의 어처구니없는 요구에 안 대통령은 맥이 탁 풀렸다.

"솔직하게 인정하고, 진심으로 사과해."

"뭐? 진심 어린 사과? 그럼 진작 얘기하지. 서로 험한 꼴 보지 않았을 텐데. 그래. 진심으로 사과합니다. 정말 유감이에요. 당신 딸, 당신 아들, 그리고 강인한 씨. 모두에게 진심으로 미안합니다. 됐지?"

"아니."

"또 뭐, 그럼!"

"산 자와 죽은 자의 게임은 너무 불공평해. 죽은 자는 말이 없으니까. 이렇게 힘들게 얻은 네 사과도 전혀 듣지 못하잖아. 하긴 너도 곧 그 불공평함에 대해 잘 알게 될 거야."

악에 받친 안 대통령의 눈은 핏줄이 터져 빨갛게 충혈되었고 이미 몇 분 전부터 손, 발끝에는 아무 감각도 느껴지지 않는다. 군대도 다녀오지 않은 그에게는 태어나서 처음 겪는 극한의 위협이다.

"넌 어차피 죽어. 죽기 전에 진심으로 사과하면 그나마 네 딸은 살려준다는 뜻이었어. 천사도에서."

안 대통령은 강인한의 말에 어이가 없는 한편, 두려워지기 시작했다.

"미쳤군. 날 죽인다고? 대통령을? 곧 연락이 끊긴 걸 이상하게 여기고 군부대가 들이닥쳐. 알아?"

"냉정한 아빠네. 딸 걱정은 끝까지 안 해? 하긴, 넌 원래 그런 새끼야."

세 사람은 하늘을 올려다보며 자기들끼리 대화를 시작했다. 마치 안일한이 잘 들을 수 있도록 또박또박 방송을 하듯. 어떤 희망도 없다는 것을 알려주고 싶어 죽겠다는 듯 대화를 이어갔다.

"도지사님 이 날씨에… 헬기가 올 수 있어요?"

"불가능하지. 아마 뜨지도 못할 거야. 배로 온다면 또 모를까."

"글쎄요… 섬에 항구도 안 만들고 접안시설도 없는데 가능할까요?"

"특전사가 투입돼도 30분은 걸려야 할걸? 파도가 너무 높고 해안가가 워낙 험해서."

그들의 말처럼 겨울 태풍이 찾아온 천사도는 누구라도 접근하기 어려운 사나운 파도를 품고 있다.

"어디 죽일 수 있음 죽여 봐! 이 새끼들아! 세상이 버린 쓰레기 같은 놈들! 경호팀장! 최 팀장! 경호팀!"

안 대통령이 대답 없는 경호팀을 애타게 부르기 시작했다. 제발 어디서 대답이라도 들리길 간절히 바라는 듯. 강인한이 그런 안 대통령을 비웃으며 말했다.

"그만 소리 질러. 그 경호원 친구들 책임감이 대단하더라. 사실 좀 감동도 했어. 중무장한 상태라 공격도 못하지, 그렇다고 뭘 함부로 먹지도 않아, 심지어 동시에 잠들지도 않더군. 막상 당신을 불러오긴 했지만 그 친구들을 어찌할지 난감했어. 하지만 빈틈없는 그들도 숨은 쉬어야 해. 그래서 우리가 파고들 건 그거 하나밖에 없었지. 보이지도, 느끼지도 못하지만 온몸에 퍼지기 딱 좋은 거. 공기."

두려움에 미친 안 대통령이 비명을 질렀다.

"열 내지 마. 시간 더 걸려. 저체온증은 더디지만 아주 효과적이고 자연스러운 사망 원인이야."

안 대통령은 깜짝 놀라 자기도 모르게 입을 다물었다. 저들은 자신을 얼려 죽일 생각인 것이다. 몸에 어떤 흔적도 남지 않고, 범인도 존재하지 않는 방법으로. 하지만 안 대통령도 버티면 된다. 그는 죽지 않기 위해 혀를 깨물고 헬기장을 굴러서라도 살아남을 작정이다. 그때 강인한이 말했다.

"걱정 마. 농담이니까. 당신을 얼려 죽이기엔 우리도 시간이 별로 없어. 이미 섬 밖에서도 난리가 났고, 여기에 와 있는 경호팀도 곧 깨어날 거거든."

"모처럼 희망적이네."

안 대통령이 비아냥댔다. 그런 그에게 강인한이 물었다.

"그런데 그런 생각은 안 해 봤어? 왜 하필 오늘이지? 왜 당신은 이런 개 같은 날씨에 여길 온 거야?"

갑작스러운 강인한의 말에 안 대통령은 혼란스러워졌다. 이건 또 무슨 말이지? 한 번도 생각해 보지 않았다. 그래, 왜 오늘이지? 겨울 태풍 주의보까지 예견되었던 오늘…..

"왜 많고 많은 날 들 중에 오늘 당신이 여기 기어들어 왔을까? 이런 더 럽게 운 없는 날씨를 골라서."

안 대통령은 천천히 생각을 복기했다. 떨어지는 지지율과 레임덕, 갑자기 터진 천사도 영유권 분쟁, 그리고 양 실장의 천사도 방문 제안, 양 실장의 날짜 선정, 양 실장의 준비… 양 실장의…. 연락까지…. 안일한 대통령의 표정이 그 어느 때보다 두려움에 잠겨 버린다. 그때 멀리서 두꺼운 패딩을 입고 운동화를 신은 채 걸어오는 양 실장이 눈에 들어오자 그의 두려움은 절망으로 환산되었다.

"광석아…."

"어때, 생각해 보니 오늘 일은 극히 드문 확률이지? 하지만 그런 낮은 확률에도 불구하고 한번 찾아오면 돌이킬 수 없는 재앙이 되는 순간을 우리는 '불의의 사고'라고 불러. 지금 이런 상황 말이야."

안 대통령을 못 본 척하고 걸어온 양 실장이 강인한 일행에게 말했다.

"부탁한 대로 뒤처리는 내가 할 테니, 당신들도 반드시 약속을 지켜야 합니다."

"물론이죠."

"양 실장! 야! 광석아!"

그제야 양 실장이 그를 바라봤다. 하지만 그의 눈에서 더 이상 충성심이나 희생을 기대하기는 어렵다.

"형님, 이렇게 됐네요. 어차피 형님은 안 돼요. 이미 인터넷이랑 SNS에

레아 범행 증거들 깔릴 준비가 다 되어 있어요. 그래도 그건 제가 막아드릴 테니, 그냥 명예롭게 물러나세요."

"뭘! 어디서 물러나! 내가 이 자리 올라오려고 무슨 짓까지 했는데!"

"아니, 대통령 그 자리 말고요, 그냥 세상에서 물러나세요. 그러면 따님은 살려준다 하잖아요."

안 대통령이 믿지 않으려 애쓰며 외면하던 최악의 공포에 직면했다.

"광석아. 왜 이래…. 재미없어."

"형님도 그 자리 얻으려고 별의별 거 다했잖아요. 저는, 이번 한 번이면 돼요. 죄송해요."

"광석아…. 하지 마…."

"형님이 그랬죠? 뒤에서 누가 밀어준다고 반드시 친구일 거라 믿지 말라고요. 그 사람의 목적지는 벼랑 끝일 수도 있는 거니까. 저도 형님 뒤에서 열심히 밀다 보니 여기까지 왔네요."

양 실장이 매정하게 돌아서서 경호팀이 잠들어 있는 숙소 방향으로 혼자 걸어간다. 그의 뒷모습을 여전히 믿지 못하겠는지 안 대통령은 부들거리며 그가 시야에서 사라질 때까지 눈으로 쫓고 있다. 추위 때문일까? 분노 때문일까? 이 모든 것이 생생한 악몽처럼 느껴진다.

"어때? 생각보다 우리 준비 많이 했지? 아쉽지만 다음 스케줄이 있어서 오래 노닥거리질 못해."

"잠깐만! 진심으로 사과해. 진짜야. 세 사람 모두에게. 정말 미안해. 내가 잘못했어. 그래, 난 인간도 아니야. 내 욕심만 챙겼어. 정말 미안해. 그러니 우리 딸, 딸은 좀 봐 줘. 마지막 부탁이야."

무릎을 꿇고 눈물을 흘리는 안 대통령을 바라보던 유지아가 말했다.

"죽을 때 되니까 이제야 인간이 되나 봐. 그런데 넌 사람 자격도, 부모 자격도 없어."

"그래, 맞아! 내가 망쳤어. 내 인생도, 레아도. 그러니 제발 기회를 줘. 부탁이야."

"우리 희재도, 민선이도 기회를 한 번 더 받을 수 있을까? 그래?"

그녀의 말에 안일한은 모든 게 돌이킬 수 없을 만큼 어그러졌다는 것을 느꼈는지 울부짖기 시작했다.

"이렇게 사과하잖아! 사과했다고! 이 인간 쓰레기들아!"

세 사람이 안 대통령의 울부짖음을 외면하고 돌아서자 양 실장이 들어간 청와대 경호팀 숙소에서 한 남자가 나와 천천히 이쪽으로 걸어왔다. 경호팀을 지키고 있던 김팔성이다.

"지금?"

"네. 할 수 있죠?"

"나, 메달리스트야."

김팔성이 긴장을 풀려는 듯 피식 웃으며 여전히 묶여 있는 안 대통령에게 성큼성큼 다가간다.

"오랜만이네?"

김팔성의 인사에도 그는 대꾸를 포기한 채 눈물만 흘린다. 누구인지 모를 작자들이 이곳에서 자신을 노리며 기다리고 있었던 것 같은데 정작 그의 기억 속에는 그들의 흔적이 하나도 남아 있지 않다.

"서운하네, 나 기억 못 해?"

김팔성이 안 대통령의 가슴 쪽에 조용히 손을 얹고 말했다. 그가 고개를 들어 김팔성을 뚫어지게 바라봤지만 도무지 모르겠다. 이자는 또 무슨 원한을 품은 사람일까?

"아, 왜 그쪽 아들내미가 우리 아들 장애인 만들어서 나도 당신 아들 개 패듯 패줬잖아."

이제야 기억났다. 안 대통령의 아들이 학폭을 일으켰던 그때, 피해 학생의 아빠. 올림픽 권투 메달리스트라는 그 남자는 하굣길에 안일한의 아들이 포함된 가해 학생들을 찾아가 이빨을 다섯 개씩이나 부러트렸다. 안일한의 아들과 친구들은 김팔성의 아들 수범이를 지독히 괴롭혔고 잔인한 폭행으로 결국 장애까지 입혔다. 하지만 그들은 국회의원, 변호사, 의사인 아버지를 등에 업은 채 촉법소년이라는 이유로 간단한 징계만 받고 풀려나 버린 것이다. 아들의 억울함을 풀어주지 못한 김팔성은 그들을 법이 아닌 자신만의 방법으로 응징했다. 안일한 변호사는 아들이 폭행당했다는 소식에 분노했고, 김팔성에게 살인미수로 엄청난 형량을 안기는 데 성공했다. 이제야 기억 멀리서 김팔성의 젊은 시절 얼굴이 떠올랐다.

"아들내미가 나한테 맞아서 장애라 하길래 잠깐 죄책감이 들기도 했는데, 듣자 하니 캐나다에서 하키 선수 하며 잘 산다며? 정작 우리 수범이는 감옥 간 애비 없이 커서 그런지 경계선지능장애라던데. 웃기지? 진짜 장애자랑 멀쩡한 사람이 바뀐 게? 그런데 세상이 그렇더라. 누군가에겐 매일이 지옥이지."

안일한은 이 모든 상황을 도저히 받아들이기 힘들다.

"그래, 미안해. 그런데 우리 이성적으로 생각하자. 아들을 생각해. 이래서는 전혀 도움이 안 돼!"

유지아가 그런 안일한을 보며 비웃었다.

"갈 때 되니 구질구질하네."

"뭐 이년아? 너들도 결국 지배당하고 있는 거야! 이렇게 광기어린 짓을 벌이는 것도 결국 복수! 분노! 자식새끼 못 지킨 죄책감을 나에게 뒤집어 씌워 죄책감을 벗어 던지려는 알량한 자위질이라고!"

안일한의 발악을 듣던 강인한의 표정이 냉혹하게 일그러졌다. 그를 향해 강인한이 말했다.

"포기해. 이제 눈치챌 때도 된 거 같은데…. 여긴 네 나라가 아니야. 우리 섬이지."

"제발…. 제발 그만해. 살려 줘."

"당신은 늘 진실을 외면했지. 똑바로 보기 불편하다고 진실을 외면한다면 거짓이 진실의 자리를 대신하는 데도 말이야. 이제 당신이 외면했던 진실을 제자리로 돌려 놓을 차례야."

강인한을 설득하기 어렵다고 느낀 안일한이 김팔성에게 매달렸다.

"내가, 아들하고 편하게 노후를 보내게 도와 줄게. 늦지 않았어. 저 짐승들의 꼬임에 넘어가지 마."

안 대통령은 애원보다는 설득을 하고 있다. 그의 설득을 잠자코 듣고 있던 김팔성이 말했다.

"사는 건 공평하지 않더라. 그런데 죽는 건 공평할 수 있어. 이렇게 너도 네 죗값을 받아야지."

김팔성이 씨익 웃더니 그의 가슴에 올려뒀던 오른손 주먹으로 대통령의 가슴을 강하게 내려쳤다.

"헉!"

안일한의 외마디 신음이 천사도 헬기장을 채웠다. 그가 쓰러지자 김팔성이 한 팔로 그를 부축했다. 눈을 뜬 채 숨이 멎은 그를 향해 김팔성이 조용히 말했다.

"삶과 죽음의 경계는 면도날보다 얇아. 너무 얇아서 죽음에 베여도 아픈지 모를 거야. 그래, 천천히."

천천히 안일한의 눈이 감겼다.

[2월 4일 화요일 아침] 서울특별시, 그리고 천사도.

안일한 대통령의 갑작스러운 심장마비 소식은 속보로 타전됐다. 독도를 거쳐 천사도를 방문하던 중 대통령은 극심한 스트레스와 무리한 일정으로 심장마비에 직면했으며 유명을 달리했다는 것이다. 대통령 권한대행직을 맡은 총리는 현장조사 결과 외상이나 타살 흔적은 없으며 부검 결과 역시 혹한의 추위 속에 급성 심근경색이 발생해 사망한 것으로 결론지었다. 강인한과 한대성은 함께 앉아 천사도 앞바다를 바라봤다. 성난 파도로 강인한을 돕던 바다는 어느새 잠든 아기 숨소리처럼 고요하다.

"후련하세요?"

한대성이 쉽게 대답을 못하고 복잡한 표정을 지어보인다.

"글쎄, 대신 민선이에게 죄책감을 덜었어. 그러고 보니 민선이가 있었다면 우린 가족이 되었을 수도 있겠네."

"아마 안 받아준다고 하셨을 것 같은데."

강인한이 웃으며 대답한다. 아직 추위가 머무는 2월 초입임에도 두 사람을 스치고 지나는 바람은 왠지 포근함을 담고 있다. 마치 누군가의 입김처럼.

"여기서 나가면, 어디 갈 거니?"

"민선이 만나러 가 보려고요."

"아, 한 번도 못 가봤구나."

"네. 아무도 안 알려줬으니까요."

한대성이 잠시 미안한 표정을 보인다.

"남자친구 있는 걸 말을 안 했으니, 알 턱이 있나."

"아버지가 무섭다고 얼마나 겁을 주던지…. 교도관이시라 저를 가둬둘지 모른다며."

"내가? 녀석…."

두 사람은 함께 먼 바다를 보며 각자의 추억으로 여행을 떠나고 있다.

〈Chapter 6〉 2031년: 악마들의 섬

"기분이 이상해."

"저도요."

"기쁘지도."

"후련하지도 않아요."

"그러게, 벌을 준다고 변하는 게 없어서일까?"

"그럴지도 모르죠. 그래도 꼭 하고 싶었어요. 이 일은."

"나도. 후회는 없어."

"그럼 이제, 차 여사님 부탁만 들어드리면 끝나네요?"

"그렇지. 지아 부탁이 남았네."

그때 멀리서 노새가 탄 배가 다가온다. 오늘은 일장기를 펄럭이지도, 여러 명의 일행을 동반하지도 않았다. 안 대통령 사망 후 해경의 감시와 감독이 강화되었지만 밀수꾼 노새는 이번에도 용케 약속을 지켰다. 바다 한 가운데 둥둥 떠 있는 노새의 배는 새로운 승객을 기다리며 한가로운 망중한을 즐기는 듯하다. 노새의 배에 타기 전 김팔성이 강인한을 찾아왔다.

"고마워, 천 박사."

강인한이 웃으며 말했다.

"빨리 가요. 대통령 암살범으로 신고하기 전에."

강인한의 농담에 김팔성이 씨익 웃어 보인다. 노새는 김팔성을 울릉도에 있는 아들에게 데려다줄 것이다. 그건 강인한의 약속이었다. 그는 이번 일을 준비하며 김팔성에게 꽤나 부담스러운 부탁을 했다. 김팔성에게 부탁한 건 다름아닌 옛 소련의 국가보안위원회(KGB) 암살 기술인 원펀치다. 상대방을 추위에 노출시켜 혈액 순환을 늦춘 후 심장에 주먹으로 강한 충격을 가해 흔적을 남기지 않고 살해하는 기술을 그에게 부탁한 것이다. 비록 김팔성이 훈련받은 요원은 아니었지만 올림픽 은메달리스트

권투 선수의 목을 톡톡히 해냈다.
"천 박사, 솔직히 나는 그놈 면상을 박살내고 싶었어. 그런데 그럼 일이 복잡해지니까 자네 부탁대로 한 방에 끝낸 거지. 난 자네 부탁 아니었어도 그 녀석을 꼭 내 손으로 죽이고 싶었어. 아들을 잘못 키운 죄랄까."

그렇게 안일한이 김팔성의 원펀치에 심장마비로 사망하자 뒤따른 골치 아픈 일은 약속대로 양광석 비서실장이 마무리했다. 그는 잠에서 깬 경호팀과 비서진, 기자단을 크게 질책했지만, 책임을 묻지 않는 조건으로 이곳의 일을 은폐하는 데 성공했다. 대통령의 사망을 막지 못한 경호팀과 비서진, 그리고 생명의 위협을 느낀 언론사 두 사람은 자신들이 겪은 모든 일을 이 섬에 묻어 두는 대신 생명을 얻고 떠나기로 마음먹었기 때문이다. 잔인한 강력범들이 드글드글한 그곳에서 그들을 꺼내 줄 사람은 양 실장뿐이었다.

"과연 저 자가 약속을 지킬까?"
"물론이죠. 우리가 뭘 가진지 아니까요."

강인한과 한대성은 수습을 마치고 헬기를 탄 채 천사도를 빠져나가는 양 실장을 바라보며 말했다. 큰 걱정은 하지 않는다. 두 사람은 양 실장과 거래를 했던 날을 또렷이 기억하고 있다.

[열흘 전, 1월 22일 수요일 아침] 천사도 도지사 집무실

가끔 불가능하다고 생각한 일이 현실화될 때가 있다. 그리고 그 현실은 비극, 혹은 기적이란 이름으로 사람들의 입에 오르내린다. 하지만 그들은 모를 것이다. 그 비극과 기적 안에는 사실 불가능을 가능하도록 기획한 누군가가 있다는 것을. 이번 안일한 대통령의 비극, 양광석의 기적 역시 그랬다.

"차라리 돈을 요구한다면 수월할 텐데."

"둘러봐요. 여기서 돈 쓸 일이 있겠어요?"

강인한이 웃으며 대답했다.

"제 발로 여기까지 들어왔으니 천사도 밖으로 빼 주겠다는 제안 역시 무의미하겠지?"

"그걸 원했다면 명색이 천 박사인데 내가 여기까지 들어오진 않았겠죠."

"막다른 길이군."

"아뇨, 길은 있어요. 하나뿐이지."

양 실장은 차애원이 숨겨뒀던 차희재 피살 증거자료 USB를 우편으로 받았다. 차애원은 그녀를 설득하는 데 성공한 강인한에게 USB의 위치를 고백했고 강인한은 에스더에게 그 USB를 찾아오도록 부탁했다. 에스더는 강인한의 조언대로 유수아 형사에게 도움을 구했고, 차애원의 동생이자 차희재의 이모인 그녀는 기꺼이 에스더를 도와 USB를 손에 넣는 데 성공한 것이다. 특히 유 형사 덕분에 양 실장이 받을 당시 USB의 내용은 오히려 전보다 한층 풍부해져 있었다. 유 형사가 조사한 사건의 내용과 박한영 경정에게서 얻은 현장 감식자료까지 더해졌기 때문이다. 그렇게 드러난 그날의 이야기는 안레아가 필리핀으로 출국하기 전까지 의문스러웠던 호텔블루야드의 깨진 알리바이들마저 조각조각 맞춰놓고 있었다. 마치 알아보기 힘들었던 작은 추상화들이 모여 새롭게 조합한 정물화를 탄생시킨 듯 무섭고 기이한 사건의 퍼즐이 완성되어버린 것이다.

"그래서, 내게 요청할 건…."

"방금 들은 두 가지가 전부예요."

양 실장이 깊은 한숨을 내쉬었다. 강인한은 이 자료들을 모두 폐기하는 조건으로 두 가지를 제안했다. 자신이 지정한 날 대통령의 천사도 방문, 그리고 사건의 수습. 그로서는 얻을 것이 전혀 없어 보이는 불리한 조건이다.

"내가 왜 이런 위험을 무릅써야 하는지 아직도 이해가 안 되는데?"

"그럼 그냥 가요."

"뭐?"

"이거 망치네 유튜브에 올리고 언론사에 뿌릴 테니까 비서실장님은 대통령 곁으로 그냥 가라고요."

"그건…."

"어때요, 감이 좀 잡히나요? 그가 무너지면 당신이라고 멀쩡할 수 없어요. 내 제안은 유일한 탈출구고."

아무 말도 못하며 고민하는 양 실장을 강인한이 노려본다.

"그게 당신이 이 위험을 무릅써야 하는 이유예요. 지금 이 자리를 떠나지 못하는 그 이유."

강인한의 생각처럼 이자는 이미 깊은 권력의 맛을 봤고 잃을 것이 많다. 그리고 더 많은 것을 얻고 싶다.

"대통령은 수많은 경호인력과 수행 팀에 둘러싸여 이곳에 올 거야. 어차피 너희들 계획은 성공할 수 없어."

"그건 당신이 아니라 내가 고민할 문제예요. 자, 결정해요. 시간이 별로 없으니까. 내 부탁 들어줄 거예요?"

"거절한다면?"

"답답하네…. USB 내용을 꼼꼼히 안 보셨나? 그날 나를 범인으로 둔갑시킬 때 비산그룹 박창원이 있었다는 걸 본 목격자가 있고, 유 형사가 조사한 그와 당신의 통화 내역도 봤을 텐데? 박창원은 꼼꼼한 사람이지만 한 가지 실수를 했어요. 이동하면서 자기 스마트폰으로 당신에게 연락을 했더군요. 그것도 차희재의 사망 추정 시각에. 유 형사님은 혼자 이 모든 걸 알아냈지만 위에서 덮는 바람에 더 수사를 못 했어요. 그런데 유튜브나 뉴스에 이 USB 속 사진이나 증거들이 먼저 공개된다면 어떻게 될 거 같아요?"

양 실장의 표정이 일그러졌다. 강인한이 준비한 올가미가 깊은 상처를 내며 살 속을 파고드는 기분이다.

"안레아의 살인, 박창원의 증거 조작, 당신의 사주. 이 모든 비리들이 대선을 3개월 앞둔 지금 터진다면 어떻게 될까요? 대선 패배? 글쎄…. 그걸로 끝일까? 아마 여기서 나랑 같이 살게 되지 않도록 빌어야 할 일이 생길지도 몰라요. 어때요. 이 정도면 제법 당신에게 쓸모 있는 거래처럼 느껴져요?"

한참을 고민하던 양 실장이 입을 열었다.

"네가 원하는 날짜에 대통령을 천사도로 오게 하면 되는 건가? 그럼 정말 끝이야?"

"물론, 그리고 나서 뒷수습까지."

"이봐, 대통령의 사망을 수습하라는 게 말이 된다고 생각해?"

"대통령이 업무 수행 중 심장마비로 세상을 뜬 거라면 이야기가 다르죠. 그리고 이 일을 잘 수습한다면 내게만 좋은 일이 되지는 않을 거예요. 비서실장인 당신에게도 큰 기회가 오죠."

"대통령이 사망하면 약물 검사는 물론이고 철저한 조사가 이뤄질 거야. 불가능해. 다 들통난다고!!"

"같은 말 여러 번 하게 하네. 그건 내가 고민할 일이고, 당신은 심장마비로 수습하면 돼요. 그게 끝."

양 실장은 고개를 저었지만 도리가 없다.

"이렇게까지 할 필요 없잖아?"

여태 능글맞던 강인한의 표정이 얼음처럼 얼어붙었다.

"누군가의 아들이 죽었고, 누군가의 딸이 죽었고, 누군가의 인생이 이 지옥에 갇혀버렸는데…. 그렇게 만든 한 사람의 목숨을 빼앗는 게 그렇게 불공평한가?"

양 실장이 강인한의 시선을 피한다.

"안일한이 죽으면 당신에게도 더 높은 곳을 바라볼 기회가 생기겠죠. 늘 2인자였으니. 발상을 전환해봐요. 내가 협박해서 하는 일이라고 억지로 독약 먹듯 삼키지 말고, 이게 보약이라고 생각하면 오히려 내게 감사해야 하는 상황이니까. 당신이 드디어 안일한의 그늘에서 벗어날 기회를 내가 준 거잖아요."

하지만 여전히 양 실장은 의심을 거두지 못하고 있다.

"정말 안일한 한 명에게만 복수하면 끝이야? 갑자기 말을 바꾸면서 나나 비산그룹까지 물고 늘어질 생각이라면 그땐 나도 잃을 게 없어. 당하고 있지 않는다고."

"걱정 마요. 유지아 씨는 자신의 아들을 죽은 안레아에게, 한대성 씨와 나는 민선이를 앗아간 안일한에게 복수하고 싶은 거니까. 물론 날 이렇게 만든 것까지 포함해서."

드디어 양 실장은 결심을 했다. 어차피 외통수에 걸려 있다.

"좋아. 알았어. 그런데 안일한 대통령을 여기까지 데려오는 건 쉽지 않아. 방법이 떠오르지 않는다고."

강인한이 준비되어 있다는 듯 눈을 빛내며 양 실장에게 말했다.

"그건 내가 가능하게 만들어주죠. 외교적으로."

"너…. 대체, 무슨 일을 어디까지 꾸미는 거야?"

강인한은 그날부터 노새와 함께 일본과의 영토 분쟁을 기획했다. 먹음 직스러운 미끼는 모두 준비되었다. 이제 탄탄한 그물과 펄펄 끓는 물이 담긴 냄비만 마련하면 된다. 강인한의 피가 뜨겁게 끓어올랐다.

"가만 두지 않겠어."

안일한 대통령 서거 당일, 2월 3일 아침 포항의 작은 항구

양 실장은 안일한 대통령이 독도로 출발하자마자 조용히 호텔블루야드 포항으로 달려갔다. 사람들의 눈을 피해 박 대표와의 거래를 성사시키고 지체할 틈도 없이 작은 항구로 이동했다. 그곳에는 쾌속선에서 대기 중인 노새가 있었다. 노새는 양 실장을 태우고 빠르게 천사도로 이동했다. 태풍이 다가오기에 서둘러야 했다. 양 실장이 노새의 배를 타고 천사도에 도착했을 땐 이미 경호팀과 기자들, 비서진까지 모두 마취제에 취해 자취를 감춘 뒤였다. 조금 더 걸어 올라가자 안일한 대통령이 추위에 부들부들 떨며 천사도 정상 헬기장에 결박되어 있는 것이 보였다. 그리고 그 앞에는 한대성, 유지아, 김팔성이 모여 있었다. 소름끼칠 만큼 강인한의 각본대로 모든 것이 진행되고 있었다.

"광석아…."

안일한 대통령이 충격과 괴로움에 그의 이름을 불렀지만 어차피 일은 벌어졌고 수습만이 양 실장의 살 길이다. 김팔성이 안일한 대통령의 심장을 강타하며 원펀치로 그를 사망에 이르게 하자 돌팔이는 재빨리 가슴 멍자국을 제거하는 조치를 취했다. 말끔한 양복을 입히고 그를 다시 도지사 사무실에 앉히자 잠시 뒤 혈색도 돌아왔다. 이제 모든 준비가 끝났다. 여전히 정신을 못 차리는 양 실장에게 강인한이 다가가 다그쳤다.

"정신 차려요. 이제 당신은 수행원들이 잠든 숙소로 가서 소리를 지르며 그들을 깨워요. 계산상 십 분 후면 저들 중 일부가 깨어나기 시작할 거예요. 당신은 연락이 끊긴 대통령에게 무슨 일이 생긴지 몰라서 달려온 겁니다. 수행팀의 무전기를 빼서 해군에도 연락해요. 섬으로 당장 들어올 수 있는 병력들 지원하라고. 최대한 섬 안을 어수선하게 만들어요. 그리고 수행팀들에게는 책임을 묻겠다고 다그치고요."

"알았어. 그건 시키는 대로 할 테니 저 위험한 주민들이나 더 큰 폭동 일으키지 않게 단속해."

양 실장과 강인한은 그렇게 서로 반대 방향으로 갈라졌다. 얼마 후 속보를 통해 안일한 대통령의 심장마비 소식이 전해졌고 양 실장은 이 사건을 신속하게 수습하기 시작했다. 천사도에 있던 모든 사람들은 대통령의 사망을 막지 못했다는 커다란 혐의 속에 침묵이라는 조건을 암묵적으로 동의했다.

[2월 17일 월요일 아침] 서울특별시 여의도 민국당 당사

대통령 서거 후 총리가 대통령 직무를 대행한 지 보름. 이제 곧 조기 대선이 치러질 것이다. 독도와 천사도에서의 퍼포먼스로 극적인 지지율 반등을 이끌어 내던 안일한 대통령의 갑작스러운 사망은 민국당을 충격과 공포의 도가니로 몰아넣었다. 경선 준비조차 염두에 두고 있지 않았던 민국당 중진들은 우왕좌왕했고 반대로 야당은 조기에 승부를 결정짓고자 정부의 국정 공백을 물고 늘어지며 총공세를 펼치고 있다.

"이대로 대책 없이 기다릴 겁니까?"

"대안을 빨리 정해야 합니다."

"의견이 이렇게 모이지 않는데 어떻게 진행을 합니까!"

민국당 당대표와 최고의원들은 저마다 안일한 대통령을 대신해 대선에 나설 후보에 대해 의견을 내며 감정의 골이 깊어지고 있다. 이 시간이 길어질수록 승산은 점점 낮아지지만 그렇다고 자신에게 유리할 것 없는 후보를 내세우고 싶지 않은 욕심을 포기할 생각 또한 없는 그들이다. 그 시각 양광석 비서실장도 민국당 당사를 향하고 있다. 차 안에서 그는 누군가와 통화한다.

"보냈나요?"

"네, 비서실장님."

"감사합니다. 대표님."

"아닙니다. 부디 꼭 계획대로 되시기 바랍니다."

"되어야죠. 이렇게 도와주셨는데. 누구, 누구죠?"

"김상구 당대표, 고민환 최고의원, 장두일 최고의원, 오민관 당 대변인입니다."

"충분하네요. 이제 제가 알아서 하겠습니다."

통화가 끝나자 양 실장의 차도 당사에 도착했다. 그의 등장에 회의실에는 일순간 정적이 흘렀다. 저마다 누가 출마해야 하는지 격론을 벌이던 의원들이 뒤늦게 도착한 양 실장을 어색하게 바라봤다.

"양 실장, 수고했어요."

그를 향해 김상구 당 대표가 인사를 건넸다. 그리고 총회에 모인 의원들을 향해 말을 이어갔다.

"여기, 양광석 비서실장 아니었으면, 우리 대통령께서 돌아가신 일이 더 많은 소문을 만들고, 의심을 불러 일으키며 국가에 혼란을 초래할 뻔했습니다. 다행히 양 실장이 빠르게 대처한 덕분에 안일한 대통령님의 마지막 가시는 길도 명예로웠고 우리도 한숨 돌린 거 다들 아실 겁니다."

모두 조용히 당 대표의 이야기를 경청한다.

"사실, 안일한 대통령의 마지막 여론 조사 지지율이 54%. 재선 캠페인 돌입 후 최고치였습니다. 그런데 안타깝게도 대통령께서는 무리한 업무 수행 중 격무에 시달리다 국가를 위해 생명마저 희생하셨습니다. 우리가 반드시 정권을 재창출해야 그분의 희생을 헛되지 않게 하는 겁니다. 새로운 인물? 좋죠. 참신한 사람? 좋습니다. 그런데 말이죠. 국민들이 그런 얼굴, 그런 사람을 지금 찾습니까? 54%가 지지하던 사람이 누구입니까? 안일한 대통령 아닙니까?"

강한 어조로 열변을 토하던 김상구 당대표가 오민관 의원을 바라봤다.

"맞는 말씀입니다. 야당은 이미 작년 말부터 경선을 통해 흥행몰이를 했고 후보가 정해진 상태에서 빠르게 지지층 결집을 이뤄 나가는 중입니다. 이런 악조건에서 새로운 사람을 내세워 첫 단추부터 다시 꿰겠다는 것은 선거를 그냥 포기하자는 소리나 다름없습니다."

오민관 의원이 말을 마치자 장두일 최고의원이 거들었다.

"그런 의미에서 보면, 양 실장은 그동안 언론에 노출도 많았습니다. 대통령을 가장 가까이에서 보필했으니까요. 국민들에게 낯이 익고, 이번 대통령 서거 때 상주 역할도 자처했죠. 지금 우리에게 제일 필요한 게 뭡니까? 공약? 전략? 다 필요 없어요. 호소력이 있어야 해요. 그런 사람이 필요한 겁니다."

회의실의 분위기가 무르익었다. 양 실장이 자리에서 일어서더니 의원들을 둘러보며 말했다.

"대통령께서는 국가를 위해 모든 것을 포기하셨습니다. 국토를 수호하겠다는 신념을 보이고, 우리 군인들을 격려하시다 돌아가셨죠. 마지막 날까지 격무 속에 대한민국을 강한 나라로 만들어야 한다며 정책을 고민하셨고 저는 가장 가까이서 그 모든 고민을 빨아들였습니다. 그리고 그 마지막 숨결을 가슴에 담고 국민들 앞에 서고 싶습니다. 제가 아니라 국민들의 지지를 더 이끌어 내실 분이 계시다면 경거망동치 않고 언제나 그랬듯이 뒤에서 당을 위해 헌신하겠습니다. 하지만 만에 하나라도 제가 필요하시다면, 생명까지 던지신 저의 마지막 대통령. 저에게는 형님이셨던 그분의 뜻을 받들겠습니다."

양 실장의 발언이 끝나자 민국당 당사 5층은 박수로 가득 찼다. 그리고 그날 정오 짧은 속보가 전해졌다.

**[속보] '민국당. 4월 조기대선 후보로 양광석 비서실장 최종 결정.
국가를 위해 몸을 던질 적임자⋯."**

⟨Epilogue⟩ 떠남과 남음

양광석 대통령은 안일한 대통령의 정책을 그대로 이어받아 당선에 성공했다. 그는 천사도 외에 영광도, 무산도 등 두 군데의 특별행정구역을 추가하며 천사도법을 강화했다. 국민들은 그가 제시한 일자리 공약, 출산장려 정책, 공권력 강화에 열광했고 양광석 후보는 안일한 전 대통령의 향수를 자극하며 대선에서 돌풍을 일으켰다. 실제로 그는 촉법소년 적용 연령하향, 학교폭력 학생부 기재, 금융사기범죄에 대해 1억당 1년이라는 양형 개정 등 마치 안일한이 살아 있는 것처럼 강력한 법안을 줄줄이 쏟아냈다. 비산그룹은 안일한 대통령 서거 후 급하게 치른 민국당 경선에서 양광석 후보를 파격적으로 지원하며 그가 최종 후보가 되는 데 결정적 기여를 했다. 당연히 비산그룹을 향하던 세무조사는 취소되었고 독과점 논란으로 얼룩졌던 인수 합병은 정상적으로 마무리되었다. 양광석 대통령이 안일한 대통령과 조금 다른 것이 있다면 안일한 대통령이 성범죄에 대해 엄격했던 데 반해, 양광석 대통령은 유난히 마약 범죄에 엄격한 잣대를 들이댔다는 정도다. 그리고 그 덕에 특별행정구역 곳곳은 마약범죄자들의 출소 후 주소지가 되었다.

"오늘인가?"
"거의 다 왔을걸요?"
강인한이 에스프레소 기계에서 커피를 추출하며 한대성에게 대답했다. 문이 열리며 유지아도 들어왔다.
"아직 안 왔어?"
"네, 곧 오겠죠. 그렇게 좋으세요?"
"당연하지. 얼마나 보고 싶었는데."

그녀가 밝게 웃으며 대답한다. 그때 멀리서 헬기 소리가 들렸다. 새로운 주민이 탄 법무부 헬기다.

"그나저나 여사님은 언제 나갈 거예요?"

"나? 그냥 여기서 살까 싶어."

"왜요. 말만 하면 나갈 수 있는데. 도지사님 때문이구나?"

"까불지 마. 글쎄…. 나가면 더 행복할 수 있을까? 아무 일 없던 사람처럼? 그런 생각이 들어."

유지아가 하늘을 바라보며 말했다. 양광석 대통령은 그녀와 강인한에게 언제든 희망하면 천사도 외 지역 거주를 허용하겠다는 약속을 했다. 하지만 그들 모두 딱히 그런 요청을 하지 않았다. 왜냐하면 그들에게는 아직 이 섬에서 해야 할 일들이 남았기 때문이다. 바다보다 거친 바람 가득한 하늘에서 천천히 법무부 헬기가 착륙하고 있다. 여전히 한 번에 착륙하지 못하고 애를 먹는다. 드디어 착륙에 성공한 헬기에서는 여전히 입에 욕을 달고 사는 공영만이 내리는 중이다.

"아이 시팔, 여긴 올 때마다 멀미야. 짜증 나게. 오늘은 정규 전입일도 아닌데 법무부에서 지랄을 해서…."

아마 저렇게 삼십 분은 더 불평을 늘어놓을 것이다. 정규 일정이 아닌데 이곳까지 날아왔으니 그의 짜증이 이해되기도 한다. 그의 욕을 배경음악 삼아 헬기에서는 새로운 전입주민이 내리고 있다.

"야, 빨랑 내려."

공영만은 새로운 주민을 이끌고 한대성과 강인한을 따라 도지사 사무실로 들어가다 유지아와 마주쳤다.

"오늘은 웬일이래? 주민 한 명 들어오는데 환영 인파가 세 명이나 돼? 뭐 유명 인사라 특별대우해주는 건가?"

"그런 건 아니고…. 여자 전입인이니까 유 여사가 도움을 주는 게 좋을 것 같아서요.”

"아, 하긴 그러네. 야 너 좋겠다? 저 아줌마 없었으면 내리자마자 그냥 아주 개떼처럼 승냥이들이 달려들었을 텐데…. 알지? 여기 성폭행범 60명 넘게 사는 거?"

멍한 눈빛의 여자가 공영만의 말은 들리지 않는 듯 의자에 앉아 다시 돌아가지 못할 바다만 바라보고 있다.

"여기 신상 자료입니다. 이름은…."

"안 주셔도 됩니다. 어차피 다 알아요. 뉴스 통해서 봐서."

"아, 맞다. 그럼 뭐 잘 아시겠네. 야! 안레아! 너 여기 자료 두고 가니까 면담 잘 해. 전 이만 갑니다."

공영만이 일어나자 안레아가 달려들어 공영만의 다리를 붙잡고 늘어진다. 얼굴은 어느새 눈물범벅이다.

"살려주세요. 저 좀 데려가주세요."

공영만이 당황스러운지 우격다짐으로 다리를 빼냈다.

"미쳤나…. 야! 너 출소한 거야. 자유라고! 여기서 자유롭게 살아! 저 아줌마한테 잘 보이고!"

공영만은 서둘러 천사도를 떠났다. 그가 떠난 하늘엔 어느새 손톱만 한 작은 점이 된 헬기만이 소멸될 듯 점점 작아지고 있다. 이제 남은 건 이 섬과 섬 사람들뿐이다.

"오랜만이다. 너 나 알지? 날 차애원이라고 알고 있겠네."

유지아가 여전히 바닥에 엎드려 울고 있는 안레아를 바라보며 말했다.

"마약사범이라…. 잘됐네. 여기 너같은 뽕쟁이들 많아. 그리고 너 오길 손꼽아 기다리는 사람들도 많고."

유지아는 아직도 울고 있는 안레아를 잡아 끌고 사무실 밖으로 나갔다.

"안 따라가 봐도 될까요?"

"알아서 하겠지."

유지아는 안레아를 숙소에 데려다줬다. 복수는 그것으로 충분하다. 어차피 그녀를 집어 삼키는 건 이 섬이 할 일이다. 벌써 손님이 찾아왔는지 안레아의 집에서 비명 소리가 들린다. 유지아가 그 비명 소리를 뒤로하고 한대성의 사무실로 돌아왔다. 강인한과 한대성이 함께 커피를 마시는 중이다.

"한잔 드려요?"

"됐어. 안 그래도 입이 쓰다."

"후련해요?"

"글쎄."

"이상하죠?"

"뭐가?"

"우리도 그랬거든요."

강인한이 유지아를 바라본다.

"그래, 이런다고 희재나 민선이가 살아오진 않으니까."

"그렇다고 안 했으면…."

"후회했을 거야."

"맞아요. 똑같네."

유지아가 마시지 않겠다던 커피머신 앞으로 다가가 커피를 한잔 내리며 말했다.

"그나저나 마무리는 진짜 할 거야?"

한대성이 강인한을 바라보며 물었다.

"해야죠. 두 분은 빠지셔도 돼요. 오붓하게 못 나눈 사랑도 나누며 인생을 즐기실 때도 됐잖아요."

"너 혼자 못할 것 같으니까 필요하면 도와줘야지. 그래도 가족이 될 뻔한 사이니까."

한대성의 말을 들은 강인한이 씁쓸하게 웃었다. 유지아도 커피를 마시며 강인한에게 말했다.

"애초에 약속을 지킬 생각은 아니었구나? 모든 것을 덮겠다고 양광석과 했던 약속 말이야."

"네. 안일한이 그렇게 되도록 곁에서 도운 양광석, 자기 이익을 위해 현장까지 조작한 박창원…. 그들도 벌을 받아야죠. 그 일을 도운 잔챙이들까지. 그러려면 그 사람들은 지금보다 조금 더 높이 올라가야 해요. 높은 곳에서 떨어질수록 많이 아프니까. 그래서 저 사람들이 더 높이 올라가도록 기다리게요. 당분간만."

강인한이 웃자 흰머리가 성성한 유지아도 따라 미소 짓는다. 천사도 앞바다는 이제야 고요하다. 하지만 또 심술을 부리겠지. 언제 또 새로운 손님이 찾아올지 기다리는 듯.

[The AND.]